Dearest Rogue
by Elizabeth Hoyt

愛しき光を見つめて

エリザベス・ホイト
緒川久美子[訳]

ライムブックス

DEAREST ROGUE
by Elizabeth Hoyt

愛しき光を見つめて

主要登場人物

フィービー・バッテン……………………公爵家の令嬢
ジョナサン・トレビロン…………………フィービーの護衛。元竜騎兵連隊長
マキシマス・バッテン……………………ウェークフィールド公爵。フィービーの兄
アーティミス・バッテン…………………マキシマスの妻
ヘロ・リーディング………………………フィービーの姉
リード………………………………………ウェークフィールド家の従僕。ジョナサンの元部下
アーサー・トレビロン……………………ジョナサンの父親
ドロシー（ドリー）………………………ジョナサンの姉
アグネス……………………………………ジョナサンの姪。ドロシーの娘
マルコム・マクレイシュ…………………建築家
バレンタイン（バル）・ネイピア　……モンゴメリー伯爵
イブ・ディンウッディ……………………孤児院の新たな支援者
アルフ………………………………………ジョナサンの情報提供者

1

むかしむかし、海辺の城に住む王さまがいました。王さまには息子が三人いて、一番下の息子の名前はコリネウスといいました……。

『ケルピー』

一七四一年六月
イングランド、ロンドン

かつて第四竜騎兵連隊を率いる隊長としてならしたジョナサン・トレビロン大尉は、危険な場所での任務には慣れていた。悪名高い貧民街のセントジャイルズで追いはぎをとらえたり、ドーバーの崖沿いに密輸者を追ったり、騒乱状態のタイバーン刑場を警備したりといった経験なら、いやというほど積んでいる。だが、ボンドストリートがそういうたぐいの危険のある場所だとは、夢にも思っていなかった。

晴れた水曜の午後、流行の店が立ち並ぶ通りには散財を楽しもうという人々が大勢行き来していた。暴力沙汰の起こる気配など、まるで感じていない。

トレビロンが護衛を担当している令嬢も、もちろんそれは同じだった。

「ファートルビーの店で買ったものは、ちゃんと持ってくれている？」レディ・フィービー・バッテンが彼に尋ねた。

ウェークフィールド公爵マキシマス・バッテンの妹であるレディ・フィービーは、男性なら誰もがその魅力に気づかずにはいられないぽっちゃりとしたかわいらしい女性だ。おまけに感じもいい。ただし、トレビロンに対してだけはいつも愛想がいいとは言えなかった。にもかかわらず、彼の左腕に手をかけているのは、目が不自由だからだ。トレビロンはレディ・フィービーの護衛を務めている。

「いいえ、持っていません」うわの空で答えながら、トレビロンの目は着飾った人々を押しのけて向かってくる大柄な悪党の姿をとらえていた。悪党はひとりではなく三人。頬に目立つ傷跡がある男、赤毛のひときわ大きな男、ひどく額の狭い男。上流階級の人々に交じるといかにも場違いな連中は、トレビロンが守っている女性を目指しているらしい。

なんとも興味深い展開だった。護衛とはいえ、これまでの任務はせいぜいレディ・フィービーが人込みで迷子にならないようにするくらいだった。彼女の身に直接危険がおよぶ可能性は、ほぼなかった。

トレビロンは右手に握った杖に体重をかけて向きを変え、悪党たちの背後を見た。もうひとりいる。合わせて四人。

なんとしてもレディ・フィービーを守らなくては。彼は身を引きしめた。

「とても繊細なレースだったのよ」レディ・フィービーは話し続けている。「それに値段も良心的だったわ。あんなお値打ち品は、なかなか見つからないんだから。どこかの店に置き忘れていたら、許しませんからね」

「許してくださらないのですか？」

先頭にいる額の狭い男は、片手に何かを持っている。ナイフか拳銃だろう。トレビロンは杖を左手に持ち替え、胸に交差させた黒革ベルトのホルスターにおさめた二丁の拳銃のうち、まず片方を引き抜いた。急に支えを失った右脚を激痛が襲う。

四人の悪党に対して弾は二発。分がいいとは言えない。

「ええ、許さないわ」レディ・フィービーが言い返した。「ミスター・ファートルビーが教えてくれたんだけど、あのレースはマン島のバッタがチョウの羽を編んで作ったんですって。すごく珍しいものなのよ」

「冗談はやめてください、ちゃんと聞いています」トレビロンが返すあいだも、先頭の男は白いかつらをかぶった年配のおしゃれな紳士を押しのけて突き進んでくる。紳士はしわの寄った拳を振りあげて、怒りの声を投げつけた。

男は振り向きもしない。

「あら、そうなの？」レディ・フィービーが甘い声で追及した。「だって――」

拳銃を持った男の手が持ちあがるのと同時に、トレビロンは男の胸を目がけて撃った。

レディ・フィービーが彼の腕をきつく握る。「いまのは何?」

女性ふたり——そしてさっきの年配の紳士が叫び声をあげる。

うしろに続いていた三人の悪党どもが、ふたりを目指して走りだした。

「わたしの腕を絶対に放さないでください」トレビロンはそう命じると、急いであたりを見まわした。弾は残り一発。まともにやりあうのは得策ではない。

「放すわけないでしょう!」レディ・フィービーが怒った声を出した。

目を向けると、彼女は小さい子どものように下唇を突き出している。トレビロンは思わず顔がほころびそうになったが、そんな暇はなかった。「左へ。さあ、行きますよ!」

レディ・フィービーを左に押し出すと、トレビロンの右脚に焼けるような痛みが走った。だが、持ちこたえてくれなければ困る。とにかくいまだけは。彼は使い終わった拳銃をホルスターに戻し、もう一丁の拳銃を抜いた。

「あなたが撃ったの?」問いかけるレディ・フィービーを、中年の女性が恐ろしさに声をあげながらかすめていく。トレビロンは、よろけた彼女の華奢な肩に左腕をまわして抱き寄せた。われ先にと逃げる人々が次々にぶつかってくる。

「ええ、そうです」

そのとき、トレビロンの目が痩せた鹿毛の馬をとらえた。二、三歩離れたところで、少年が手綱を持ったまま、押し寄せる人波に立ちすくんでいる。馬は興奮して鼻の穴を広げ、白目をむいているが、銃声に驚いて駆けだささなかったのだから大丈夫だろう。

「どうして？」レディ・フィービーが彼のほうに顔を向けたので、あたたかい息が顎にかかった。

「そうするのがいいと思ったからです」険しい声で答えて、トレビロンは振り返った。

傷跡のある男と四人目の男は、金切り声をあげて逃げまどう上流婦人たちに行く手を阻まれている。しかし赤毛の男はまわりの人々を肘で突き飛ばして、彼らに迫りつつあった。

トレビロンは悪態をついた。レディ・フィービーに指一本触れさせるわけにはいかない。

自分がついているかぎり。

今度は絶対に。

「殺したの？」彼女はなおも尋ねた。

「おそらく」ふたりは馬と少年のもとにたどりついた。トレビロンがあぶみをつかむと、馬は頭を振ったが落ち着いている。いい馬のようだ。「乗りますよ」

「いったい何に？」

「馬です」トレビロンは低い声で答え、彼女の手のひらを鞍《くら》の上に置いた。

「わっ！」少年が驚きの声をあげる。

レディ・フィービーはのみ込みが早かった。鞍からたどってあぶみを見つけ、足をかける。

トレビロンは両手を彼女のヒップにしっかりと当て、勢いよく押しあげた。

「ふう」レディ・フィービーは馬の首にしがみついたが、怖がってはいないようだ。

「すまないな」トレビロンは、彼の手にある拳銃に気づいて目を丸くしている少年に小さく声をかけた。

杖を捨ててなりふりかまわず馬によじのぼり、トレビロンはレディ・フィービーのうしろに座った。手綱を引っ張って少年の手から取る。右手に拳銃を持っているので、手綱を持ったまま左腕を彼女のウエストにまわして、しっかりと胸に引き寄せた。

追いついた赤毛の男が、馬の口に装着された頭絡《とうらく》をつかもうと手を伸ばしてきた。唇に醜悪な笑みを浮かべている。

トレビロンはその顔に向かって発砲した。

周囲が騒然とする。

馬が一瞬棹立《さおだ》ちになって、トレビロンの股のあいだにレディ・フィービーが滑り落ちてきた。それでもかまわずに彼は膝を締め、駆けだすよう馬に合図した。拳銃をホルスターにしまう。

地上では脚を引きずらずに歩けない彼だが、馬に乗れば誰よりも自由に動ける。

「今度は殺したの？」レディ・フィービーが叫ぶように尋ねるあいだも、トレビロンは荷馬車をよけて馬を駆った。彼女の頭から帽子が飛び、明るい茶色の髪が広がって彼の唇にかかる。

自分の腕の中にレディ・フィービーがいる。悪党どもから逃れて無事に。大事なのはそれだけだ。

「そうです」レディ・フィービーの耳元で、トレビロンは淡々とした口調を装った。こんなふうに彼女を腕に抱いていると本当はどんな気持ちになるか、切々と語っても意味はない。

「まあ、よかった」

トレビロンは前に乗り出して、彼女の髪から漂う甘い薔薇の香りを吸い込んだ。清らかな禁断の香りを。馬の腹を蹴り、ロンドンの中心部を飛ぶように疾走させる。

レディ・フィービーは頭をうしろに投げ出して、ぶつかってくる風に笑い声を放った。

フィービーはたしなみを無視してトレビロン大尉の肩に頭をのせ、腰の下から伝わってくる馬の躍動を感じながら、顔に当たる風を楽しんだ。喜びに満ちたのびやかな声が聞こえ、自分が笑っているのだとはじめて気づいた。

「人が死んだと聞いて笑っているのですか？」護衛を務める男がむっつりと尋ねても、フィービーは気にしなかった。トレビロンがそばにいるようになって六カ月が経つ。陰気な声にもすっかり慣れて、無視するのが一番だと悟っていた。

とにかく、できるかぎりは。

「笑ったのは、もう何年も馬に乗っていなかったからよ」フィービーはちくりと皮肉をこめた。彼女だって、いやみくらい言いたくなるときもある。「見当違いの罪悪感を抱かせようとして、せっかくの楽しさに水を差さないで。哀れな男を殺したのはあなたよ。わたしではないわ」

馬が速度を落とさずに角を曲がり、ふたりの体は密着したまま傾いた。トレビロンがうなるような声をもらす。フィービーは広くて力強い彼の胸を背中に感じた。ホルスターにおさめられた拳銃が食い込んで、この人は暴力的行為に慣れた男なのだと思い知らされる。疾走する馬に周囲から怒りの叫びがあがり、フィービーは思わず笑いだしたくなった。本当に奇妙だ。トレビロン大尉といると、いらいらさせられるのに、なぜだか安心できる。絶対に守ってくれると、心から信頼できるのだ。

大尉が自分に特別な好意を持っていないとしても。

「やつはあなたを狙っていました」トレビロンがそっけなく言ってフィービーのウエストにまわした腕に力をこめたとたん、馬がジャンプした。

ああ、この感覚！　胃がふわりと持ちあがると同時に体が宙に浮き、一瞬ののちに着地の衝撃がやってきた。腿を通して馬の筋肉の力強い動きが伝わってくる。さっきトレビロンに言ったことは誇張ではない。この感覚を最後に味わってから何年も経つ。フィービーは生まれつき目が見えなかったわけではなかった。一二歳まではふつうの視力で眼鏡もいらなかったのに、徐々に見えにくくなっていったのだ。それでも明るい場所なら平気で、とくに心配する必要はないように思えた。

少なくとも最初のうちは。

けれどもいま、フィービーは花の盛りの二一という年齢で、すでに一年以上も盲目同然の状態で過ごしている。さんさんと太陽が照っている日にはぼんやりとものの形くらいは見えるが、今日のように曇った日はだめだ。

何も見えない。

空を飛ぶ鳥も、薔薇の花びらも、指先の爪さえも。どんなに目を凝らし、顔に近づけてみても。

そして目が見えなくなるのと同時に、人生を満たしていたたくさんの小さな喜びも失われてしまった。

馬に乗る楽しみも、そのひとつ。

フィービーは粗い手触りのたてがみを握りしめ、トレビロンの自信に満ちた手綱さばきを楽しんだ。楽々と馬を操る彼の手腕にいまさら驚きはない。馬に乗って戦う竜騎兵連隊の兵士だったわけだし、早朝にしょっちゅう廏舎《きゅうしゃ》を訪ねる彼女に何度も付き添ってくれている。

どこまで進んでも、街は喧騒に満ちていた。ロンドンに静かな場所はない。馬車のきしみや荷馬車の車輪の音、行き交う無数の足音、歌声やけんかの声。ものを売り買いしたり盗んだりする音、売り子たちの呼びかけ、子どもたちの甲高い声、馬のひづめの音、三〇分ごと一五分ごとに鳴らされる教会の鐘が、混然一体となっている。

行く先々で怒声が飛んでくる。街中でこれほど速度をあげるなど常識はずれなうえに、突然の方向転換や馬の筋肉の動きからして、トレビロンは人込みを縫うように馬を走らせているらしい。

フィービーは振り返って息を吸い込んだ。大尉は香水をつけていない。ときどきコーヒーやかすかな馬のにおいがするだけだ。

それがフィービーにはいらだたしい。「ここはどこ?」

いま、自分の唇はトレビロンの頬に不謹慎なほど接近しているはずだ。それでも彼の姿ははっきり見えない。大尉は右脚が不自由で、彼女より頭ひとつ分背が高く、左手の中指と薬指のあいだにたこがある。彼の容貌について、フィービーにわかるのはそれだけだった。

「においでわかりませんか?」トレビロンが問い返した。

頭を少しあげて大気を吸ったフィービーは鼻にしわを寄せた。魚、汚水、腐敗の醸し出す特有のにおい。「テムズ川? なぜこんなところへ来たの?」

「やつらを振りきったことを確認するためです」彼がいつものように冷静に答える。

伸びあがって平手打ちを食らわせたらこの人はどうするかしら、とフィービーはときどき考える。あるいはキスでもいい。彼が落ち着きを失うところを見てみたかった。

もちろんキスをしたいわけではない。想像するだけでもぞっとする。大尉の唇はきっと魚のように冷たいだろう。

「こんなに遠くまで追ってくるかしら」フィービーは信じられずに声をあげた。思い返してみると、すべてがひどく現実離れしている。よりによってボンドストリートで襲われるなんて! どこかに置き忘れてきたレースが頭に浮かび、せっかくのすばらしい買い物が水の泡だと悔しさがこみあげた。

「さあ、どうでしょう」彼の声は淡々としているようでいて、人を見下している気配がある。

「そうされないように、やつらが予想もしない方向に逃げてきたつもりですが」

フィービーはたてがみをぎゅっと握った。「ところで、襲ってきたのはどんな男たちだったの?」

「ふつうのごろつきですよ」

「じゃあ、きっとそうよ」彼に逆らうように言う。「ただの追いはぎでしょう。わたしを狙っていたわけじゃないわ」

「ボンドストリートで追いはぎですか? しかも真っ昼間に?」トレビロンはまるで動じない。

いますぐ振り向いてキスをしたら、彼をあわてさせられるのに。

フィービーはふうっと息を吐いた。いつのまにかゆっくりと歩いている馬の首を、そっと叩いてやる。指の下に感じる馬の毛はなめらかで、わずかに油分を含んでいた。馬はフィービーの思いに同調するかのようにいなないた。「どちらにしても、わたしをつかまえていったいどうするつもりだったんでしょうね」

「まず思い浮かぶのは、誘拐して身代金を請求する、結婚を強要する、あるいは身ぐるみはがすつもりだった、というところですね」大尉がすらすらと列挙する。「なんといっても、あなたはイングランドでもっとも裕福かつ権力を握っている男性の妹君なのですから」

フィービーは顔をしかめた。「はっきりとものを言いすぎだって誰かに言われたことはない、トレビロン大尉?」

「あなたにだけ、しょっちゅう言われます」トレビロンが顔の向きを変えたようで、フィービーはこめかみをかすめる彼の息を感じた。かすかにコーヒーのにおいがする。

「それならもう一度、そう言わせてもらうわ」彼女は即座に言い返した。「いまどこにいるの？」

「もうすぐウェークフィールド邸です」

その言葉を聞いて、フィービーは不意に事態の深刻さを悟った。兄のマキシマスの反応は予想がつく。

フィービーはあわててトレビロンの気をそらしにかかった。「そういえば、お兄さまは今日とても忙しかったでしょう。ほら、新しい法案への支援を取りつけるとかで――」

「いまは議会の会期中ではありません」

「何カ月も延びることがあるもの」フィービーは熱心に言い募った。「すごく重要な法案なのよ！　それから……たしかヨークシャーの領地で洪水が起きたんだったわ。そのせいで、お兄さまは遅くまで起きていらしたもの。ヨークシャーだったわよね？」必死に続ける。「それともノーサンバーランドだったかしら。いつも混同してしまうのよ。両方とも遠い北のほうにあるから。とにかく、お兄さまの邪魔はできないわ」

「戻りましたら、そのまま部屋にお連れします」男の尊大さを漂わせて、トレビロンはフィービーの言い訳を一蹴した。「ゆっくり休んで――」

「わたしは小さな子どもじゃないのよ」フィービーは抵抗した。

「お茶でも飲んで――」

「それにやわらかいおかゆも食べろなんて言いだすんじゃないでしょうね。昔、子ども部屋でいつも乳母に食べさせられていたけど、大嫌いだったわ」

「そのあいだに、わたしは今日あったことを公爵閣下に報告しますから」途中でさえぎられても気にする様子を見せず、トレビロンは締めくくった。

まさにそれをフィービーは恐れていたのだ。今朝の出来事を兄のマキシマスが知ったら、きっとこれまで以上に自由を奪われてしまう。そうなれば正気を失わずにいられるかわからない。「ときどきあなたが嫌いになるわ、トレビロン大尉」

「ときどきしか嫌われていないと知って、ほっとしました」彼は手綱を引き、ここまで運んできてくれた馬にねぎらいの言葉をかけた。

しまった。もう屋敷に着いてしまったんだわ。

絶望に駆られたフィービーは、両手でトレビロンの大きな手を取って訴えた。

「どうしても話さなくてはならないの？　お願いだから、お兄さまには言わないで。わたしのためと思って」愚かなまねをしているのはわかっている。目の前にいる男性は、どう考えても情で動くような人間ではない。ましてや、わたしなどの訴えに耳を貸したりしないだろう。けれどもフィービーはわらにもすがる思いだった。

「申し訳ありません」大尉の声にはちっとも心がこもっていなかった。「わたしはあなたの兄君に雇われている身です。これほど重大な出来事を報告しなければ、義務を怠ることになります」

トレビロンが手を引き抜いたので、フィービーの手は虚しく空をつかんだ。

「それなら仕方ないわね」彼女は苦々しく言った。「忠実に義務を遂行しようとするあなたの邪魔をしようだなんて、身のほど知らずだったわ」

最初から結果は見えていた。トレビロン大尉のような冷血漢の同情を引こうとしても、はなから無理だったのだ。フィービーの冷ややかな態度を、彼は無視した。

「そのまま動かずに」トレビロンはつけ足した。「しばらくお待ちください」彼が先に馬をおりると、背中に感じていたぬくもりが消えて、フィービーは心細くなった。

ため息をつき、トレビロンの言葉に従う。わたしはばかじゃない。ときどき彼はそう思っているようだけれど。

「大尉！」最近従僕として雇われたリードの声がした。彼は焦るとすぐにロンドン訛《なま》りが出る。

「ハサウェイとグリーンを呼んできてくれ」トレビロンが命じている。

フィービーが耳を澄ましていると、従僕があわてて屋敷に駆け戻る気配があり、それからしばらくして数人の男たちの声とさらに多くの足音で騒がしくなった。なんてややこしい状況になってしまったのだろう。取り残されて、ひとりでは馬からおりることもできない。そういえば、しばらくトレビロンの声を聞いていない気がする。わたしを置いて、どこかへ行ってしまったのかしら？

「大尉？」

馬が身じろぎをして、あとずさりした。

フィービーはバランスを崩して、馬のたてがみをつかんだ。突然不安に襲われる。

「大尉？」

「ここです」膝のすぐ横で、低く落ち着いたトレビロンの声がした。「あなたを残してどこかへ行ったりなどしません。絶対に」

ほっとして力が抜けた彼女は、つっけんどんに返した。「そんなにじっとしていたら、いるかどうかわからないじゃない。においもしないし」

「テムズ川のようなにおいを漂わせてほしいのですか？」大きくて有能な手がウエストに置かれたかと思うと、フィービーはやさしく鞍から持ちあげられた。「いくらあなたのためでも、魚のにおいをさせるのはごめんこうむりたいですね」

「香水をつけてくれればいいでしょう」

「パチョリのにおいも気が進みません」

「パチョリじゃなくていいのよ。もっと男らしい感じのもので」地面におろされるまでのあいだ、どんな香りがいいか思いをめぐらせた。「落ち着いた深みのある香りがいいわね」

「ぜひにとおっしゃるなら」トレビロンはあくまでも礼儀正しく応えたが、真意はわからなかった。

彼がフィービーの肩に左腕をまわす。右手には、まだ銃を握ったままなのだろう。足を踏み出したトレビロンがわずかによろけた。きっと杖をなくしたのだとひらめいて、フィービーは思わず心の中で声をあげた。彼は杖なしで歩いてはいけないのに。あとでひどい痛みに襲われるのだから。

「フィービー！」育ての親とも言える親戚、バティルダ・ピックルウッドの声が聞こえて、フィービーはため息をついた。「いったい何があったの？」

きゃんきゃん吠《ほ》える声とともにばたばたと足音がして、バティルダのかわいがっている小さなスパニエル、ミニョンがスカートに飛びついてきた。

バティルダが愛犬を叱る声にかぶせるように、トレビロンが低い声で言った。「失礼して、お嬢さまを部屋にお連れします」そのままフィービーは彼に連れられて玄関へ向かった。

「わたしはまったく平気なのよ」バティルダに心配させたくなくて、フィービーは振り返って言った。「でもトレビロン大尉が杖をなくしてしまって。代わりのものを取りに行かなければならないわ」

「いったい何があったの――？」

「サー」リードが戻ってきて声をかける。

「リード」トレビロンは即座に返した。女性たちの会話を完全に無視している。男たちの尊大さにフィービーはむっとした。「おまえとハサウェイでレディ・フィービーを部屋までお送りして、追って指示するまでおそばについていてくれ」

「了解しました」

「まあ、やめて」フィービーは抗議した。玄関に着いたところで、なぜかミニョンが興奮して吠えはじめる。「護衛はふたりもいらないわ——」

「お嬢さま」トレビロンが堅苦しい口調でさえぎった。こうなったら取りつく島もないと、フィービーにはよくわかっていた。

「何がなんだか、さっぱりわからないわ」バティルダが口をはさむ。

そのとき、バリトンの声があたりに響き、フィービーの背筋を冷たいものが走った。

「いったい何事だ？」声の主は彼女の兄、ウェークフィールド公爵マキシマス・バッテンだった。


面長の顔にすらりとした長身のウェークフィールド公爵は、剣を携えるかのように貴族としての威厳をまとっている。しかもそれは中身のない空威張りではなく、必要に応じて切れ味鋭く絶大な威力を発揮するのだ。

トレビロンは雇い主にお辞儀をした。「レディ・フィービーはご無事ですが、報告すべきことがあります、閣下」

白いかつらをつけたウェークフィールド公爵が眉をあげる。

その視線をトレビロンはひるまずに受け止めた。目の前にいる男は公爵かもしれないが、自分はこれまでの人生で、怒りに満ちた上官と何度も渡りあってきている。ただし、いまは鋭い痛みが右脚の膝下から腰まで達していて、ようやく立っているようなありさまだ。もうしばらく持ちこたえてくれ、とトレビロンは祈った。

公爵が現れてから、玄関広間は静まり返っている。ミス・ピックルウッドの犬でさえ、吠えるのをやめていた。

トレビロンの腕の下でレディ・フィービーがあたたかい体を落ち着きなく動かし、重いため息をついて沈黙を破った。「何も起こらなかったのよ、お兄さま。本当に心配する必要はない――」

「フィービー」言い訳を続けようとする妹を、ウェークフィールド公爵が制した。

トレビロンは彼女の華奢な肩を一瞬握ってから手を離した。「ミス・ピックルウッドと一緒に部屋へお戻りください」

武骨な自分にはやさしい声など出せないとわかっていた。だがそういう声が出せたらと、こんなにも願ったことはなかった。細い肩に明るい茶色の髪がかかり、乗馬で上気した丸い頬に薔薇のつぼみのような赤い唇をしたフィービーは、先祖伝来の屋敷にいるのになぜか迷子の少女のように見える。もう一度抱き寄せたいという思いに駆られたが、彼女にしてみれば、そんな慰めは求めてもいないし必要としてもいないだろう。一瞬胸がちくりと痛んだもののの、トレビロンはすぐに気の迷いだと自分に言い聞かせた。

彼はふたたび従僕に呼びかけた。「リード」

リードは以前、トレビロンが指揮する連隊の兵士だった。背が高く痩せていて、お仕着せの服は胸の部分がぶかぶかだ。体と比べて手足が不釣りあいに大きく、ごつごつした肘と膝が目立つ。けれども決してハンサムとは言えない顔の中で、目は鋭い光を放っていた。彼は名前を呼ばれただけで、それが先ほどの指示を実行に移せというトレビロンからの合図だと正確に理解した。そして一九歳の若い従僕、ハサウェイを身振りで促し、ミス・ピックルウッドに連れられて部屋へ向かうレディ・フィービーのあとを追った。

レディ・フィービーが男の尊大さについてこぼすのが聞こえ、トレビロンは笑いを嚙み殺した。

「大尉」公爵に呼びかけられて、彼はわれに返った。雇い主が書斎のある屋敷の奥を頭で指し示し、歩きだすのが見えた。

トレビロンはすぐさまあとに続いた。

ウェークフィールド邸はロンドンでも有数の大きな屋敷だった。長い廊下に並ぶ優美な彫像の横を通り、図書室や居間のドアを過ぎていくにつれて、トレビロンの脚の痛みはどんどんひどくなっていった。奥まった場所にある公爵の書斎にようやく到達する。そこは広くはないが、落ち着いた色目の木材と宝石のように華やかで毛足の長い絨毯《じゅうたん》で仕上げられた居心地のいい部屋だった。

ウェークフィールド公爵はドアを閉めると、彫刻が施された大きな机をまわり込み、椅子に腰をおろした。

いつもなら、トレビロンは雇い主の前で自分から座ったりしない。しかし今日は、もう立っていられなかった。作法を無視して机の前の椅子に倒れ込むように座ったとたん、ドアが開いてクレイブンが現れた。

公爵の従者であるクレイブンは、かかしのような男だ。細身で背が高く、年齢は不詳。三〇代でも六〇代でもおかしくはない。一応従者とされているがそれ以上の存在だと、トレビロンは公爵のもとで働きはじめてすぐに悟った。

従者はドアを閉め、机の横に歩み寄った。

「ボンドストリートで四人のならず者に襲われました」トレビロンは報告した。

クレイブンが髪の生え際まで眉をあげる。

公爵が低く罵りの声をもらした。「ボンドストリートだと？」

「そうです、閣下。拳銃でふたり倒し、馬を手に入れ、レディ・フィービーを迅速に危険から遠ざけました」

「やつらは何か言っていたか？」公爵がいぶかるように顔をゆがめる。

「いいえ、閣下」

「身元の手がかりになるようなものは？」

トレビロンは一瞬考え込み、見落としがないか午後の出来事を思い返した。

「ありません、閣下」

「忌々しい」

クレイブンが小さく咳《せき》払いをする。「メイウッドでしょうか？」

ウェークフィールド公爵は顔をしかめた。「違うだろう。やつだとしたら、頭がどうかしている」

従者はこほんと咳をした。「あの方は閣下のランカシャーの領地をお買いになりたいと、以前からひどく執着しておられます。かなり頭に血がのぼった様子の手紙を、昨日も受け取られたばかりではありませんか」

「やつは、石炭が埋まっているという事実にわたしが気づいていないと思っているのだ」公爵は苦々しげに吐き捨てた。「なぜこれほどまでに石炭を欲しがるのか見当もつかないが」

「蒸気機関の燃料にしたいと思っておられるのでしょう」クレイブンは天井に目を据えて答えた。

ウェークフィールド公爵は虚をつかれたようだった。「そうなのか？」

「メイウッドというのは何者です？」トレビロンは口をはさんだ。

公爵がこちらに向き直る。「メイウッド子爵はランカシャーの領地の隣人だ。そういえば前から変わっていて、何年か前にはカブの話を延々と聞かされた」

「変人かどうかはともかく、あの方は人前で面と向かって閣下を脅したではありませんか」クレイブンは穏やかに指摘した。

「やつが脅したのはわたしだ。妹ではない」公爵が言い返す。

少しでも頭が働くように、トレビロンは右の腿をもんだ。「レディ・フィービーを傷つけて、その方の石炭計画に何か得になることがあるのですか？」

公爵はいらだたしげに手を振った。「あるわけがない」

「傷つけても得はしないでしょうが、誘拐して閣下が土地の売却に同意するまで人質にしようとしたとか……あるいは息子と無理やり結婚させようとしたのだとも考えられます」クレイブンが静かに意見を述べる。

「メイウッドの跡継ぎはすでに結婚している」公爵がうなるように反論した。

クレイブンは首を横に振った。「相手の女性がカトリック教徒なので国教会が承認せず、メイウッドは息子の結婚を無効と宣言したそうです」

レディ・フィービーが愛のない結婚を強いられるかもしれない――しかも有効か無効かにかかわらず、すでに結婚している男と。トレビロンは唇を引き結んだ。「メイウッドという男はそんな計画を企てるほどいかれているのですか、閣下？」

公爵は椅子の背にもたれ、目の前に広げてある書類を見つめて考え込んだ。

そしていきなり拳を天板に叩きつけたので、机の上のものがいっせいに動いた。

「そうだ。たしかにメイウッドはそんな計画を企てるほどいかれている――そしてばかだ。ちくしょう、クレイブン、わたしのせいでフィービーが危険にさらされるなんて断じて許せん」

「もちろんですとも、閣下」従者は同意した。「さっそく調査をはじめてよろしいでしょうか」

「そうしてくれ。行動を起こす前に、はっきりした証拠が欲しい」

どこかしっくりこないものを感じて、トレビロンは身じろぎをした。「ほかの可能性についても調べを進めるべきでしょう。誘拐計画の黒幕はメイウッドではないかもしれません」

「それもそうだ。クレイブン、両方の面から調査を進めてくれ」

「かしこまりました、閣下」

ウェークフィールド公爵がいきなり目をあげ、射るような視線を向けてきた。

「トレビロン、妹を救ってくれて礼を言う」

頭を軽くさげた。「それが仕事ですから」

「たしかにそうだ」厳しい目で公爵が続ける。「ではきくが、その脚でこの先も妹を守れるか？」

トレビロンは身をこわばらせた。それについては何度も自問してきた。しかし彼自身が疑念を抱き、あらゆる角度から検討したなどと人にもらすつもりはない。なぜなら、出た答えは単純明快だったからだ。自分以上にレディ・フィービーを守れる人間はいない。

「大丈夫です、閣下」

「断言できるか？」

トレビロンは公爵とまっすぐに目を合わせた。国王の竜騎兵連隊を一二年近く率いてきたのだ。誰を前にしても臆しはしない。「任務が遂行できないと感じたら、閣下に言われるまでもなく自ら身を引きます。それについてはお約束いたします」

公爵が小さくうなずく。「ならば結構」

「お許しいただければ、現行の危険が完全に排除されるまで、リードとハサウェイを常時レディ・フィービーの護衛につかせたいと思います」

ドアを叩く音がした。「入れ」公爵が立ちあがると同時に、ドアを叩く音がした。「入れ」

ドアを開けたのは、フィービー付きのメイドのパワーズだった。黒髪を複雑な形に結いあげた小柄な彼女は、王女が着ていてもおかしくないような黄色い刺繍《ししゅう》のドレスを身につけている。

メイドは入室するとすぐにお辞儀をして話しだした。教養のにじむ声には、出身地のアイルランドのアクセントはほとんど感じられない。「お邪魔いたしまして申し訳ありません、閣下。お嬢さまがトレビロン大尉にこれをお届けしてほしいとおっしゃいまして」

メイドは杖を差し出した。

トレビロンは首から上が熱くなるのを感じたが、椅子の背に手を置いて立ちあがり、なんとか動揺を抑えた。歯ぎしりする思いでプライドをのみ込み、静かな声で告げる。

「ここまで持ってきてもらえないか、ミス・パワーズ」

メイドは駆け寄って、杖を渡した。

トレビロンは礼を言い、強い意志をもって公爵と目を合わせた。「それでは失礼してよろしいでしょうか、閣下?」

「うむ」ウェークフィールドが哀れみの念を見せるような男でなくてよかった。トレビロンは感謝した。公爵の目に同情の色はうかがえない。「しっかり妹を守ってくれ、大尉」

トレビロンは顎をあげ、心の底から答えた。「命に代えましても」

向きを変え、脚を引きずりながら部屋をあとにした。

2

ある日、王さまは息子たちを呼んで言いました。「おまえたちに遺産をやるときが来たようだ」

そして上の息子にはきらきら輝く金の鎖を、真ん中の息子にはずしりと重い銀の鎖を与えました。けれども最後にコリネウスのほうを向いたとき、王さまの手にあったのは細い鉄の鎖でした。

王さまはそれを末の息子の首にかけて、こう言ったのです。「これはただの鉄の鎖だが、おまえへの信頼の証《あかし》として渡す。ここを出たら、自分の力で財産を築きなさい」

……。

『ケルピー』

「まあ、とても信じられないわ」翌日の午後、レディ・ヘロ・リーディングは驚きのあまり声をあげた。「真っ昼間に誘拐されそうになったというの？　しかもボンドストリートで？　いったいどこの誰がそんなことを企てたのかしら」

フィービーは姉の言葉を聞いて弱々しく笑った。「わからないわ。でもお兄さまは今日、外出を許してくれなかった――お姉さまの家でもだめだって。自分の妹の家なのに信用できないのかしら」

「あなたのことを心配しているのよ」義姉のアーティミスが、やや低音の落ち着いた声でなだめる。フィービーが家から出られないため、三人は毎週恒例のお茶会の場所をウェークフィールド邸に変更していた。

フィービーは鼻で笑った。「お兄さまは今回の件を利用して、わたしを完全に家に閉じ込めるという前々からの目標を達成したのよ」

「まあ、フィービー」ヘロが静かな声でやさしくたしなめた。「お兄さまはそんなつもりではないわ」

フィービーとヘロは〝アキレスの間〟でベルベット張りの長椅子に並んで座っていた。この部屋は天井に、ケンタウロスが若いアキレスに教育を授けている場面が描かれているため、そう呼ばれている。小さい頃、フィービーはこの神話上の生き物が怖かった。ケンタウロスたちは見るからにいかめしかったからだ。けれどもいまはもう、彼らがどんな顔だったのかちゃんと思い出せない。

そう考えると気がめいった。

フィービーが姉のほうに顔を向けると、心の和むスミレの香りがした。

「わたしが腕を骨折してからお兄さまが余計にうるさくなったのは、お姉さまも知っているでしょう？」

視力がまだいくらか残っていた四年前、フィービーは店の中で階段を踏みはずして、頭から転げ落ちてしまったのだ。腕の骨がひどく折れたので、きちんと接《つ》いでもらわなくてはならなかった。

「あなたを守らなくてはと思っているのよ」バティルダがとりなした。

フィービーとヘロの向かいには、ぜいぜいと音をたてて息をするミニョンを膝にのせたバティルダが、アーティミスと隣りあって腰かけている。年が離れた親戚のバティルダは、フィービーたちの両親が死んだあと母親代わりになってくれた。両親はフィービーがまだ赤ん坊のときに、セントジャイルズで追いはぎに襲われて命を落としたのだ。けれどもバティルダは、いまはたいていマキシマスを家長として立てている。必ずというわけではないが、ほとんどの場合は逆らわない。

そして、フィービーに対する過保護さをいさめたことは一度もない。

フィービーは考え込んだまま、うわの空で長椅子のベルベット地を撫でた。一方に撫でるとなめらかで、反対向きに撫でると抵抗を感じる。「わたしを気にかけて、心配してくれているのはわかっているのよ。でもお兄さまは、そのためにわたしの自由をすべて奪おうとする。今回の件が起こる前だって、パーティーやお祭りなんかは危険だと言って行かせてくれなかった。それなのに今日の出来事を知ったら、もっとひどいことになるわ。真綿でくるんで棚の中にしまい込むように、家から出してもらえなくなる。そうなったら、もう……耐えられない」

フィービーの抱いている不安は、言葉ではとうてい言い表せなかった。いま以上に束縛されると思うと、恐慌をきたしそうになる。

そのとき、あたたかい指がなだめるように彼女の指を包んだ。「わかっているわ、フィービー」ヘロだ。「あなたはいままで、お兄さまの言うことによく従ってきたものね」

「わたしから話してみる」アーティミスも言った。「これまでマキシマスは、あなたを守ろうとしてかたくなな態度を貫いてきたわ。でも当のあなたがこんなに息苦しい思いをしていると知ったら、少しは手綱をゆるめてくれるのではないかしら」

「せめて、影みたいに片時もそばを離れないあの人から、解放してほしいの」フィービーはささやいた。

「それは絶対にないわね」バティルダが言う。「それに、トレビロン大尉はいつも一緒というわけじゃないでしょう？　いまだっていないもの」

「ウェークフィールド邸の中だからよ」フィービーはふうっと息を吐いた。「こうしてお茶を飲んでいるあいだも、ドアの陰にひっそりと立っているのかもしれないわ。それにハサウェイとリードまで。気がついたでしょう？」

「どういうこと？」ヘロがけげんそうに尋ねる。

「ふたりとも、奥の窓際に立ったまま出ていっていないんじゃない？」フィービーは姉の返事を待たずに言葉を継いだ。ここ数分、従僕たちが動いた気配はない。わたしから目を離さずに警戒態勢を取っているのはわかっている。「お兄さまは、あのふたりも護衛に加えたのよ」

居心地の悪い沈黙がおりた。「フィービー……」アーティミスが口を開きかけたが、代わりに義姉の子どもにあわてて声をかけた。「触っちゃだめよ、ウィリアム。ティーカップはおもちゃじゃないの」

ヘロの長男であるウィリアムは二歳半のわんぱく盛りだ。耳をつんざくような叫び声をあげたところを見ると、ティーカップに触りたくて仕方がないらしい。

「ウィリアムったら」ヘロがいらだった声を出した。膝の上で眠っていた二番目の息子が、むずかりはじめたのだ。「セバスチャンを起こしちゃったでしょう」

「申し訳ありません、奥さま」養育係のスマートが、あわててウィリアムに駆け寄る音がした。

「あなたのせいではないわ、スマート」ヘロは彼女を責めなかった。「子どもというのはこういうものが大好きですもの」

「抱っこさせてもらえる?」フィービーは姉に向かって両手を差し出した。

「ありがとう。気をつけてね、ちょっとよだれを垂らしているから」

「かわいい赤ちゃんはみんなそうよ」フィービーは膝の上で身をくねらせる甥の感触を楽しんだ。落とさないように、しっかりと赤ん坊を抱える。生後三カ月のセバスチャンは、まだちゃんと座れない。フィービーはぽっちゃりとしたおなかを支えて座らせると、甘いミルクのにおいを吸い込んだ。「ママが言ったことは気にしなくていいのよ、セブ。わたしはよだれを垂らしている男性が大好きなの」

赤ん坊はうれしそうな声をあげたかと思うと、いきなり小さな指を彼女の口の中に突っ込んだ。

「甘やかすからよ」ヘロがフィービーに言う。

「ウィリアム坊ちゃまを庭にお連れしてもよろしいでしょうか、奥さま？」養育係が小声で女主人に尋ねた。

「ウィリアム、スマートとお庭に出て探検したい？」ヘロが息子にきいている。「このお砂糖のついたビスケットを持っていくといいわ。ではよろしくね、スマート」

ドアが開閉する音がした。

「わたしはあの娘が好きよ」フィービーがセバスチャンの指をやさしく噛んでいると、バティルダの声がした。「有能なだけではなくて、かわいいウィリアムにやさしくしてくれるから。いったいどこであんないい娘を見つけたの？」

「わたしもスマートが気に入っているの」ヘロが答える。「前の養育係よりずっといいわ。意外でしょうけど、スマートはレディ・マーガレット――メグスの前の家政婦が推薦してくれたのよ。その家政婦は若いのにとても有能だったのだけど、突然やめさせてほしいと言って、メグスのところを出ていってしまったの。もっといい働き口を見つけたんでしょうね、きっと」

「侯爵の娘のところよりもいい働き口なんてあるのかしら?」アーティミスがいぶかしげに言う。

「公爵よ」間髪をいれずにバティルダが答えた。「モンゴメリー公爵の屋敷に引き抜かれたと聞いたわ」

「どこでそういう情報を仕入れるの?」ヘロが驚いて尋ねた。フィービーも同感だった。バティルダはいつも誰よりも早く噂話を聞きつけてくる。

「白髪のおばあさんばかりのお茶会で、ほかにどんな話題があるっていうの?」バティルダが切り返した。「そういえば昨日聞いたのだけれど、フェザーストーン卿がレディ・オパータインとハイドパークに行って、アヒルの泳ぐ池を楽しそうに眺めていたらしいわ」

「それがどうかした?」ヘロがけげんそうに返す。

「そのときフェザーストーン卿は、膝丈ズボン《ブリーチ》をはいていなかったそうよ」バティルダは得意満面でつけ加えた。「下着もね」

フィービーは自分の眉が跳ねあがるのを感じた。

「ただし、レディ・オパータインのガーターを腿につけて――」

「お茶をもう少しいかが?」ヘロがあわててみなに問い、話をさえぎった。

「いただくわ」アーティミスが答える。

かちゃかちゃと茶器のぶつかりあう音がした。

フィービーが唇を震わせて無作法な音をたてると、赤ん坊はきゃっきゃと喜んだ。だが彼女がどんなに目をすがめても、セバスチャンの頭の輪郭すら見えない。おそらく室内がそんなに明るくないのだろう。「ヘロ？」

「なあに、フィービー？」

「この子の髪は何色？」

一瞬、周囲が静まり返った。目が見えなくても、横にいる姉にまじまじと見られているのがわかる。こんなときフィービーは、みなと同じふつうの体であればと心から願うのだった。家族に一方的に心配されるだけの、重荷とも言える存在なのがつらい。目を向けるだけでかわいい甥の姿を確かめられたら、どんなにいいだろう。

けれど、どれほど願ってもそれは無理なのだ。

テーブルの上でかしゃんと音がした。「ああ、フィービー、ごめんなさい」ヘロがおろおろした声で言う。「あなたに一度も話してあげていなかったなんて――」

「いやだわ、やめて」もどかしさにフィービーはかぶりを振った。みなに罪悪感を抱かせたくて質問したわけではない。「謝ってもらう必要などないのよ。本当に。わたしはただ……知りたいだけ」

ヘロがすすり泣きのような音をたてて息を吸う。

フィービーは唇を引き結んだ。

アーティミスが咳払いをして、いつもどおりの低く穏やかな声で話しはじめた。

「髪の色は黒よ。セバスチャンはまだ赤ちゃんだけど、かわいらしいウィリアムとはまったく違った容姿になると思うわ。目は同じ茶色でも色がもっと濃いし、肌はかなり浅黒いの。ウィリアムは生まれつき色白だから。それから、立派なバッテン家の鼻になりそうな兆候があるわね」

「まあ、なんてこと」フィービーは思わず口がほころぶのを感じた。こわばっていた肩から力が抜ける。兄のマキシマスもどちらかといえばバッテン家の系統の鼻だが、その特徴がもっとはっきり現れているとなると、甥の鼻はかなり目立つものになりそうだ。代々の先祖の肖像画から判断するかぎり。

「大きな鼻の男性は威厳があっていいじゃないの」フィービーの反応を、バティルダがさりげなくたしなめた。「あなたの大尉だってなかなかの鼻よ。そのおかげでさっそうとしているんじゃないかしら」

「彼はわたしの大尉じゃないわ」フィービーはそう言ったあと、我慢できずにきいた。「さっそうとしているの？」

「まあ、ハンサムと言っていいわね」バティルダが答える。

ただしアーティミスの答えは違った。「さっそうとしているというか――」

「ちょっといかめしすぎるわ」ヘロが代わりに言葉を継いだ。

みなはひと息ついた。

静かになった部屋に、セバスチャンのぐずる声が響く。

「おなかがすいたんだわ」ヘロがつぶやき、息子を抱きあげた。

フィービーの耳に、衣《きぬ》ずれの音に続いて姉が授乳している気配が伝わってきた。母親が自ら授乳するのは上流階級では珍しい。けれどもフィービーは姉がうらやましかった。あたたかい小さな体を胸に抱いて、自分が命の糧を与え育んでいると実感するのは、すばらしい経験に違いない。

姉に対する羨望の念を誰にも見られないように、フィービーは顔を伏せた。彼女には、結婚相手にふさわしい男性と出会う機会がほとんどない。たとえ盲目の女性を妻にしたいと思う男性がいたとしても。

「それで、トレビロン大尉の外見は実際にはどんなふうなの？」気持ちがどんどん沈んでいくのがいやで、フィービーは問いかけた。

「そうねえ」ヘロが考え込む。「面長よ」

フィービーは笑った。「それだけでは何もわからないわ」

「しわがあるわ」今度はアーティミスが答える。「とくに口のまわり。そうそう、唇は薄めよ」

「目の色は青」バティルダも参加した。「なかなかすてきな目よ」

「でも、目つきが鋭いわね」ヘロが言う。「ああ、それから髪の色は黒っぽいの。竜騎兵連隊にいた頃は白いかつらをつけていたんでしょうけれど、引退したいまは伸ばして、かっちりと編んでいるわ」

「それから、黒い服以外は身につけないのよ」アーティミスがつけ加えた。

「そうなの？」フィービーは鼻にしわを寄せた。そんな死神みたいな男に張りつかれていたなんて、思いもよらなかった。

「そういえば〝〈恵まれない赤子と捨て子のための家〉を支える女性たちの会〟のことだけれど……」バティルダが突然話題を変えた。

「どうしたの？」アーティミスがきく。

「集まりは明日よ！」とバティルダ。

「そうだったわね」ヘロが言う。「でも、お兄さまはフィービーの外出を許してくれるかしら？」

翌日は〝〈恵まれない赤子と捨て子のための家〉を支える女性たちの会〟の会合が開かれることになっていた。貧民街のセントジャイルズにある孤児院を支援するために結成されたこの会は、ヘロが中心となって女性だけで活動している。フィービーは不定期に開催される会合を、兄が出席を許してくれる数少ない社交行事としていつも楽しみにしていた。

けれども状況が変わったいま、兄が寛容な態度を取り続けるかは疑わしい。

「彼は絶対に出席を許さないわ」アーティミスが静かに言った。「昨日のあとですもの」

「明日は新しく会に参加したいという人が来る予定なのよ」ヘロが落胆する。「でも、会合を延期したほうがいいかしら」

「いいえ」フィービーは却下した。「こんなふうに家の中に隠れているなんていやよ。いちいちお兄さまの指図に従うなんてうんざりだわ」

「だけどフィービー、危険があるなら――」アーティミスが口をはさむ。

「女性たちの集まりになんの危険があるというの？」フィービーは義姉のためらいを一蹴した。「これ以上ないくらい安全だとわかっているでしょう？」

「でも、場所がセントジャイルズですからね」バティルダが指摘する。

「出席する女性たちはみな、屈強な従僕を連れてくるわ。つまり最高の護衛たちがそろうのよ。しかもわたしの大尉には部下がふたり加わるんだもの。とくにリードは、トレビロン大尉の命令を本当に忠実に遂行するの。雇い主はお兄さまだということを忘れているんじゃないかと思うくらいに」

「少なくとも、あなたの大尉だとは認めるわけね」ヘロはからかうように言ったあと、まじめな声に戻った。居間のドアが開く音が響く。「でも、どうやってお兄さまを納得させるつもり？」

「わからないけれど、何か考えるわ」フィービーはきっぱりと答えた。「わたしは籠の中の鳥ではなくて、ひとりの人間なんだもの」

近づいてくるブーツの音で彼が来たのだとわかった次の瞬間、足音はフィービーのうしろで止まった。一瞬、いらだたしさがこみあげる。香水をつけてくれたら、居所の見当がつけやすいのに。

「お嬢さま」トレビロン大尉がしゃがれた声で呼びかけた。「もう誘拐の危険はなくなったと閣下から連絡がありました。ですが、ひとつ言わせてください。あなたは籠で飼われている鳥ではないかもしれませんが、ただの女性でもありません。いわば繊細な美術品です。そんなあなたを盗み出そうとする者がいるかぎり、わたしはおそばについています」

フィービーは頬が熱くなった。あとで大尉とふたりきりになったら、彼の言葉を聞いて〝美術品〟がどう感じたのか、はっきり言ってやらなくてはならない。

レディ・ヘロがみなにいとまごいをしているのを、トレビロンは見守った。女性たちは、彼の庇護《ひご》下にあるレディを守るように取り囲んでいる。彼女たちは育ちがいいので何も言わなかったが、そうでなければいまごろトレビロンは責め立てられていただろう。

いや、レディ・フィービーの頬が繊細なピンク色に染まっているところを見ると、やはり問いただされるのかもしれない。今日の彼女はスカイブルーのドレス姿だ。いつものフィシュー（肩からかけて胸元で結ぶ三角形のスカーフ）ではなく、胴着《ボディス》を縁取る優美なレースで飾られた丸い襟ぐりに、トレビロンは思わず目が吸い寄せられた。ドレスの青に映えて、唇がまるで熟れたベリーのようだ。やわらかくて甘い魅惑的なベリー。思わずかじりつきたくなる。

彼は視線をそらした。こんなことを考えていてはいけない、

「それなら明日の会合には出られるわね、よかったわ」レディ・ヘロは妹の頬にキスをしてトレビロンに鋭い一瞥《いちべつ》を向けると、頭を高くあげてさっと部屋を出ていった。

彼はひそかにため息をついた。

ミス・ピックルウッドは抱いていた犬が身をくねらせたので、ぎくしゃくと身をかがめて

おろしてやった。「ミニョンはいつものお散歩に行きたいみたいだわ」

「いいわね」女性たちのスカートにまつわりついている犬を見おろして、ウェークフィールド公爵夫人が言った。「メイドにボンボンを連れてこさせて、わたしたちも一緒に行こうかしら」

「それはいいわね」ミス・ピックルウッドが返す。「フィービー、あなたもどう？」

「わたしは自分の庭を散歩するわ」レディ・フィービーは笑顔だったものの、声が少しかたいようにトレビロンは感じた。

レディ・フィービーが自分の護衛に言葉をかけないままふだんより荒い足取りで部屋を出ていったとき、その印象は確信に変わった。すぐにあとを追うトレビロンに公爵夫人が同情の視線を向けてきたが、同情などに興味はない。

二階にある居間から、磨きあげられた大理石の階段をおりていくレディ・フィービーをじっと見守った。彼女は一度もつまずいたことがなく、その足取りに迷いはない。一方、トレビロンはこの階段が大嫌いだった。

一階に着いたレディ・フィービーは向きを変えた。廊下の壁に指先を滑らせながら、屋敷の奥へと向かう。鮮やかなブルーのスカートの揺れを見つめつつ、トレビロンはぎこちない足取りでついていった。

庭へと続く背の高いドアに手をかけた彼女にトレビロンは声をかけた。「脚の不自由な男を置き去りにするなんて、子どものようなまねはやめてください」

レディ・フィービーは振り返らなかったが、背中がこわばるのが見えた。

「おあいにくさま、わたしたち美術品は子どもっぽいものなのよ、大尉」

彼女はドアを開けて、庭におりる御影石《みかげいし》の階段へと足を進めた。灰色の階段と深緑色の草という背景に、ブルーのドレスと明るい茶色の髪が映え、まるで春の精のように愛らしい。

これほど頑固に自分から遠ざかろうとしていなければ。

トレビロンは速度をあげて彼女に追いつくと腕をつかんだ。「失礼します」

怒ったような声が聞こえても無視して、レディ・フィービーの手を自分の左腕に置く。庭の地面は植物が生い茂っていて平らではないし、つんと上に向けた鼻から倒れ込むような事態になったら格好がつかないと、彼女だってわかっているに違いない。

「あなたの脚は不自由などではないわ」突然レディ・フィービーが言った。

一緒に階段をおりながら、トレビロンは唇をゆがめた。「杖なしでは立っていられないんですよ。ほかにどう表現するんですか？」

レディ・フィービーは取りあわなかった。「別に自分でそう思いたいならいいのよ——本当は違うけれど。それより、わたしが譲れないのはひとつだけ。はっきり言っておくわ。わたしは絶対に美術品などではありませんからね」

「気分を害されたのなら、申し訳ありませんでした」

「本当に申し訳ないと思っているの？」

ため息をつきたくなるのをこらえる。「これ以上ないほどふさわしいたとえがなぜ気に入らなかったのか、説明していただければ」

「まったく、大尉、あなたがまだ独身なのも当然ね」

「そうでしょうか」

「美術品と呼ばれて喜ぶような人間はいないのよ、とくに女性は」

ここはとりあえず引くのが得策だとトレビロンは悟った。「言葉の選び方が適切ではなかったかもしれません。ですが、ご自分が家族にとってそれほど大切な存在だということは認めてくださらなくては」

「どうして認めなければならないの？」レディ・フィービーが足を止めたので、トレビロンも止まらざるをえなかった。「いったいなぜ？　家族はわたしを愛してくれているし、わたしも家族を愛している。それはたしかよ。けれどいくら貴重でも、〝もの〟扱いされるなんて気分が悪いわ」

感情的な反応に驚いて、トレビロンは彼女へ視線を向けた。「そういう目であなたを見る男性は多いと思います。なんといっても公爵の妹であり、相続人でもあるのですから――」

「あなたもそうなの？」

トレビロンは荒々しい怒りを浮かべた美しい女性を見つめた。もちろん、自分にとってレディ・フィービーは単なる〝もの〟ではない。目が見えていれば、彼女にもそれは一目瞭然だっただろう。

トレビロンがなかなか答えないので、レディ・フィービーは腕組みをして険しい顔で促した。

「返事をしてちょうだい、トレビロン大尉」

「あなたの安全を守るのが、わたしの務めです」

「質問の答えになっていないわ」レディ・フィービーは追及の手をゆるめない。「あなたにとって、わたしは価値ある〝もの〟にすぎないの？　泥棒から守らなくてはならない宝石箱のような」

「いいえ」はっきりと否定した。

「それならいいわ」レディ・フィービーはふたたびトレビロンの腕に手を戻した。衣類越しでも、その感触が焼き印のように感じられる。

いつか自制心が限界に達して気持ちを抑えきれなくなったら、自分が石でできていたのではないと彼女にもわかるだろう。

石などにはほど遠いと。

しかし、それは今日ではない。

階段をおりると四角く草地が広がっていて、レディ・フィービーの庭はその先にあった。花の咲き乱れる茂みのあいだを砂利敷きの小道がくねくねと走るそこは、トレビロンが過去に見たどんな庭とも違っていた。まず、白い花ばかりが植えられている。薔薇やユリや各種のデイジーなど何十種類もの花々が、どれもこれも白いのだ。植物に興味のない彼には、そのほとんどの名前はわからないが。

もうひとつの違いは庭に近づくとはっきりする。濃厚な香りだ。レディ・フィービーに確かめたことはないものの、すべての花が強い芳香を放っているように思われた。この庭に来ると、トレビロンは妖精の寝室に足を踏み入れた気分になった。物憂い羽音をたてながら蜂が花々のあいだを飛びまわり、香りそのもののような魅惑的な風がふわりと漂う。

横を見ると、レディ・フィービーは目に見えてくつろいでいた。肩の力が抜け、半分握りしめていた手がゆるみ、ふっくらした口元に笑みが浮かんでいる。顔をあげて風を受ける彼女の姿に、トレビロンは思わず息をするのを忘れた。ふたりきりになれるこの場所では、心ゆくまで彼女を見ていられる。頬のやさしい丸みや、頑固な性格を示す眉の曲線、わずかに開いたしっとりとつややかな口を目でたどっていく。

おのれの弱さに唇をゆがめ、トレビロンは視線をそらした。レディ・フィービーは彼とまるで違う。若く無邪気で、生きる喜びにあふれている。それに何世紀も続く貴族の名家の血を引いているのだ。

片やトレビロンは年を重ねて皮肉っぽくなった元軍人で、庶民の出身だ。

「誰だったの？」物思いをレディ・フィービーの声が破った。

トレビロンは咳払いをして応えた。「なんの話ですか？」

「わたしの誘拐犯よ、決まっているでしょう」レディ・フィービーは表情豊かな顔にしわを寄せた。「いやな響きね。〝わたしの〟って親密な感じだわ。わたしを誘拐しようとしたろくでなし、って言うべきだった。それで何者だったの？」

「ああ、その話ですか」庭の小道を進むふたりの足元で砂利が音をたてた。「どうやら、あなたの兄君のランカシャーの領地の隣人のようです。メイウッドとかいう」

レディ・フィービーは足を止め、驚きの目を彼に向けた。「メイウッド卿？　本当に？でも、六〇歳にはなっているはずよ。なぜわたしを誘拐しようなんて思ったのかしら？」

「公爵閣下もたしかなところはわからないようです」トレビロンはゆっくりと答えた。午後に行われたウェークフィールド公爵との話しあいは多くの疑問が解決されないまま終わり、不安がぬぐいきれない。「もしかしたら、メイウッド卿はあなたを息子と結婚させようとしたのかもしれません」

レディ・フィービーは顔をしかめた。眉根を寄せ、トレビロンが胸に留めつけた二丁の拳銃のあたりに目を据えている。「メイウッド卿は罪を認めたの？」

「いいえ、状況証拠に基づく推測にすぎません」トレビロンは唇をきつく結んだ。「メイウッド卿は先週、あなたの兄君に脅迫状を送ってきました。それにわたしが撃った男のひとりはランカシャー出身でした」

彼女はますますきつく眉根を寄せた。「罪状を突きつけられたときの反応はどうだったの？」

「わかりません」しぶしぶ認める。「メイウッド卿は今朝、卒中の発作で急死しました」

「まあ」レディ・フィービーは目をしばたたいた。手を近くの薔薇の茂みに伸ばし、動揺を抑えるために花びらを撫でている。「それはお気の毒に」

「わたしはそうは思いません」トレビロンはきっぱりと反論した。「彼の死があなたの身の安全を意味するのならば」

その言葉には何も応えず、彼女はふたたび歩きだした。「では、お兄さまはこれで事件は終わったと考えているのね」

「そうです」

首謀者の死という形で事件にけりがつき、公爵は満足しているようだった。だが、トレビロンはそんなふうに思えなかった。メイウッドが誘拐を自白していたら、こんな不安は感じなかっただろう。犯人が別の人間である可能性も考えて調査は継続させるというのでトレビロンも一応納得したが、公爵は事件が終結したと確信していた。

しかし、自白なしでは疑いを払拭できない。

トレビロンは自らの懸念をレディ・フィービーに伝えなかった。むやみに心配させる必要はない。それに、いずれにしてもこれからも自分が彼女の安全に目を光らせていくつもりだ。

「この花はもう終わりね」花びらがほとんど散ってしまった花に触れて、レディ・フィービーが小声で言った。「籠を持っていない？」

トレビロンは眉をあげた。なぜ持ってきていると思うのだろう？　わたしにはそんな理由も暇もなかったのに。「いいえ、持っておりません」

「気がきかないのね、大尉」フィービーはそう言って、腰にさげていた小型のはさみを手に取った。枯れた花を切り取り、彼に差し出す。「はい、これ」

トレビロンは受け取ったものの、入れる籠がないので仕方なくポケットにしまった。

「ほかにも摘み取ったほうがいい花はある？」茂みを手で探りながら、レディ・フィービーがきいた。

「一輪だけ」トレビロンは彼女の手を取った。レディ・フィービーの繊細な指がひんやりと感じられる。トレビロンはその指を薔薇の花へと導いた。

「あら、ありがとう」

トレビロンは空っぽになった手を握りしめた。「こういう仕事をやらせるために庭師を雇っているのではないのですか？」

「ええ、そうよ」レディ・フィービーが花を切り取って、また差し出す。今度もポケットに入れるしかなかった。「でも、なぜ庭師がやるまで待たなくてはならないの？」ほかにも切り取るべき花がないか、彼女は手で探っている。

「雑用だからでは？」

レディ・フィービーの笑い声が心地よく体に響き、彼は落ち着きを失った。

「あなたには庭師の素質が全然ないのね、トレビロン大尉」

それ以上何も言わず、彼女は作業に没頭しはじめた。花々に囲まれているその顔は、生き生きと明るく輝いている。心からくつろいでいる様子に、トレビロンは胸を打たれた。

「今日は曇っているのね、残念だわ」レディ・フィービーがふと口にした。

トレビロンは息を止めた。

音はたてなかったつもりだが、彼女は気配を察したのだろう。ゆっくりと背筋を伸ばして、トレビロンのほうに顔を向けた。手にははさみを握りしめている。「大尉?」

心が破れるというのがどういうことなのか、それまでトレビロンは理解していなかった。しかしいま、まさに心がちぎれるような痛みを感じていた。

それでもレディ・フィービーに嘘はつけない。一度たりとも彼女に嘘をついたことはないし、この先もそれを変えるつもりはない。「太陽は照っていますよ」

目の前は暗闇だ。でもトレビロン大尉によると、太陽は照っているらしい。

フィービー自身、いつかはこの日が来るとわかっていた。

当然わかっていたはずなのだ。もう何年も、視力は悪くなる一方だったのだから。その行きつく先がわからないわけがない。

けれど、頭と心は同じようには働かない。いま考えると間抜けとしか思えないが、わたしの心は奇跡が起こるというはかない望みにしがみついていたのだ。

フィービーは笑おうとしたが、喉からもれたのは嗚咽《おえつ》だった。

トレビロンがすぐに駆け寄ってきた。忠実な大尉。ユーモアのかけらもない厳格そのものの彼だけれど、いつもそばにいてくれる。「大丈夫ですか?」彼は大きなあたたかい手でフィービーの手を握り、くずおれるのではないかと心配するように肩に腕をまわした。

大尉が支えてくれなければ、そうなっていたかもしれない。

「ばかよね」自分は泣いているのだと悟り、フィービーは震える手で涙をぬぐった。「本当にわたし、ばかだわ」

「さあ、こちらへ。座ってください」

トレビロンはフィービーを促して、石のベンチにそっと座らせた。自分も腰をおろし、がっしりとした体に引き寄せてくれる。

フィービーは頭を振った。「ごめんなさい」

「いいんです」その声はかすれていて、もしフィービーが彼のことをよく知らなかったら、自分と同じくらい衝撃を受けているのだと思っただろう。「謝らないでください」

彼女は震える息を吸った。「わたしの庭の花は、どうして全部白いのかわかる?」

適当な推測が返ってくるだろうという予想に反し、トレビロンはただ短く答えた。

「いいえ」

「三年前にはじめてここに花を植えたとき、どんどん悪くなる視力で一番見やすかったのが白だったのよ。白い花は香りが強いことが多いというのもあるけれど、一番の理由は実際よりも見える気分になれたからなの」

沈黙のまま、肩にまわされた腕に力がこもる。いまこうして一緒にいるのがトレビロンでよかった、とフィービーは思った。ヘロやマキシマスやバティルダだったら、わたしのためにに心を痛める彼らの気持ちをまず思いやらなければならない。でも大尉には、安心してただ寄りかかれる。彼は心痛のあまり泣きだしたり、虚しい慰めの言葉をかけようとしたりしない。

それだけでもほっとする。

「避けられない運命を嘆いても仕方がないのにね。視力が決して回復しないことはわかっていたのよ。お医者さまや、奇跡を起こせると主張する人たちを追い払うようお兄さまに頼んだのは、わたし自身ですもの。わかっていたのに……」フィービーはすすり泣きを抑えられなかった。

両手で口を押さえたものの、しゃくりあげてしまい、体が震えた。

トレビロンが彼女の髪に手を差し入れ、頭を胸に抱き寄せてくれた。涙が彼のシャツに染みていく。拳銃が頬に食い込んだが、気にならなかった。紅潮した顔がびしょびしょになり、鼻が詰まって、砂が入ったように両目がごろごろするまで、フィービーはひたすら泣き続けた。ようやく涙が涸《か》れてくると、トレビロンの胸の中で力強く打っている心臓の音が聞こえた。

「死ぬのとちょっと似ているわね」ひとりごとのようにフィービーはささやいた。「わたしたちみんな、いつかは死ぬとわかっている。でも、心からそれを信じてはいないのよ」

一瞬、髪に差し入れられた手に力がこもった。手はすぐに頭から離れ、代わりに彼女の肩を撫でた。「あなたが死ぬのは、まだずっと先です」

「そうかしら？」フィービーは首をひねり、彼に顔を向けた。「これって、死みたいなものじゃない？　わたしにはもう光が見えないのよ。何も見えないの」

「お気の毒だと思います、本当に」そのざらついた低い声のおかげで、フィービーは不思議と気持ちが落ち着いた。

まるで彼は……心から気にかけてくれているようだ。

フィービーは顔をしかめ、トレビロンに問いかけようと口を開いた。けれどもそのとき、屋敷の裏手のドアが開く音がした。「誰が来たのかしら？」

「パワーズです、あなたを連れ戻しに来たのでしょう」トレビロンが答える。

フィービーはあわててまっすぐに座り直し、髪を撫でつけた。ひどいありさまになっているに違いない。「わたし、どんなふうに見える？」

「泣いていたように見えます」

無遠慮な答えに思わず笑ってしまった。「見られたものじゃないのはわかっているけれど、大丈夫だと嘘をついてくれてもいいでしょう」

「本当に嘘をついてほしいんですか？」トレビロンの声は少し……うんざりしているように聞こえた。

フィービーは顔をしかめて答えようとした。

「お嬢さま、仕立屋がまいりました」パワーズだ。すぐ近くまで来ている。

「ああ、もう」まだ心が乱れたまま、フィービーはつぶやいた。「中に戻らないと」

「そうですね」トレビロンの声はいつもどおり無感情になっている。

それでもフィービーは屋敷へ戻る途中、彼の腕にのせた指に力をこめてささやいた。

「ありがとう、大尉」

「何に対してですか？」

「しょっぱい涙をシャツで受け止めてくれたでしょう？」笑顔を作ったが、そうするのはいつもより難しかった。「それに気休めを言わないでくれたから。あなたの言うとおりよ。嘘なんてついてほしくないわ」

「ではこれからも、いつも正直でいるように努力しましょう」

それはフィービーの言葉に沿った完璧な返答だったのに、なぜか彼女は体が震えた。姉たちがトレビロンを描写した言葉が不意に頭に浮かぶ。〝ハンサム〟〝さっそうとしている〟思い返してみると、これまで一度も彼を魅力的な男性として考えたことがなかった。大尉はいつもそばにいてくれる人。常に自分の右側に寄り添って、舞踏会などの楽しい外出を台なしにする大男というだけだった。

けれど本当はそうではなかったのだ。御影石の階段をのぼりながら、フィービーは罪の意識に駆られた。トレビロンはわたしが取り乱したときに慰めてくれた。

彼は友人だ。そんなふうに思ったことはなかったけれど……わたしが間違っていた。

トレビロンに対する見方がこんなにも変わるなんて。

もしかすると、彼に対する気持ちも根本的に見つめ直す必要があるのかもしれない。

3

コリネウス王子はいつか自分の王国を持つのだと誓い、一二人の勇敢な男たちを集めて航海に出発しました。船は七日七晩進み、八日目にようやく陸地が見えました。けれども島は切り立った崖に囲まれていて、安全に船をつけられる場所は一箇所しかありません。そして岸を見つめるコリネウスの耳に、不気味な歌声が聞こえてきました。愛と情熱と尽きない歓びを約束して誘惑する、女たちの歌声が……。

『ケルピー』

翌朝、フィービーはウェークフィールド邸の玄関広間でパワーズに小さな財布とメモを渡していた。「必ずこれをミスター・ヘインズワース本人に渡してね、ほかの店員ではだめよ」

「わかりました」パワーズの声は明るくて気持ちがいい。ただし彼女はパチョリの香りが大好きで、どうにも香水をつけすぎるきらいがある。

「頼んだわよ、パワーズ」メイドを送り出したフィービーの耳に、階段をおりてくるトレビロンの左右ふぞろいな足音が聞こえてきた。

「ご婦人方の集まりに出席なさるお気持ちは変わりませんか？」いつものように少ししゃがれた大尉の声には、賛成できないという響きがあった。

「〝〈恵まれない赤子と捨て子のための家〉を支える女性たちの会〟よ」フィービーは言い返した。「ええ、もちろん出席するつもり。外出を邪魔しようとして、こそこそ立ちまわったりしないでね。お兄さまは認めてくれたんだから」とにかく外出は許してくれた。どこへ行くかは伝えなかったが、それをトレビロンに教えるつもりはない。

いま聞こえたのは、彼のため息だろうか？　「わかりました」

トレビロンがあたたかく力強い指でフィービーの手を取り、彼の袖の上に導いた。おかしなものだ。もし自分が盲目でなければ、こんなふうに男性と素肌のまま手を握りあったら大変な醜聞になるだろう。老人でも子どもでもない壮年の男性と付き添いもなしで常に一緒にいるなんて、ひどく不適切な行為だ。けれどトレビロンがいつもフィービーのそばにいるのを見ても、そんなふうに考える人は誰もいない。

目が見えないために、わたしは世間から成人の女性と見なされないのね。

フィービーはため息をついて、気持ちのいい外気へと踏み出した。今日もよい天気らしい。肌の感覚でわかる。

「どうかされましたか？」トレビロンが隣からかすれた声をかけてくる。

「なんでもないわ、大尉」フィービーは不機嫌さをにじませて答えた。彼も世間の人たちと同じ。わたしを動く人形とでも思っている。血の通ったひとりの女性ではなく。

「何か気にかかることがあるのでしたら――」

「わたしを車椅子にでも乗せれば、あなたも楽でしょうね」階段をおりながら、フィービーはこぼした。

「おはようございます」従僕のリードが呼びかけてきた。

「リード」トレビロンが重々しい声で応える。「おまえとハサウェイは馬車のうしろに立ってくれ」

「かしこまりました」

「本当に従僕をふたりも連れていく必要があるの？」フィービーは小声で詰問した。

「そう思います。さあ、馬車にあがる踏み段はここです」

フィービーはそろそろと足先を進めて踏み段の端を確認し、馬車に乗り込んだ。座席に腰をおろしてスカートを直す。「会合へ行くだけなのに」

布のこすれる音がして、トレビロンが彼女の向かいに座った。杖を使っているのに、彼はほかの男性たちよりもずっと静かに動く。

そこがしゃくに障るのだけれど。

「会合はセントジャイルズで行われます。ロンドンでもっとも物騒な場所のひとつですよ」

「でも、昼間だもの」

「ボンドストリートで襲われたときも昼間でした」低く響く声には、相変わらずなんの感情もこもっていない。この揺るぎない平静さを崩せるものなんて存在するのかしら？「ときどき、あなたは議論を吹っかけたいだけなのではと思うことがあります」

フィービーは口を開いた。「誰に対してもそうしているわけではないのよ、トレビロン大尉。わかっていると思うけど、あなたは特別なの」

一瞬笑い声のようなものが聞こえた気がしたが、ちょうど走りだした馬車の車輪の音にかき消されてしまった。

「それは光栄ですね」

「そうよ、ありがたく思ってちょうだい」フィービーは顔がほころぶのを抑えた。堅物の大尉をごくまれにじゃれあうようなやり取りに引き込めると、いつも満足感がこみあげる。

「ところで、ききたいことがあるの。あなたは従僕の中でリードがお気に入りのようだけれど、どうして？」

「単純な理由ですよ。リードは竜騎兵連隊でわたしの部下だったんです。ですから彼が退役するとき、公爵閣下にいい人材がいると推薦しました。忠実できつい仕事もいとわない、とね。その推薦を閣下が受け入れてくださったというわけです」

「そうだったの。簡単に謎が解けてしまったわ」馬車が揺れながら角を曲がるとき、フィービーの耳がかすかな歌声をとらえた。街角で誰かが帽子を前に置き、小銭を求めて歌っているのかもしれない。「リードは長いあいだあなたの下にいたの？」

「彼が入隊してからずっとです」トレビロンが答える。「たしか五年ほどでした」

「あなたが竜騎兵連隊にいたのは何年？」

しばらく間が空き、会話の相手の顔が見えないのはなんて不便なのだろうとフィービーは思った。いつもそう思わずにはいられない。トレビロンは質問の内容に驚いているのかもしれないし、個人的なことをきかれて気を悪くしているのかもしれない。あるいは断ち切られたかつての生活を思い出して、悲しみに暮れている可能性もある。彼の顔がほんの少しでも見えれば、このうちのどれが正しいのかすぐにわかるのに。

「ほぼ一二年間です」ようやくトレビロンは返事をしたが、完全に感情が排除された声からは何もわからなかった。だが注意深く隠そうとしているという事実自体が、強い感情の存在を示しているに違いない。

フィービーは首をかしげ、考え込みながらきいた。「気に入っていた？」

「何をですか？」その声にはかすかに探るような響きがあった。面白いわ。なぜもっと早く、彼にこういう質問をしなかったのかしら？

「竜騎兵連隊の一員であることよ。たとえば部下を率いること——あなたは隊長として、大勢の部下を指揮していたんでしょう？　ほかにも……いろいろ経験してきたのよね」

「そのときどきの任務によって、部下は二〇人から五〇人とまちまちでした」

それに比べて、いまトレビロンの責任下にあるのは彼女だけだ。フィービーの護衛という現在の仕事が彼にとってどれほどの失墜を意味するのか、彼女はようやく理解した。

話はまだ終わっていなかった。「国王陛下に命じられれば、なんでもしました」予想に反して、トレビロンはさらに続けた。少しリラックスしてきたようだ。「何年も沿岸地域で密輸業者を追っていましたが、最後の数年間は隊ごとロンドンに呼び戻されて、ジンの密造業者をはじめとするセントジャイルズの悪党どもを摘発する任務についていたんです」

「まあ、本当に？」彼についてほとんど何も知らなかったと気づいて、フィービーは顔をしかめた。いままで何をやっていたのだろう？　トレビロンとは六カ月ものあいだ毎日一緒にいたのに、彼の過去について何も知ろうとしてこなかった。自己嫌悪に襲われた彼女は、過去の過ちを埋めあわせようと身を乗り出した。「特別にセントジャイルズを？」

「ええ」トレビロンの声は淡々としていた。「そう指令を受けたのです――内閣の重要人物から」

「それって……お兄さまのこと？」

「はい、公爵閣下です」

「いつだってお兄さまは、ジンの密造をひどく憎んでいたわ」フィービーはつぶやくように言った。「つまり、あなたは何年も前からお兄さまと知りあいだったわけね」

「四年以上になります」

「あなたたちがそんなに親しい間柄だったとは知らなかったわ」

一瞬、明らかな間が空いた。「わたしたちの関係は……そんなふうに呼べるようなものではありません」

「仲がいいと認めたくないの？　友情という世俗的なものに屈したからといって、あなたへの評価をさげたりはしないわ」

「あなたの兄君は公爵です——」

「洟《はな》をかむ、ふつうの人間よ」

「そしてわたしは竜騎兵連隊に所属していた元軍人にすぎません。出身はといえば——」トレビロンは不意に言葉を切った。

好奇心をそそられたフィービーは促した。「出身はどこなの、大尉？」

「コーンウォールです。どうやら孤児院に到着したようですね」

馬車がきしみながら止まった。

「これで終わりだと思わないでね」フィービーは明るく言うと、身づくろいをして馬車をおりる準備を整えた。「あなたにはまだまだききたいことがあるのよ、トレビロン大尉」

あきらめたようなため息が聞こえたと思ったとたん、馬車のドアが開いた。

フィービーは唇を噛んで笑みをこらえた。いつも冷静な元竜騎兵連隊長を動揺させるのは楽しい。ただ、ひとつだけ疑問が残った。彼が出身について言いよどんだのはなぜだろう？

〈恵まれない子と捨て子のための家〉は、上流階級の人間が関わっているにしては地味な外観だった。イブ・ディンウッディはジャン・マリー・ペピンの手を借りて馬車をおり、通りを見渡した。孤児院はセントジャイルズの真ん中に位置している。目の前の通りは狭すぎて馬車が通れないので、訪れる者たちは通りの端で馬車をおりなければならない。明るい昼間でも、この地区には恐ろしいほどの貧困が暗雲のように垂れこめている。ぼろをまとった物乞いが崩れ落ちたように建物の角に座り、馬車をはさんだ通りの反対側を、布で覆った大きな籠を持った女が脚を引きずりながらうなだれて歩いていく。そしてすぐそばには、下半身が裸で靴も履いていない少年が立派な馬車を見てぽかんと口を開けていた。

貧しい少年には自分たちがオリュンポスの山からおりてきた神のように見えるのだろうと思うと、イブは哀れでならなかった。急いでポケットを探り、スカートの内側につるした財布から一ペニーを取り出す。それを差し出すと少年は飛びついて硬貨をもぎ取り、あわてて逃げていった。

そんな場所にある孤児院だが、れんが造りの大きな建物は新しく、玄関前の階段も幅広でしっかりとしていた。ただし明らかに実用性が重視されており、慈善事業を営む建物にありがちな無駄な装飾がいっさい省かれている。そして〝〈恵まれない赤子と捨て子のための家〉を支える女性たちの会〟の会合は、ここで開かれるのだ。社交界のそうそうたる女性たちが参加して。

イブの後援者も、そのひとりだった。

彼女は振り返り、馬車をおりるケール男爵夫人アメリア・ハンティントンを見つめた。レディ・ケールは七〇代に入ったところだが、美しい顔にはほとんどしわがない。真っ白な髪が唯一年齢を表しているものの、聞くところによると彼女の髪は息子と同じように若い頃から白く、老化現象ではないらしい。優雅なフロックドレスは目と同じ色あいの深みのある青で、袖とスクエアカットの襟ぐり、そしてボディスにも縦に細く一列、黒いレースの縁取りが施されている。

「この地区に住む人たちはひどく貧しいのよ」レディ・ケールはあたりを見まわして、かすかに同情のこもった口調で言った。「だからここへ来るときは、必ず従僕をふたり連れてくるの」前後を守る従僕たちを指し示す。それからジャン・マリーを見て、考え深げに続けた。「あなたも自分の従僕を連れてきたのは賢明だったわ。ところで、彼はとても異国風ね」

一八〇センチを超える長身のジャン・マリーは、つややかな黒い肌に銀と白のお仕着せ、白いかつらの組みあわせが著しく人目を引いた。

「すっかり見慣れてしまって、いまではそんなふうに思うことはありません」ジャン・マリーが従僕だというレディ・ケールの思い込みをあえて訂正することなく、イブは彼女と並んでメイデン通りを孤児院へと向かった。「この会に連れてきていただいて、ありがとうございます」

「どうということはありませんよ」鷹揚《おうよう》に応えたレディ・ケールだが、その顔に笑みはなく目は冷たい。今日ここにイブを連れてくるよう圧力をかけられたのだから、無理もないだろう。

その事実を忘れないようにしなくては、とイブは自分に言い聞かせた。ここに友人はいない。心を許せる人間は。彼女は上品で控えめな笑みを注意深く唇に張りつけて、レディ・ケールとともに玄関前の階段をのぼった。通りの端には馬車が何台も止まっているので、ほかの人たちはすでに集まっているようだ。

玄関のドアが開くのを見たイブは大きく息を吸い、紫がかったグレーのスカートを整えた。ドレスには黒とチェリーピンクの花が肩、肘、ボディスの前身頃、ゆったりとしたオーバースカートの縁に控えめに刺繍されている。そしてクリーム色のアンダースカートは簡素で優美。流行の装いだ。けれどもイブ自身は当世風の美人とはとても言えないし、この先もそうなることはない。玄関で迎えたのは執事だった。孤児院には似つかわしくない気がするが、孤児院の院長の妻であるイザベル・メークピースは、再婚前は裕福な未亡人だったのだ。

「お待ちしておりました」彼女たちを通す執事の足元には、一緒に客を出迎えるように黒い雄猫が座っている。

中に入ると、孤児院の奥からきゃんきゃん吠える白い小型犬がつむじ風のように飛び出してきた。歯をむいて突進してくる。イブは思わずあとずさりして、執事にぶつかった。するとジャン・マリーが彼女の前に出て、犬を抱きあげた。犬はすぐに静かになり、彼の顎を舐《な》めはじめた。

「どうかお許しください！」執事が声をあげた。「ドードーはうるさく吠えますが、絶対に嚙みついたりはしません。わたくしが保証します」

「気にしないでくださいな」イブは懸命に息を整えようとした。「突然だったので驚いただけですわ」スカートを撫でつけ、しつけのできていない犬をしっかり抱えてくれているジャン・マリーにそっとうなずく。

黙って見守っていたレディ・ケールが口を開いた。「バターマン、みなさんはいつもどおり一階の居間にいらっしゃるのかしら?」

「そうでございます、奥さま」バターマンはそう言って、男爵夫人から手袋と帽子を受け取った。「従僕の方々は厨房でおくつろぎください」

ジャン・マリーはイブに目を向け、彼女がうなずくのを確認すると、もがく犬を抱えたまま従僕たちと一緒に建物の奥へと向かった。

孤児院の廊下はきれいなクリーム色に塗られていた。一番奥には広めの空間と大きな階段が見える。だが、イブとレディ・ケールが向かったのは右側の最初のドアだった。居間はすでに会員たちでにぎわっていた。寒い季節ではないので部屋の端にある暖炉に火は入っていないが、そのまわりに数脚の長椅子と椅子が配置されている。中央には紅茶の支度がされた低めのテーブルがあり、金髪のメイドの監督のもと、六、七人の幼い少女たちが椅子に座った貴婦人たちに真剣な顔で給仕していた。

「今日はいらしていただけてうれしいですわ」豊かな赤毛のほっそりした女性が立ちあがり、レディ・ケールと頰にキスを交わしあった。

振り向いたレディ・ケールが笑顔だったので、イブはほっとした。「ヘロ、ミス・イブ・ディンウッディをご紹介するわ。ミス・ディンウッディ、こちらはレディ・ヘロ・リーディングよ」

「お会いできて光栄です」膝を折ってお辞儀をするイブに、レディ・ヘロも小さく挨拶の言葉を返した。

イブは頭の中のリストから、彼女の名前を発見した。レディ・ヘロはウェークフィールド公爵の年上のほうの妹で、グリフィン・リーディング卿の妻。レディ・ケールとともに、この〝〈恵まれない赤子と捨て子のための家〉を支える女性たちの会〟を設立した女性だ。ぜひとも知りあいになっておくべき重要人物。

それを言うなら、ここに集っている女性たちはみなそうなのだけれど。

ほかの人たちにも紹介しようと部屋の奥へ向かうレディ・ケールについて歩きながら、イブは気持ちを引きしめた。今日はこのために来たのだ。〝〈恵まれない赤子と捨て子のための家〉を支える女性たちの会〟に入り込んで、ある人物と会うために。大人数の集まりは苦手で、知らない人の前ではぎこちなくなってしまうのだが、そんなことは言っていられない。

義務を果たさなくては。

レディ・ケールに連れられて暖炉のそばに立つ女性のほうへ向かいながら、イブは笑顔を作った。今度紹介されたのは、夫人の義理の娘であるケール男爵夫人テンペランス・ハンティントンだった。若いほうのレディ・ケールは黒髪の美しい女性で、金色に見えるくらい薄い茶色の目をしていた。まだほとんど目立たないものの、どうやら妊娠しているらしい――もちろんぶしつけに尋ねるつもりはないけれど。

その隣の男女は、孤児院を経営しているイザベル・メークピースとその夫のウィンター・メークピースだった。あらかじめ調べてきたイブは、イザベルが夫とは違って上流階級の出身だと知っていた。孤児院の経営者という社会的には低い地位にあるのに、ミセス・メークピースはフランス製のドレスをまとっている。黄と深紅の縞《しま》で、すばらしい仕立てだ。紹介されたばかりの女性ふたりは軽く頭をさげながら、どちらの目にも好奇心が見え隠れしている。年配のほうのレディ・ケールは、イブと知りあったいきさつについて誰にも説明していないのだろう。

ウェークフィールド公爵夫人も紹介を受けるために立ちあがった。「はじめまして、ミス・ディンウッディ」

イブはふたたびお辞儀をした。体を起こして目の前の女性を見ると、公爵夫人は一見地味な印象ながら、美しいグレーの瞳をしていた――しかもその目は洞察力に満ちている。イブは小声で挨拶を述べつつ、きちんと目を合わせるように意識した。

「残念ながら、スカーバラ公爵夫人は欠席よ。ご主人とヨーロッパを旅行中なの」レディ・ケールがイブを最後の長椅子へと導きながら教えた。「当然イタリアよ」

そう言われても、イブには何が当然なのか見当もつかなかった。イタリアには一度も行ったことがないし、そもそも物見遊山の旅行には縁がない。でも、当たり前のような顔でうなずいておいた。そのあと紹介されたのは浅黒い肌をした異国的な美人のミス・ヒッポリタ・ロイルで、彼女はもとレディ・ピネロピ・チャドウィックがスカーバラ公爵と結婚したいま、イングランド一裕福な女相続人と言われている。ミス・ロイルは立ちあがってお辞儀をしたが、その隣の女性は長椅子に座ったまま動かなかった。

「こちらはレディ・フィービー・バッテン、さっきお会いになったレディ・ヘロの妹さんよ。

つまり、お兄さまはウェークフィールド公爵」レディ・ケールが小声で教えた。

イブの心臓が音をたてて打った。

「お会いできて、とてもうれしいわ」レディ・フィービーがイブのほうに顔を向けて言った。「小柄でかわいらしい女性だ。表情に人柄のよさがにじみ出ている。「立ちあがらなくてごめんなさいね。慣れていない場所ではつまずいてしまうことがあるの」

「どうぞお気になさらないで、わたしなら全然かまいませんから。もし――」

けれどもイブの言葉は入り口付近の喧騒にかき消された。きれいなピーチ色のドレスを着た女性が遅れて到着したのだ。結いあげた髪から巻き毛が落ちているさまが魅力的なその女性は、腕に赤ん坊を抱いている。

彼女は息を切らしながら謝った。「すっかり遅れてしまってごめんなさい」

ウェークフィールド公爵夫人が悲鳴のような声をあげる。「その赤ちゃんはソフィアね、メグス？」

メグスというのはレディ・マーガレット・セントジョンのことだと、予習してきたイブにはわかった。レディ・マーガレットは頬を美しく染めた。「ええ。赤ん坊を連れてきて迷惑でないといいのだけど」

女性たちが次々に彼女と赤ん坊を取り囲む様子からすると、誰も迷惑とは思っていないようだ。イブとレディ・フィービー以外、全員が集まっている。

イブは年下の女性のほうを向いて、静かに尋ねた。「隣に座ってもかまいませんか？　かかとの高い靴を履いてきたら足が痛くて」

「もちろんどうぞ、お座りになって」ミス・ロイルがいなくなって空いた場所を、レディ・フィービーはぽんぽんと叩いた。

部屋の向こうにいるレディ・ケールが目を細め、鋭い視線を向けている。

イブは無視した。「ありがとうございます」そのまま腰をおろす。「虚栄心の報いですわね。先週、お芝居を見に行くためにこの靴を買ったのですけれど」

レディ・フィービーが体ごとイブのほうを向いた。「どちらの劇場へ行かれたんですか？」

「『ハムレット』を観にロイヤル・オペラハウスへ」イブは首を横に振った。「でも、ハムレット役の俳優がちょっと老けすぎていて……少しおなかも出ていたんですよ。ただし、よく響くいい声をしていました」

「わたしにとって重要なのは声だけなんです」レディ・フィービーはため息をついた。「でも、大きいだけの声より陰影のある声のほうが好きです」

「当然ですわね」イブも同意した。「ミスター・ホレイショ・ピムズリーが演じるのをお聞きになったことがありまして？」

「ええ！」レディ・フィービーが顔を輝かせる。「すてきなマクベスでした――少なくとも声は。ふだん悲劇はあまり好きではないんですけれど、彼が演じるのなら、ひと晩じゅうだって耳を傾けていられます」

イブは唇を噛んだ。レディ・フィービーと会話するのは楽しい。でも、わたしには果たすべき義務がある。「ところで、もしご興味があれば――」

新米の母親を囲む女性たちの輪から笑い声があがり、イブの声をかき消した。

レディ・フィービーがイブのほうに首を傾けた。「ソフィアがどんなふうか、教えていただけない？」

「ここからではよくわかりません」イブは赤ん坊のほうに目をやった。「みなさんが取り囲んでいらっしゃるので。でも、おくるみからふわふわした毛がのぞいているのが見えますわ。明るい茶色です」レディ・フィービーを見る。「あなたと同じ色あいの」

「わたしと同じ？」触れれば色を感じ取れるとでもいうように、レディ・フィービーは髪に手をやった。「どんな色だったか、もう思い出せないわ」

赤ん坊を抱いた女性がみんなを連れてやってきた。「赤ちゃんを抱っこしてみたい、フィービー？」

レディ・フィービーの顔がぱっと明るくなった。「まあ、いいの？　でも隣に座っていてね、メグス。落とさないか心配だから」

「大丈夫よ」レディ・マーガレットはきっぱりと言って隣に座り、眠っている赤ん坊をフィービーの腕の中に慎重に移した。

「すごくまじめな顔をしているわ」レディ・ヘロがささやく。

「でしょう？」レディ・マーガレットは緑の葉の下に見つけた奇妙な虫を調べるように、自分の娘をじっと見た。「しかめっ面がゴドリックにそっくりなの。もう何年かしたら、朝食のテーブルで彼と一緒になって、わたしにとがめるような顔を向けるに違いないわ」

「彼はどう？」若いほうのレディ・マーガレットが尋ねる。

「赤ん坊にすっかり夢中よ」レディ・マーガレットは答えた。「このあいだの晩なんて、片手に本を持ちながらソフィアを抱っこして、廊下を行ったり来たりしていたのよ。本を読んでやっていたの。ギリシャ語でね。しかも最悪なことに、ソフィアはすっかり気に入っていたわ」

「彼がかわいがるのも無理ないわ」レディ・フィービーは赤ん坊を顔に近づけて目を閉じ、ソフィアの頰に鼻をつけた。「この子は完璧だもの」

そんなレディ・フィービーを見て、イブは落ち着かない気分になった。

「はじめてお会いするわね」突然レディ・マーガレットが言った。「いいえ、そのまま座っていらして」急いで立ちあがろうとしたイブを押しとどめる。「マーガレット・セントジョンです」

「まあ、ごめんなさい」レディ・ケールがこわばった笑顔で言った。「こちらはイブ・ディンウッディよ。この会に参加したいそうなの」

「それなら早く会合をはじめたほうがよさそうね」レディ・マーガレットがささやいた。

「ママのところにいらっしゃい」彼女はソフィアを抱きあげて揺すった。女性たちがテーブルにつくと、鼻の上にそばかすの目立つ赤毛の少女が、バターを塗ったパンを無造作に積みあげた皿を持って、みなの席をまわりはじめた。

「ありがとう。お名前は？」レディ・フィービーが一枚取って、少女に尋ねる。

「ハンナです」少女が皿を掲げたままお辞儀しようとしたので、イブはあわてて傾きかけた皿を支えた。

レディ・フィービーが驚いた顔をする。「メアリーはつかないの？」

「ここへ来たときには、もう名前があったんです」

「すてきな名前がついていたのね」レディ・フィービーが明るく力づけた。「とてもおいしいパンだわ、ハンナ」

少女が顔を赤らめてうれしそうに笑ったので、イブは罪悪感に胸がちくりと痛んだ。レディ・フィービーはとても感じのいい女性だ。もしかしたら、まだ遅くないかもしれない——。

少女に向けた笑顔のまま、レディ・フィービーはイブに説明した。「実はね、ここの子どもたちは女の子ならメアリー、男の子ならジョセフと必ず名づけられるの。ハンナみたいにここへ来たときにある程度年齢が上で、すでに名前がついている場合は別として。もちろんそのあとに別の名前も組みあわせてあるんだけど、紛らわしいわよね。いったい誰がこんなことを思いついたのか——」

「ウィンターよ」若いほうのレディ・ケールとミセス・メークピースが同時に言った。

「そうすると統一が取れた感じになると思ったみたい」レディ・ケールが続ける。

ミセス・メークピースは鼻で笑った。

レディ・フィービーがふたたび笑顔をイブに向ける。「さっき何か言いかけていなかった、ミス・ディンウッディ？　ソフィアが連れてこられる前に」

「ええ」イブは大きく息を吸った。「実は明日の午後、お芝居に興味のある方たちの集まりを開くんです。最近の舞台や俳優たちについて内輪でおしゃべりができたらと思って。よろしかったら、いらっしゃいません？」

「喜んでうかがうわ」レディ・フィービーはうれしそうに笑い、バターを塗ったパンの最後のかけらを口に放り込んだ。

「みなさん」レディ・ケールが立ちあがって、みなの注意を引く。「それではじめましょう。今日はいくつか話しあわなくてはならないことがあります……」

イブは自分の後援者を見つめつつも、話は半分しか聞いていなかった。

この先事態がどう展開するのかはわからないけれど、とにかくこれで役割は果たした。


翌日の午後、トレビロンはウェークフィールド邸内の自室で手紙を読んでいた。もう一度読み直し、子どもっぽい筆跡に口の端をあげながら丁寧にたたむと、肘掛け椅子から立ちあがった。部屋の反対側の壁際にあるチェストに歩み寄り、一番上の引き出しから分厚い手紙の束を取り出して読み終わった手紙を加え、ふたたびしまう。

彼は時計を眺めた。そろそろレディ・フィービーの午後の外出の時間だ。

拳銃を点検し、杖を取りあげて階下に向かった。去年の同じ頃は何十人もの部下を率いていたのだと回想する。命令には即座に従う男たちばかりで、全員がトレビロンを好いていたとは思わないが、少なくとも誰もが彼に敬意を払っていた。そうなるように徹底していたからだ。軍隊生活が懐かしい。とても充実していた。

いま彼の指揮下にいるのは、従僕がふたりと貴族の女性がひとりだけだ。

一階におり立ったトレビロンは、過去と現在を比べても仕方ないと自分を戒めた。いまの任務は華々しいものではないが、全力を尽くして遂行しなければ。

レディ・フィービーの安全を守るという任務を。

五分後、トレビロンは玄関前の階段の上に立って、目の前の通りを見渡していた。雨が降っているので、不審者がいないか調べやすい。出歩いている人間がほとんどいないからだ。椅子駕籠《かご》を運ぶ人夫がふたり、駆け足で通り過ぎた。棒の上の駕籠をはずませながら、留め金で締めた靴で水たまりを蹴り散らしていく。乗っている紳士は、まったく濡れていないのにひどくしかめっ面だ。ウェークフィールド邸は閑静な一画にある。通りの向かい側の家の戸口で身を縮めるように雨宿りをしている行商人の姿が目に入ったが、中から出てきた従僕がすぐに追い払った。

しぶい顔で向きを変え、屋敷の中に戻ろうとしたトレビロンは、彼を見つめていたウェークフィールド公爵夫人と鉢あわせした。彼女は結婚するときに連れてきた年寄りの白い愛玩犬を連れている。たしか名前はボンボンだった、とトレビロンは思い出した。

「奥さま」彼はお辞儀をした。

「雨の中に立って何をしていたの、トレビロン大尉？」公爵夫人は玄関の外に出ていく飼い犬を目で追った。ボンボンは水滴の落ちてくる空を見あげてくしゃみをすると、急いで引き返してきた。

「外を眺めていたのです」

「眺めていたですって？」彼女はトレビロンの肩越しに外を見つめたあと、眉根を寄せて彼に視線を戻した。「フィービーを誘拐しようとする者たちがいないか、目を配っていたんでしょう」

トレビロンは肩をすくめた。「レディ・フィービーに危険がおよばないよう常に気を配るのが、わたしの務めですから」

「誘拐を企てた男は死んだと夫は言っていたわ」公爵夫人は単刀直入に言った。「実はそうではないと考える理由があるの？」

どう答えようか迷い、注意深く言葉を選んだ。「わたしはただ……お嬢さまの安全に関して慎重になっているだけです」

勘の鋭い女性だった。「フィービーがまだ危険な状態にあるかもしれないというあなたの見解を公爵閣下には伝えたの？」

「閣下とはほぼ毎晩話しあいを持ち、逐一報告しています」

「それで？」

トレビロンは公爵夫人の視線を受け止めた。「閣下はわたしの懸念を承知しておられますが、いまのところ同じ見解には至っておられません」

公爵夫人は唇を噛み、目をそらした。「彼女は、つまりフィービーはとてもいやがっているのよ。武装したあなたに常に護衛されることを」トレビロンの胸に留めつけてある拳銃を示す。「もちろん気づいているのでしょうね。あなたは鈍い人ではないもの」

トレビロンのことを、人を思いやれる繊細さを持った人間だと公爵夫人が考えていると知って、彼は少し驚きつつも話の続きを待った。レディ・フィービーが窮屈な生活に――彼が護衛につく生活に――つらい思いをしているのは、もちろん気づいている。トレビロンが任務についたときから、彼女は兄にはめられた枷《かせ》がいやでたまらないとはっきり示してきた。しかしどんなにいやがられようと、必ず任務は果たす。

自分は憎まれてもかまわない。それでレディ・フィービーの身が守られるのなら。

公爵夫人がため息をついた。「わたしが余計な口出しをしたら、マキシマスはフィービー彼女の自由をさらに制限するでしょう。そうなったら彼女がどう出るか、わたしにはわからないわ。本当にわからないのよ。上手に隠しているけれど、フィービーはみじめな思いをしている。これ以上、彼女が不幸になるのはいやなの」

「奥さま」トレビロンは静かに言った。「わたしがおそばにいるかぎり、お嬢さまの身に何も起こらないよう、必ずお守りします」

懸念に満ちた公爵夫人の顔が少し晴れた。「もちろんそう信じているわ、トレビロン大尉」

「アーティミス?」レディ・フィービーが二階からおりてきた。

「ここよ」公爵夫人は急いでレディ・フィービーのそばに行った。「トレビロン大尉と話していたの」

ふたりは手を取りあって玄関広間を横切った。「もう来ていたのね、大尉」

彼女には見えないとわかっていたが、トレビロンはうなずいた。「二時には出発したいとおっしゃっていましたから」

レディ・フィービーは鼻にしわを寄せた。「あなたはいつも時間厳守なのね。ときには過剰に思えるくらい」

「護衛として必要な資質なのです」トレビロンは返した。

「そうかもしれないわ」レディ・フィービーは曖昧に言うと、義姉のほうを向いて両腕を広げてみせた。「新しいドレスはどう？」

黄色いアンダースカートを合わせた青緑色のドレスは、明るい茶色の髪によく似合っていた。トレビロンがきかれていたら、きれいですと答えていただろう。彼女はいつも美しい。どんな服を身につけていても。

だが、彼はきかれていない。

屋敷の前に馬車が来たので、トレビロンは視線をそらした。うしろで公爵夫人がドレスの感想を伝えているのが聞こえる。

「馬車の用意ができました」トレビロンはレディ・フィービーの横に立ち、彼女の手を自分の腕にのせた。

「どこへ出かけるの？」公爵夫人が尋ねる。

「ミス・ディンウッディが、演劇について語りあう内輪の会に招待してくださったの」レディ・フィービーが答えた。

公爵夫人が眉をあげた。「昨日〝〈恵まれない赤子と捨て子のための家〉を支える女性たちの会〟に来ていた、ミス・ディンウッディ？」

「ええ」レディ・フィービーは義姉に笑みを向けたが、視線の先は一〇センチ以上ずれている。「少し内気な感じだけど、いい方よ」

「そうね、わたしもそう思ったわ」公爵夫人がためらいがちに言う。

「アーティミス？」

公爵夫人は首を横に振った。「ちょっと気になったのよ……レディ・ケールがミス・ディンウッディのご家族について何も言わなかったのが変だと思って」

「それはわたしも気づいたわ」レディ・フィービーも同意した。「でも、その人の先祖がどんな人間だったかで判断するのもどうなのかしらって思い直したの。そうしてしまいがちだけれど」肩をすくめる。「だから彼女がどんな家の出なのか、知らないほうがいいのかもしれないわ」

トレビロンは不安をぬぐえなかった。「では、どうやって人を判断するのですか？」

レディ・フィービーは美しいはしばみ色の目を彼に向けたが、焦点は合っていなかった。

「人柄かしら。性格とか、ふだんどんなことをしているかとか」

彼女はあまりにも若く、しかもこれまでずっと厳しい世間の風から大切に守られてきたのだ。

「人となりや、いまどんな生活をしているかは、その人の経歴や家族と大いに関係がありますよ」

「たしかにそうね」レディ・フィービーは小声で言った。「だからわたしも、あなたの謎に包まれた経歴や家族について知りたくてたまらないのよ、トレビロン大尉」顔をしかめた彼の返事を待たず、公爵夫人に顔を向ける。「もう行くわ、アーティミス、遅れたくないから」

「もちろんよ、楽しんでいらっしゃい」

トレビロンは軽く会釈をして、レディ・フィービーと一緒に玄関を出て階段をおりた。

「こんな質問をするつもりはなかったのですが、公爵夫人が外出についてご存じなかったようなので、おききするべきだと思います」とがめるように言う。「この外出について、もちろん兄君から許可をいただいているのでしょうね？」

レディ・フィービーは馬車に乗り込んで腰をおろした。あとに続いたトレビロンが天井を叩いて出発の合図を御者に送るまで待ち、口を開く。「お兄さまには、今日の午後お友だちを訪問するつもりだと伝えたわ」

がたんと揺れて馬車が走りだした。「ご友人の名前はおっしゃらなかったのではないですか？」

彼女は一瞬口元を引きしめた。「きかれなかったもの。お兄さまは何か法的な書類の処理で忙しそうだったわ」

「お嬢さま――」

「わたしが何歳だか知っている、大尉？」

トレビロンは顔をしかめ、しぶしぶ答えた。「二一歳です」

レディ・フィービーがうなずく。「お守りがいらない年齢になってから、もうずいぶん経つわ」

「もしあなたが――」

「ところで、あなたが何歳かまだきいていなかったわね、大尉」

「無理やり話題を変えようとしているんですね」いらいらして、嚙みつくように言った。

「違いますか？」

「いいえ、もちろん違わないわよ」レディ・フィービーがあでやかに微笑んだので、トレビロンはあわてて目をそらした。彼女はいつもあまりにも近くにいるうえ、無防備に感情をあらわにする。わたしが何も感じないとでも思っているのだろうか？「あなたが気づいたなんて驚いたわ、大尉」

一瞬、沈黙がおりた。

彼はため息をついた。「わたしは三三歳です」

レディ・フィービーが驚いたように身を乗り出した。「ずいぶん若いのね！」

トレビロンはたじろいだ。いったいわたしを何歳だと思っていたのだろう？

「あなたより一二歳年上ですよ」自分でも退屈な言い草だと感じながら言う。「あなたの兄君と同い年です」

そう考えると、なぜか気分が落ち込むのを感じた。

「でも、あなたのほうがずっと年上みたい」レディ・フィービーは鼻にしわを寄せた。「お兄さまはすごく厳しいけれど、たまには声をあげて笑うことがあるもの。せいぜい年に一、二回だけれど。でも大尉、あなたは絶対に声を出して笑わないし、微笑むことがあるかどうかも怪しいわ。だからきっと五〇歳にはなっているだろうと――」

トレビロンは我慢できずに抗議の声をあげた。「お嬢さま――」

「それとも、もしかしたら五五かしらと――」

「フィービー！」

思わず名前で呼んでしまい、トレビロンは動揺した。

彼女のせいで自制心を失ってしまった。

猫が顎についたクリームを舐め取るようにレディ・フィービーがゆっくりと微笑み、たちまちトレビロンの下腹部が熱くなった。「あなたの家族とこれまでの経歴について教えて、ジョナサン」

彼は目を細めた。「わたしが五五歳だなんて思ったわけではないのですね？」

レディ・フィービーがうなずいた。魅力的な唇に、彼を惑わす笑みがまだちらついている。

「ええ」

トレビロンは視線をそらした。正気を保つために。名誉を保つために。彼女は一二歳も年下で、純粋無垢《むく》だ。そのうえ前公爵の娘で、現公爵の妹であり、明るく爽やかで美しい。

一方のトレビロンは拳銃を二丁も身につけているような男で、脚は不自由だし、いやしくもレディ・フィービーを見て下腹部をこわばらせている。こちらがこんな状態になっていると気づいたら、彼女は悲鳴をあげて逃げ出すだろう。

「わたしはコーンウォールの出身です」トレビロンは感情を抑え、静かな声で話した。内心の動揺はいっさい見せずに。「父は馬を育てています。姉と姪がいますが、母はすでに他界しています」

「それはお気の毒に」レディ・フィービーがやさしく言った。美しい顔は真剣で、心からの言葉だとわかる。

「恐れ入ります」彼は窓の外を見てほっとした。臆病と言われてもかまわない。彼女はわたしを誘惑する悪魔なのだから。「どうやら到着したようです」

レディ・フィービーが大げさにため息をついた。「今回もわたしの質問攻めから逃れられたというわけね」

トレビロンは鋭い一瞥を投げたが、もちろん彼女には効果がなかった。先に馬車を出て後方に目をやり、立ち台に乗ってきたリードとハサウェイにうなずいて合図する。それから戻って、レディ・フィービーを馬車からおろした。

彼らは小さなタウンハウスの前に立っていた。あたりは最高級の住宅街ではないものの、それなりにこぎれいな一画だ。トレビロンはレディ・フィービーを連れて階段をあがり、玄関のドアを叩いた。杖に寄りかかって待つ。

少しして、驚くほど大柄なムーア人の男がドアを開けた。白いかつらと黒檀《こくたん》のように輝く肌の組みあわせが印象的だ。

「ミス・ディンウッディのお招きを受けた、レディ・フィービーだ」トレビロンは相手に伝えた。

男はトレビロンの拳銃をじっと見つめたあと、脇によけて彼らを通した。

それから先に立って磨きあげられたローズウッド材の階段をあがり、二階へと案内した。開いているドアへと近づくにつれ、話し声や笑い声が聞こえてくる。

「レディ・フィービーがいらっしゃいました」男が朗々と響く豊かな声で伝える。

部屋には女性が三人いた。三〇代半ばくらいの美しい女性と、それよりも年配の女性、それからやや鼻の長い金髪の女性。男性もひとりいて、すぐに立ちあがったのは彼だった。

「ミス・ディンウッディ、こんなうれしい驚きを用意してくださっていたとは。レディ・フィービーが今日いらっしゃるとは思いもよりませんでしたよ」

不快感を覚えながら、トレビロンはマルコム・マクレイシュを見た。若くハンサムで陽気な彼を。

この男はトレビロンにないものをすべて持っている。

4

一二人の勇敢な男たちは、漂ってきた歌声に釘づけになりました。甘く危険な調べは、次々に新しい声が加わって力強さを増していきます。コリネウスの目が、冷たい海を泳ぐ乙女たちの姿をとらえました。黒い波間に見える乙女たちの体は青白く、白い髪が海の泡のように流れ落ちています。その中にひとりエメラルド色の目を持つ乙女がいて、彼女がほっそりとした腕を差し伸べると、王子は彼女に触れたくてたまらなくなりました。

やがて船は、少しずつ崖のほうへと流されはじめました……。

『ケルピー』

フィービーはテノールの声がしたほうを向いて、手を差し出した。紳士がその手を取って彼女に近づき、甲に唇をさっと当てる。フィービーの鼻がインクのにおいをとらえた。それからもうひとつ……。わかった、ローズウォーターの香りだわ！

彼女は笑みを浮かべた。「ミスター・マクレイシュ、前にハート家の庭園でお目にかかりましたね。またご一緒できる機会があるなんて、思っていませんでしたわ」

明るい笑い声が響き渡る。

フィービーの手の下で、トレビロンの腕がこわばった。

「信じられないな。ぼくが何者か言い当てるなんて、まるで魔法ですね。それとも執事にきいたのですか？」ミスター・マクレイシュが興奮した声を出した。

「いいえ、違います」

「では、どうやって――？」

フィービーは小さく首を横に振った。こういうやり取りは楽しい。「お教えできません。ささやかな秘密です」

「ささやかどころじゃありませんよ」ミスター・マクレイシュは感心しきりだった。「さあ、雄々しい護衛殿の代わりにぼくがお供を務めましょう。ミス・ディンウッディの集まりに参加している人たちをご紹介します」

トレビロンはすぐには動こうとしなかった。役目を譲り渡すのを拒否するつもりなのかもしれないとフィービーが思いはじめたとき、彼はうしろにさがった。フィービーの手がトレビロンの腕から滑り落ちる。

なぜか見捨てられたような気がして、フィービーは心細くなった。

「それではわたしは失礼して、階下《した》でお待ちしています」ミスター・マクレイシュの若々しい声と比べると、トレビロンの低い声はどうしても堅苦しく聞こえる。「お帰りの際にはメイドをよこしてください」

彼の足音が遠ざかっていった。

あとを追おうと体が動きかけて、フィービーはわれに返った。

「さあ、こちらです！」ミスター・マクレイシュが促す。「おっと、ぼくがお連れしても気になさいませんか？」

「ええ、お願いします」フィービーは彼に顔を向けた。

ミスター・マクレイシュがやさしく彼女の手を取った。彼の手は大きくて指が長く、薬指の第一関節に羽根ペンを使う人に特有のペンだこができている。

「この会を主催しているミス・ディンウッディはご存じですね」彼は歩きながら尋ねた。

「彼女はあなたの右側に座っていますよ。これからご案内するあなたの席と向かいあっています」

「今日はいらしていただけて、本当にうれしいわ」女性としては低めの涼やかな声がした。

「さあ、ここです。どうぞお座りください」ミスター・マクレイシュがフィービーの手を椅子の背の木枠に置いた。「このすてきな居間の中で一番いい席ですから。さっきまで座っていたぼくが言うんですから、間違いありません」

フィービーは腰をおろした。どうやら張りぐるみの長椅子のようだ。「わたしのために椅子をあたためていてくださったのですね、ありがとうございました」

「あなたに喜んでいただくためには、いかなる努力も惜しみませんよ」ミスター・マクレイシュはいまにも笑いだしそうなのを抑えているようだ。「そのためなら、もっとも紳士らしからぬ部分も活用します」

「まあ、ミスター・マクレイシュ！」フィービーの右側から別の女性の声がした。「お言葉を慎みなさいませ！」

「こちらはたいそう魅惑的なご婦人、ミセス・パメラ・ジェレットです。おふたりは初対面ですか？」彼はつけ足した。「あなたと同じ長椅子に座っておられます」

「いけない方ね」ミセス・ジェレットが返す。「わたしみたいなおばあちゃんに、そんなお世辞を言うなんて」

「ミセス・ジェレットにはお会いしたことがありますわ」フィービーは言った。「去年の秋、兄が領地の屋敷で開いたハウスパーティーでご一緒したと思います」

「ええ」ミセス・ジェレットがうれしそうに言う。「あのパーティーで、公爵閣下は奥さまと出会われたんでしたわね」

「そのとおりです」フィービーは笑いながら返した。マキシマスがアーティミスに求愛をはじめたあのときのことは、しばらく世間をにぎわせた。細かな内容についてフィービーは知らないものとされているが、もちろんそんなわけはない。目が見えないだけで、耳は聞こえるのだから。どちらにしても、ミセス・ジェレットのような噂好きの女性による詮索に対処するすべを、フィービーは身につけていた。

「それからもうひとり」ミスター・マクレイシュが急いで割って入った。「アンことレデイ・ヘリックが、あなたのちょうど正面に座っていらっしゃいます」

「お目にかかれてうれしいですわ」高くて、やや鼻にかかった声だ。

「それでは、厚かましいですが、ぼくはあなたの左側に座らせていただきましょう。美しい横顔を見つめて、真っ逆さまに恋に落ちることができるように」

フィービーは思わず笑ってしまった。「横顔を見つめるだけで誰かのとりこになるなんて、よほど恋という感情に酔いしれていなくてはできませんわね」

「すてき！」ミセス・ジェレットが手を叩いた。「胸がすくような切り返しだわ。さあ、この女性にあなたはどう返すつもり、ミスター・マクレイシュ？」

「機知も身分も鋭い舌も、すべて彼女のほうが上ですよ」彼は笑いながら答えた。「なんなら、いますぐこの首巻き《クラバット》で白旗を作りましょうか？」

「そうね。ではあなたが旗を作っているあいだに、わたしはレディ・フィービーに飲み物でもお出ししましょう。お茶をいかがですか、レディ・フィービー？」ミス・ディンウッディが尋ねる。

「ええ、お願いします。ミルクはなしで、お砂糖だけ入れてくださいな」

銀器と陶器がぶつかりあう、かすかな音がした。「シードケーキとアーモンドタルトもあるんですよ。よかったら召しあがりませんか？」

「では、シードケーキを少しだけ」

「そのケーキ、とてもおいしかったですわ」レディ・ヘリックの声だ。「うちの料理人にも作らせたいので、ぜひレシピを教えてくださいな」

「喜んで」ミス・ディンウッディが応じる。「さあ、ケーキをどうぞ」フィービーは両手の上に小さな皿がそっと置かれるのを感じた。「お茶はテーブルに置きました。正面の少し右寄りです」

「ありがとうございます」指先でテーブルの端に触れ、ティーカップを探り当てる。カップを持ちあげ、中身をひと口飲んだ。頼んだとおりの紅茶だ。

「さっきまで、ミスター・マクレイシュからハート家の庭園の修復の進み具合を聞いていたんですよ」ミス・ディンウッディが言った。

ハート家の庭園はロンドンでも有数の社交場だったが、去年の火事で全焼している。庭には恋人たちの密会に最適な曲がりくねった小道だけでなく、劇場とオペラハウスもあり、すべて焼けてしまったのが残念でならなかった。

「すっかり元どおりになるのかしら？」フィービーは尋ねた。

「ええ、絶対ですよ」ミスター・マクレイシュが即座に答える。「すでに庭はキルボーン卿の監督のもとで美しい姿を取り戻しつつあります。あの方はすっかり成長した大きな木も移植したんですよ。まさに神業です」

女性たちが次々に驚きの声をもらす。

「ぼくも新しい建物の設計図を仕上げました」ミスター・マクレイシュは続けた。そういえば、彼はハート家の庭園に関わっている建築家だったとフィービーは思い出した。指のペンだこも、いつも漂わせているインクのにおいも、これで説明がつく。「ぼくは大劇場、夏用の屋外楽士席とボックスシート、それに敷地のあちこちに配置する装飾用の建造物の設計をミスター・ハートから請け負っているんです」

「まあ、すてきな計画ね」フィービーはため息をついたが、残念な気持ちは隠せなかった。いくら計画がすばらしくても、まだ建設がはじまっていないのなら、庭園が再開されるまで何カ月も待たなくてはならない。

ミスター・マクレイシュの声が、この日はじめて真剣な響きを帯びた。

「完成したら、すてきなんて言葉をはるかに凌駕《りょうが》するものになります。ミスター・ハートは世界一豪華な場所にしようと決心しているんですから。あの方はタイル職人をイタリアから、石工をフランスから、木工職人をヨーロッパの辺境にある聞いたこともない王子がおさめる小さな領地から呼び寄せたんです。彼らの話す言葉はぼくにはまったく理解できませんが、その仕事ぶりといったら、とてつもないですよ。それにミスター・ハートは秋の社交シーズンに落成を間に合わせるため、作業員を何十人、何百人でも雇うと言ってくれています」

「そんなに早く完成するんですの？」ミセス・ジェレットが驚きの声をあげた。「とても信じられませんわ。どうしたって無理でしょう」

「でも、あの方は完成させるつもりです」ミスター・マクレイシュが力強く言う。「クリスマスまでには、ハート家の庭園に建つ完成した劇場をご覧になれますよ。驚嘆すべき、すばらしい劇場を。ぼくが請けあいます」

「そうなることを待ち望んでいますわ、ミスター・マクレイシュ」フィービーは言った。「あの場所が焼け落ちて、がっかりしていましたの。ロンドンのほかの劇場にもそれぞれよさがありますけど、妖精の国に迷い込んだような雰囲気を味わえるのはハート家の庭園だけですもの」

「本当に」レディ・ヘリックが同意する。「わたしはロイヤル・オペラハウスも好きなんですのよ。でも、場内がかなり暗いうえに狭苦しいのが難点ですわ。そう思いません？」

「あそこは小人のリリパット人たちのために設計されたんですよ」ミセス・ジェレットが皮肉った。

「ロイヤル・オペラハウスでは、演じる人たちの声がこもってしまうんです」フィービーはミスター・マクレイシュのほうを向いた。「あなたの設計なさる劇場では、音楽や俳優たちの声がきれいに響いてくれるといいのですけれど。そういうのがすばらしい劇場だと思いますわ」

「お望みどおりになるとお約束しましょう」彼は請けあった。「そうだ……厚かましいお誘いだと思わないでいただきたいのですが、庭園を見にいらっしゃいませんか？」

「まあ！」ミセス・ジェレットがうれしそうに言う。「お気をつけなさいな。罪のないお誘いに聞こえても、ミスター・マクレイシュだってほかの殿方同様、危険ですわよ」

「彼はそれほど悪い方ではありませんわ」レディ・ヘリックがとりなしたが、やはり面白がっているようだ。「もっと悪い殿方もいらっしゃいますもの」

「みなさん、ご心配にはおよびません」フィービーは返した。「兄の命令で、わたしにはいつも護衛がついていますから」

「お兄さまはあなたをとても気にかけていらっしゃるのね」ミス・ディンウッディがつぶやくように言った。

「ええ、おわかりになります？」フィービーは軽く応え、ミスター・マクレイシュが座っていると思われる場所に顔を向けた。誘拐未遂事件の余韻も冷めやらぬいま、荒廃した庭園へ出かけると言っても、兄は許してくれないだろう。でもフィービーは、もう耐えられなかった。ほんの少しでいいから、好きに行動する自由が欲しい。「ぜひ、ハート家の庭園を見にうかがいたいですわ」

トレビロンは飲み干したティーカップを厨房のテーブルに置き、料理人に向かってうなずいた。料理人はピンクの頬と豊かな胸を持つ、赤みがかったふわふわの金髪の女性だ。

「ごちそうさま」

彼女は恥ずかしそうにうなずき返した。「どうってことないですよ」あたふたと言う。気の毒に、この女性はよその人間に厨房という自分の城に立ち入られて、どうしていいかわからないのだ。

トレビロンは顔をゆがめながら、杖に体重をかけてぎこちなく椅子から立った。呼びに来た小柄なメイドは心配そうに見守っていたが、彼が無事に立ちあがると裏手の階段へと案内した。

自分はどっちつかずの存在だとトレビロンは痛感した。雇用されている身とはいえ、使用人とは違う。だから問題が起こる。使用人たちは、彼をどう扱っていいのかわからないのだ。厨房で待機していたこの二時間ほどは居心地が悪いうえに退屈で、本を持ってくるべきだったと後悔した。

メイドのあとについて階段をあがりながら、トレビロンはため息を抑えた。二階に行くと、部屋から出てきた客たちが階段の上にかたまって、女主人に別れを告げていた。ミス・ディンウッディは、レディ・フィービーを連れて部屋へ入ったときに目についた金髪の女性だった。二〇代にしか見えず、自分の屋敷を持っているにしてはあまりにも若い。トレビロンは好奇心をそそられて見まわしたが、年上の血縁女性らしき姿は見当たらなかった。ミス・ディンウッディは色白だけれど美人ではない。美しいというには、顔の造作のひとつひとつが大きすぎるのだ。とくに鼻が長すぎる。

レディ・フィービーに目を移すと、興奮で頬をきれいなピンクに染めて、マルコム・マクレイシュに楽しそうに笑いかけていた。彼女の手を取って別れの挨拶をしている若者の後頭部を、思わず杖で殴りつけたくなる。

「それでは明日、お会いできますね？」マクレイシュが確認している。

「楽しみにしていますわ」レディ・フィービーが答えた。

「お嬢さま」トレビロンは声をかけた。

振り向いた彼女の笑顔がわずかに曇る。

年齢を重ねて頑丈になったトレビロンの心は、それくらいではひるまなかった。

「よろしければ、もうまいりましょう」

「ええ、そうね、トレビロン大尉」レディ・フィービーは女性たちのほうにもう一度顔を向けた。「お招きくださってありがとうございました、ミス・ディンウッディ。おかげでとても楽しい時間が過ごせましたわ」

一瞬、ミス・ディンウッディの顔に奇妙な表情が浮かんだ。しかしトレビロンが理由をつかみかねているうちに、その表情は消えてしまった。

「こちらこそ、今日はささやかな集まりにいらしてくださって、ありがとうございました」

ごくふつうの顔で、彼女は言った。

別れの挨拶が終わると、トレビロンはレディ・フィービーを階段へと導いた。

「一段目はすぐそこです」階段の手前で知らせる。

彼女は無言でうなずき、ふたりは階段をおりはじめた。トレビロンは警戒を怠らなかった。階段は危険な場所だ。彼の脚が不自由だからというだけでなく、万が一レディ・フィービーが足を踏みはずしたら、大変なことになりかねないからだ。彼女が階段を転げ落ちて死ぬのではないかという恐怖に、トレビロンはつきまとわれている。だが、レディ・フィービーが彼の目の前で階段につまずいたことは一度もない。ほんの少しよろける程度でさえ。

階下に着くと、トレビロンは執事に軽く頭をさげて玄関を出た。外は天気が悪化して、雨が本降りになっていた。

「そこでお待ちください。雨が降っていますので」トレビロンは馬車のそばにいるリードを呼んだ。

「そうね。音もにおいもするわ」雨音の響く中、レディ・フィービーが顔を少しあげて水を飲むまねをしたので、トレビロンは思わず顔がほころんだ。このままもう少しここにいて、彼女を見ていたい。

従僕が駆けつけた。

「リード、おまえの上着を貸してくれ」トレビロンは指示した。

「あら、やめて」レディ・フィービーは抗議したが、リードはすでに上着を脱いで彼女の頭上に広げていた。

「これが彼の務めですから」トレビロンはうなずいてリードをねぎらった。三人でそろそろと慎重に進み、玄関前の階段をおりる。

通りには、ほかの客たちの馬車も並んでいた。どの馬車からも従僕が女主人に駆け寄って雨よけを広げ、婦人たちはスカートを持ちあげて悲鳴をあげながら馬車に向かっている。

急いで馬車に向かう途中、三人は明るいピンク色の上着を着た男とすれ違った。さっと目をあげたトレビロンは、見覚えのある青い瞳に虚をつかれた。

「大尉」男は会釈して、面白がるように皮肉っぽい笑みを浮かべた。

「閣下」トレビロンは返した。

男はもう一度にやりとすると、ミス・ディンウッディのタウンハウスへと走り去った。レディ・フィービーが男のほうに頭を傾けて、においをかいだ。「アンバーと……ジャスミンではないかしら。いまのは誰？」

トレビロンはピンク色のシルクをまとった男がすばやく階段をあがるのを見つめながら、顔をしかめて考え込んだ。「モンゴメリー公爵です」

「まあ、そうなの？」彼女が無邪気に声をあげる。「なぜこんなところにいるのかしら？」

本当になぜだろう、とトレビロンも不思議だった。「さあ、いらしてください。馬車の踏み段はここですよ」

リードが馬車のドアを開けて押さえている。トレビロンはレディ・フィービーが完全に乗り込むまで、しっかりと肘を持って支えた。

自分も続こうとして、もう一度振り返った。

ミス・ディンウッディの屋敷の玄関ドアが開く。そしてモンゴメリー公爵を出迎えたのは、ムーア人の執事ではなくマルコム・マクレイシュだった。

マクレイシュが公爵を見て眉をひそめている。「いったいなんだってここへ？」

「投資した結果がどうなったか確認しに来たんだよ」モンゴメリーに動じる様子はない。

「雨が降っているんだ、マクレイシュ。早く中に入れてくれないか。それから、もう少しましな口のきき方をしてほしいね」

ふたりは屋敷の中に消えた。

「乗らないの？」レディ・フィービーが馬車の中から呼びかけた。「雨が吹き込んでくるわ」

「申し訳ありません」トレビロンは謝ってすぐに乗り込み、杖で馬車の天井を突いた。

馬車が揺れて進みだす。

「あなたって、本当に腹が立つ人ね」レディ・フィービーがさっそく話しはじめた。

「そうでしょうか」うわの空で応える。

トレビロンは悪いほうの脚のふくらはぎを撫でた。こんなふうにじめじめした寒い日は、とくに痛む。彼はモンゴメリー公爵バレンタイン・ネイピアがミス・ディンウッディを訪ねる理由をいくつか思い浮かべてみた。

残念だが、どれもしっくりこない。

「わざとやっているんでしょう」レディ・フィービーが険悪な表情を浮かべた。

トレビロンは物思いにふけるのをやめ、彼女に意識を集中した。「申し訳ありませんでした。ところで、ミスター・マクレイシュと約束をなさっていたようですが、どんな約束か教えていただけますか？」

鼻にしわを寄せた彼女があまりにもかわいらしかったので、トレビロンは思わず息を止めた。「明日の午後にハート家の庭園で会うのよ」

彼は背筋を伸ばした。「それはちょっと――」

「覚えているでしょう？　はじめてミスター・マクレイシュに会った場所よ。そもそも、何カ月も前にあそこへ連れていってくれたのはあなただったわよね」

「どうしても行かなければならない用があったのです」こわばった口調で返した。「それに正確には、あなたも一緒に行くというのはわたしの考えではありませんでした」

レディ・フィービーはぞんざいに手を振った。「まあ、どちらでもいいじゃない。ミスター・マクレイシュは新しく造り直した庭や、劇場を建設する予定の場所を案内してくれるの。もう行くと決めたんだから、これで話はおしまいよ」

「いいえ、そうはいきません」トレビロンは反論した。「わたしがあなたの予定を兄君にお知らせすれば」

「ときどき、あなたが大嫌いになるわ」レディ・フィービーは歯嚙みするように言った。顔が赤くなっている。

トレビロンはどきりとした。「ええ、わかっています」

「わたしは……」首を横に振った。「本気で言っているんじゃないのよ。わかっているくせに、ジョナサン」

なぜ名前で呼んだのだろう？　前にやはり馬車の中で呼んだときは、トレビロンをあおるためだった。だが今回は……どうしてなのか見当もつかない。おそらく深い意味はないのだ。いつもの気まぐれなら無視すればいい。それなのに彼女に名前で呼ばれるたび、胸のどこかが揺さぶられる。名前で呼ばれることなど、もう何年もなかった。

「あなたがわたしをどう思おうと――」心の揺れを隠したくて、必要以上に冷たい口調になった。「関係ありません」

「本当に？」

「ええ。なぜならどんなふうに思われようと、あなたを守り続けることに変わりはないからです。何があっても、わたしは任務を遂行します」

「じゃあ、いいわ」トレビロンのそっけない態度に、レディ・フィービーはなぜか元気になった。「どうなるか、なりゆきにまかせましょう」


その晩、夕食の席に向かうため、フィービーは二匹の犬を連れて階段をおりはじめた。右側にマキシマスのグレイハウンドが一匹寄り添い、左側にアーティミスの小さな愛玩犬、ボンボンがじゃれついている。

「お気をつけください」彼女の護衛がうしろから声をかけてきた。

まるで階段を踏みはずしてしまったかのように、フィービーの心臓がどきりと音をたてる。そんなはずはないのに。

フィービーは大理石の手すりを握った。「いつも気をつけているわ」

「失礼ながら、いつもではありません」杖が大理石の階段にこつこつと当たる音がして、彼の声が近づいた。

「もしかして、あなたのほうこそ気をつけるべきなんじゃないかしら、大尉」ふたたび歩きだしながら言い返す。「この階段は、あなたの脚には負担だと思うわ」

いつもは思ったことをすぐ口に出すフィービーだが、このときは珍しくしゃべる前によく考えて、階段の昇降のあとはトレビロンの脚の引きずり方がひどくなると指摘するのを思いとどまった。

トレビロンは当然のようにフィービーの言葉を黙殺した。「しっ、あっちへ行け」

フィービーは足を止めた。「なんですって？」

「さあ、行くんだ」トレビロンはさらに厳しい口調で繰り返した。

彼女の耳に、大理石の階段を駆けおりていく犬たちの足音が聞こえた。

「どうして追い払ったの？　ボンボンやベルと一緒にいたいのに」

「いまのはベルではなくスターリングだったと思います」トレビロンが指摘した。「犬たちもあなたと一緒にいたがっているのでしょうが、あなたをつまずかせる危険がありますから」

フィービーは黙って深くため息をつき、一階におり立った。「夕食は一緒にとるの、大尉？」手を伸ばすと、トレビロンの左腕がすかさずその下に滑り込んだ。彼の腕はいつもどおり力強くあたたかい。「今夜はお兄さまも大事なお仕事を脇に置いて、みんなと食事をするそうよ。男性の援軍があれば喜ぶと思うわ」

「そういうことでしたら、わたしもご一緒させていただきましょう」

「よかった」思わず頬がゆるんだ。ふわふわと体が軽いのはなぜだろう？　トレビロンが一緒に夕食をとるのは珍しいとはいえ、毎日彼と長い時間を過ごしているのに。

それに、いったいいつから自分の護衛と食事をするのをうれしいと思うようになったの？

トレビロンに導かれて食堂に入ると、アーティミスとバティルダの声が耳に入った。

「お兄さまはまだなの？」

「やあ、フィービー。わたしもいるよ」低音のよく響く兄の声が、テーブルの上座から聞こえてきた。

「ちゃんと来てくれてよかったわ」アーティミスが穏やかな口調で言う。「あなたの書斎に火をつけなくてはいけないかと思っていたのよ」

「そのときは言ってちょうだい、手伝うから」バティルダも加勢した。

「おいおい、勘弁してくれよ」今夜のマキシマスは機嫌がよさそうだ、とフィービーは思った。トレビロンはフィービーを兄の隣に座らせてから、左隣に座った。「今日はキジ肉とサーモンが出てくるそうだ。楽しみだな」兄が言う。

フィービーはテーブルの端に手を置いて皿を探った。皿の上に浅いボウルが置かれているので、もうスープが運ばれてきているようだ。

「わが奥さま、今日は一日何をしていたんだ？」フィービーがひそかに〝議会用〟と名づけている声で、マキシマスがアーティミスに尋ねた。

「買い物をしたあと、午後はリリーを訪ねたわ」リリーというのは、アーティミスの双子の弟、アポロが最近結婚した女性だった。

「変わりはなかったかい？」

「新しい戯曲を書きはじめたそうよ」

「まあ、本当に？」フィービーは口をはさんだ。「すてきね！　どんなお話なの？」

「リリーは教えてくれないのよ」アーティミスがむっとしたような声で言う。公爵夫人の望みを退ける者は、そう多くない。「でも、ものすごい勢いで書いているの。おでこにインクの染みがついていたほどよ。それにあの人たちの犬を覚えている？　ダフォディルっていうんだけど」

「覚えているわ」ハート家の庭園で、フィービーの膝に飛びついてきた犬だ。彼女はスープを口に運んだ。オックステールのスープで、なかなかおいしい。

「ダフォディルはどういうわけか尻尾がインクまみれだったのよ」

その光景を思い浮かべて、フィービーは微笑んだ。「リリーが新作を書いているって、ミス・ディンウッディに教えてあげなくちゃ。今日、彼女とリリーの話をしたのよ。執筆に専念するためにリリーが舞台を引退するというので、ミスター・マクレイシュはとてもがっかりしていたわ」

フィービーはさらにひとさじスープを口に入れてじっくり味わっていたので、テーブルが静まり返ったのに気づくのが遅れた。

「ミスター・マクレイシュやミス・ディンウッディというのは、いったい誰なんだ？」マキシマスが詰問する。まるで八五歳の老人だ。しかも卒中でも起こしそうな。

フィービーはスプーンをそっと置いた。「ミスター・マクレイシュは、ハート家の庭園に建て直す劇場の設計をしている建築家よ。ミス・ディンウッディのお茶会に来ていたの。お茶会というか、サロンかしら。楽しい話がたくさん聞けたわ！　最新のお芝居や俳優たちのこととか、誰と誰が言い争いをしたとか、王族の公爵の庇護を受けているソプラノ歌手が実は劇場の支配人と恋に落ちているらしいとか」

そこで言葉を切って、フィービーは深く息を吸った。

「フィービー」兄にゆっくりと名前を呼ばれて、彼女の心は重く沈んだ。「ミス・ディンウッディが誰なのか、まだ教えてもらっていないぞ」

「〝〈恵まれない赤子と捨て子のための家〉を支える女性たちの会〟に来た人よ」アーティミスが急いで割って入った。「新しく支援者になってくれそうな人をレディ・ケールが連れてきたと話したでしょう？」

「彼女の出身も経歴もまったく不明だときみが言っていたのは覚えている」

フィービーの胸の奥がかっと熱くなった。「それがなんだというの？　なぜわたしが会う人全員の経歴を知っていなければ気がすまないの？」

「重要なことだ」マキシマスがきつい口調で返した。「おまえはわたしの妹だし、彼女は日陰の身であってもおかしくないようじゃないか」

「そこまで言うことないわ、マキシマス」バティルダが制した。「レディ・ケールの紹介なら、間違いないでしょう」

「きみは何をやっていたんだ、トレビロン――」

「もうやめて！」フィービーは体を震わせて抗議した。「わたしは何もできない小さな子どもじゃないのよ。彼にすべての責任をかぶせないで！」

「ならば、おまえは小さな子どもみたいにふるまうのをやめるんだな」

「ただ友だちの家でお茶を飲んだだけじゃない」

「わたしたちが知らない友だちだ」

「お兄さまが知らないだけよ」心臓が激しい勢いで打っていた。

「どんな違いがある？」

「わたしはそんなことを気にしないもの。ミス・ディンウッディがどんな家の出でもかまわないわ！」誰かが鋭く息を吸うのが聞こえたが、フィービーは自分を止められなかった。マキシマスのことは愛している。はるかに年上の兄は、いままでずっと彼女を守り、面倒を見てくれた。でも、これ以上は耐えられない。欲求不満と恐れと怒りが体の中で煮えたぎって、一気にほかのすべてを焼き尽くした。フィービーは立ちあがった。テーブルの上のものを払い落としてしまったらしく、陶器が床に当たって割れる音がしたが、いまは気にもならない。

「彼女はわたしの友だちよ。お兄さまのじゃない。わたしにだって友だちを持つ権利があるわ。どうするのがいいか人に決めてもらわずに、自由に走ってつまずいて転ぶ権利があるの。こんなふうにがんじがらめの生活なんて、生きていないのと同じよ。わたしは一度も――」

「フィービー、わかっているだろう――」

「話している最中にさえぎらないで！」大きく叫んだので、声が割れて喉が痛んだ。「社交界にデビューもさせてもらえなかった。新しいドレスや新しい友だち、それに求婚者を持つ機会を与えてもらえなかったのよ。お兄さまが許してくれなかったから。人の目に触れないよう家の中に隠して、わたしの自由を奪ったんだわ。こんな生活が何年も続いて、正気を失わなかったのが不思議なくらい」フィービーは苦々しく笑った。「息ができないの。わたしの言っていることがわかる、お兄さま？　もうこれ以上はやめて。耐えられない！　お兄さまの人形みたいないまの自分に虫唾《むしず》が走るわ。このままでは、そのうちお兄さまを憎むようになってしまう」

胸が激しく上下していた。紅潮した顔は涙で濡れ、息をするたびにむせび泣くような音が出る。彼女はそのまましばらく立ち尽くした。きっと気がふれたように見えるだろう。でも、かまわない。自分がどう見えるか、わたし自身には見えないのだから。

思わずすすり泣きのような笑いがもれ、静まり返った部屋に響いた。

「フィービー」アーティミスがささやく。

手首に男性の指が触れたような気がした――右ではなく左側から。トレビロンだ。けれど、もう遅すぎる。すべてを吐き出してしまったのだから。

フィービーはくるりと向きを変え、部屋から駆けだした。

5

海岸の近くにはとがった岩がたくさんあり、船は座礁して、歌声に魅了されていた男たちは海に投げ出されてしまいました。海の乙女たちは一二人の勇敢な男たちを次々につかまえて、深い海の底へと引きずり込んでいきます。けれども、コリネウスに近づいたエメラルド色の目をした乙女だけは違いました。白い顔に哀れみの表情を浮かべ、大きな白馬へと姿を変えたのです。割れたひづめと、鋭い牙と、見たこともない深い緑色の目を持つ馬に……。

『ケルピー』

レディ・フィービーの背中を見送ったトレビロンは、彼女の兄を殴りつけてやりたい衝動をやっとの思いで抑えていた。

「様子を見てきます」ウェークフィールド公爵夫人が立ちあがった。

「いいえ」部屋じゅうの目が集まる中、トレビロンは軽く頭をさげた。「奥さま、どうかわたしに行かせてください」

居心地が悪くなるほど洞察力に満ちたグレーの瞳で彼を見つめたあと、公爵夫人は腰をおろした。「では、お願いしますわ、大尉」

ウェークフィールド公爵はテーブルの上にのせた手を、関節が白くなるまで握りしめていた。「トレビロン――」

妻が夫の白い拳に手を重ね、黙って彼を見た。ふたりのあいだで夫婦だけに通じる無言の会話が交わされる。一瞬ののち、公爵は不満げながらも拳から力を抜いてうなずいた。

トレビロンはすぐに立ちあがり、自分の庇護下にある女性のあとを杖の音を響かせながら追った。

廊下を見渡しても彼女の姿はない。二階の自室に戻ったのかもしれないが、そうではないような気がする。

トレビロンは屋敷の裏庭へと向かった。

外に出ると、太陽はとうに沈んでいた。午後の雨にまだ濡れている御影石の階段をおり、草地を抜けて、花の咲き乱れるレディ・フィービーの庭へと向かう。するとすぐに、庭の前で身じろぎもせずに立っている白っぽい姿がぼんやりと見えた。

彼女は白いドレスを着ていたはずだ。

「お嬢さま」驚かさないように、低い声でそっと呼びかけた。

白っぽい姿が振り向く。

「あとを追うように頼まれたの、大尉？」その声は湿っていた。

泣いていたのだと悟って、トレビロンの胸は締めつけられた。レディ・フィーービーは自分を敵だと思っている。兄の手先であり、自由を奪おうとする存在だと考えているのだ。なんとかしてそんな状況を変えたい――変えなければならない。

わたしのフィーービーが籠の中にとらわれた鳥みたいに感じるなんて、あってはならないことだ。

「いいえ、わたしが来たいから来たんです」そばに寄ると、彼女は白い月のような顔でトレビロンを見あげた。

「本当に？」小さな子どものように頬をぬぐう。

問題は、レディ・フィーービーがもう小さな子どもではないことだ。わたしだって、彼女をそんなふうには思えない。どんなに努力しても。

「本当です」

彼女は寂しげにため息をついた。「一緒に歩いてくれる？」

「かしこまりました」

レディ・フィーービーはトレビロンの腕に手を置いた。「屋敷の中に戻って、お兄さまに謝ったほうがいいんでしょうね」

トレビロンは答えなかったが、いますぐ謝る必要はないと思っていた。

ブーツの下で砂利が音をたてる。

「気をつけて」レディ・フィーービーが警告した。「すぐそこで道が曲がっているから」

視界がきかない夜の庭では彼女のほうが案内役だと思い、トレビロンはおかしくなった。

「ありがとうございます」

「どういたしまして、大尉」

頭がくらくらするような濃厚な薔薇の香りがして、トレビロンは自分たちのいる場所を悟った。庭の奥にある、白薔薇の巻きついたあずまやだ。そこでは数えきれないほどの薔薇の花が、大きなこうべを重そうに垂れている。昼間はとても美しい場所だ。

しかし夜のそこは、この世のものではないような雰囲気をたたえていた。

「座りましょう」先ほど大声を出したせいで、レディ・フィービーの声はまだしゃがれている。

トレビロンはあずまやの中にある石のベンチに腰をおろし、痛むほうの脚を伸ばした。レディ・フィービーが一〇センチほど隙間を空けて隣に座る。

暗くても、彼女が頭上の薔薇を見あげるのがわかった。「がんじがらめになった気がして、苦しくてたまらなくなったことはある？」

「もちろんあります」

「本当に？」レディ・フィービーが彼のほうを向いた。「そんなことがあるのかしら。あなたのように有能で頭がよくて強い意志を持った男性は、思いどおりに生きているのだとばかり思っていたわ」

「誰にでも、思いどおりにならないときや状況があるんですよ」トレビロンはやさしく言った。「公爵家の生まれでなければ、なおさらです」

彼女が不満そうに言う。「わたしを世間知らずだと思っているんでしょう」

「いいえ、ただお若いなとは思います」

「そしてあなたは、旧約聖書の時代から一〇〇〇年近くも生きたメトセラに匹敵するというわけね。日々の労働でくたびれきっているけれど、英知に満ちている」

「わたしの白髪をからかっておられるんですね」

「白髪なんてないでしょう！」レディ・フィービーが怒ったような声を出した。

「あります、誓ってもいいですよ」

「明日アーティミスにきいてみるわ、そうしたらはっきりするから」

「そう言われても、怖くもなんともありません」

「もちろんそうでしょうね」小さく笑う。「あなたには怖いものなんてひとつもないみたい」

「それは違います」トレビロンは、恥辱の念にまみれて生まれ育った家を出たときのことを思い出して言った。

少し間が空いた。レディ・フィービーはいま何を考えているのだろう？　次に何を言い出すのか、いつも予想がつかない。

暗闇の中で、彼女のささやくような声がした。「どんなときに思いどおりにならなかったのか教えて、ジョナサン」

名前を呼ばれて、トレビロンはぞくぞくした。大きく息を吸い込み……気がつくと正直に話していた。「すっと昔の話ですが、わたしは故郷のコーンウォールで生きていくつもりでした。ですが、どうしてもそうできない状況になって……仕方なく竜騎兵連隊に入ったんです」

肩が触れあうくらい、レディ・フィービーが身を寄せてくる。「どんな状況だったの?」

トレビロンはかぶりを振った。かつて起こった悲劇はあまりにも個人的なもので、思い出すのもつらい。

彼女に頭の動きは見えないはずだが、答えるつもりがないというこちらの意志は伝わったようだった。「竜騎兵連隊に入りたくなかったの?」

「ええ」

「意外だわ」レディ・フィービーがため息をつく。「あなたは軍隊生活を愛していたんだと、ずっと思っていたのに」

「ええ、それはそうです。でも、最初は違いました」トレビロンは以前に味わった恐ろしいほどの絶望を思い出した。ただひとつ残された道を歩むのだというかたい決意が、まざまざとよみがえる。「軍人になりたいと思ったことは一度もありません。残酷なありゆきでそうなったのです。ですが結局は、自分の務めを好きになるすべを学びました」

レディ・フィービーは乗り出していた体を引いた。「馬たちがいたものね。それが助けになったんじゃないかしら」

トレビロンは隣に目を向けたが、暗くて表情は見えなかった。彼女はなぜ、わたしが馬を愛していると知っているのだろう？　「ええ、そのとおりです」ゆっくりと同意した。「それに仲間たちの存在もありましたから。イングランドじゅうから集まったばらばらな集団でしたが、セントジャイルズに巣くう不正と闘うという共通の目的に向かって、心はひとつでした」

「そんな日々が恋しい？」

「ええ」目を閉じて薔薇の香りを吸い込み、失ったものに思いをはせる。だが、それはただの感傷だ。わたしは過去ばかりを振り返って生きるような男ではない。「ですが、まだ馬には乗れます。こんな脚でも。痛みを抱えていても。そのことにわたしは感謝しています」

レディ・フィービーは大きく息を吐いた。「そして、わたしはまだ庭いじりができる。視力を失っても。そのことに感謝しなければならないのかしら？」

それは繊細な質問で、細心の注意を払って答えなければならないとトレビロンはわかっていた。しかしこうした対応こそが、問題を作ってきたのかもしれない。彼女を一人前の大人として扱わず、腫れ物に触るように気を遣ってきたことが……。「ええ、いまのあなたにできるすべてのことに感謝しなければならないと思います。この先もできるであろう、すべてのことに対しても」

「感謝はしているのよ」レディ・フィービーは訴えた。「でも、それだけでは満足できない。もっと多くを手に入れたいの」

「視力を取り戻したいのですか？」

「いいえ」強調するように声が大きくなった。「もう二度と目が見えるようにならないのはわかってる。いつまでも虚しい希望にすがるつもりはないわ——すでに何年もそうやって無駄に過ごしてしまったもの。お兄さまはヨーロッパだけでなく世界じゅうから、お医者さまを呼び寄せてくれた。胸が悪くなるくらいまずい薬を処方されたり、刺すように染みる目薬を差されたり、氷水みたいに冷たいお風呂に浸かったあと熱い調合薬をのまされたりしたわ。そのたびに、もしかしたら効くかもしれないって望みを持ったものよ。今度こそ視力が戻るんじゃないかって。ほんの少し、ほんのわずかでいいからと神さまにお願いしたわ。だけど、その願いは一度もかなえられなかった。まったく効かなかったのよ」

トレビロンはごくりとつばをのみ込んだ。彼女を過去のつらい思いから救い出したくなり、体に力が入る。「いまは？」

「そうね」薔薇の香りとともに、レディ・フィービーの声が甘く彼を誘惑した。「いまは生きたくてたまらないのよ、ジョナサン。また馬に乗って、行きたい場所へ行き、男性と出会って求愛されたい。結婚して子どもが欲しいわ——たくさんね。それくらい許されてもいいと思わない？」

トレビロンは、その日の午後に見たマクレイシュの姿を思い起こした。赤い髪をひとつに束ね、真っ白な歯を見せて笑っていた、輝くようにハンサムな彼の姿を。トレビロンが迎えに行ったとき、レディ・フィービーも楽しそうに笑っていた。

マクレイシュなら、相手として完璧だ。

「ええ」心臓を撃ち抜かれたように胸は痛み、声がかすれた。「ええ、そう思います。あなたはそのすべてを手にする権利がある。そして、もっと多くのものも」

薔薇の香りを吸い込みながら、フィービーはトレビロンの言葉を聞いていた。いつもどおり低くかすれた声だが、どこかおかしい。怒っているのかしら？　表情が見えないのでわからない。彼はわたしの望みに本当は賛成していないのかもしれない。口では同意してくれたけれど。

「あなたも欲しくないの？」フィービーは訴えるように尋ねた。「妻や家庭や家族が欲しいと思わない？」

隣でトレビロンが体をこわばらせる。「考えたことがありません」

その声にはそれ以上の詮索を拒否する響きがあった。一瞬、フィービーは火花が散るような激しい感情を自分の中に感じた。もしかしてこれは――怒りだろうか？

「一度も？」信じられないという口調で尋ねる。「適齢期のあなたが、あたたかい家庭や自分を癒してくれる妻を想像したことが一度もないというの？」

「この数年、わたしは全精力を注がなければならない仕事をしていました。ですからそんな時間は――」

ふとある考えが浮かんで、フィービーは唇を噛んだ。「あなたが同性を好むたぐいの男性だというなら、話はわかるけれど」

一瞬、緊張をはらんだ沈黙がおりる。

「違います」トレビロンは歯を食いしばり、憤然として否定した。「わたしにはそういう嗜《し》好《こう》はありません」

どうでもいいはずなのに、なぜかフィービーはほっとした。それがふつうの反応だと自分に言い訳する。同性を好む男性の人生は、きっと困難に満ちているだろう。だからトレビロンのために安堵《あんど》したのだ。友だちとして――。

「わたしたちは友だちよね、大尉？」

「わたしはあなたを危険から守るため、兄君に雇われた護衛です。ですから――」

この人はときどき、すごくもったいぶったいやな人間になる。「友だちじゃないの？」

トレビロンが大きくため息をついた。「そうお考えになりたいのでしたら、そうです。わたしたちは友人です」

「まあ、よかった」フィービーはベンチの上で小さく体をはずませた。「じゃあ、友だちとして教えて。いままでに女性に求愛した経験はあるんでしょう？」

おそらくトレビロンは、人づきあいが苦手なだけの気の毒な男性なのだろう。

「それはあなたに関係ありませんし、こうした会話自体が不適切です」彼はうなるような声を出した。「でも、答えはイエスです。過去に女性に求愛した経験はあります」

フィービーは口を開きかけた。いま、〝求愛〟という言葉をわざと強調した。まるで本来とは違う意味で使うかのように。おそらく関係を持ったのがきちんとした女性ではなかったのだが、それをフィービーに伝えるのは適切ではないと考えたのだろう。わたしにはそういう分野の知識がまったくないと思っているのかもしれない。

まわりが年上の人間ばかりだと、子ども扱いされてときどきいやになる。

「わたしだって、そういう種類の女性たちについては聞いているのよ」フィービーは親切に教えてあげた。

トレビロンが喉が詰まったような音をたてた。「お嬢さま――」

「フィービーと呼んで」彼女は衝動的に要求した。

「できません」

「前に一度、呼んでくれたじゃない」

「あれは間違いでした」

「まあ、いいけれど。いま興味を持っている女性はいるの？」

「この話はもう終わりにしましょう」

ため息をつきながら、フィービーは首を横に振った。するとたまたま手がスカートに触れて、ポケットの中にかたいものがあるのを感じた。「あら、忘れていたわ」

「何をですか？」トレビロンが警戒するように尋ねる。

フィービーはスカートの横にあるスリットに指を滑らせて、腰からさげたポケットに手を入れた。栓をした小さな瓶を取り出す。

得意満面でそれを掲げた。「あなたのお相手探しに、これが役立つかもしれないわ」

「わたしは相手など探しておりません」

その言葉を無視して、フィービーはコルクの栓を慎重に抜いた。あずまやの中にベルガモットとサンダルウッドの香りが広がる。

「それはなんです？」トレビロンは淡々と尋ねたが、どれほど鈍い人間にもその正体は明らかで、しかも彼は鈍いという言葉からほど遠かった。

「香水よ、あなたのための」

「香水はつけません」

「知っているわ。そのせいで、ときどきあなたのいる場所がつかみにくいもの。じっとしているときなんて、とくにわからないのよ」フィービーはつけ加えた。「それに女性は香水が好きなものなの」

トレビロンは考え込むように、しばらく黙っていた。

「ボンドストリートのミスター・ヘインズワースのお店で特別に調合してもらったものよ」彼の気を引くようにフィービーは続けた。「ミスター・ヘインズワースは香水を熟知しているし、これはわたしもとてもいいと思うの。甘すぎないし、花の香りでもない。すごく男らしい香りよ。必ず気に入ってもらえると思うけれど、もし不満なら違うものを調合してもらってもいいわ。香水は実際につけてみると香りが変わるから」

「いいでしょう」トレビロンが不意に言った。

「よかった」彼女は喜んだ。「じゃあ、ちょっとじっとしていて」

「いま、つけてくださるつもりですか?」

フィービーの唇がぴくりと動いた。トレビロンが動揺している。彼が動揺するところなんて見たことがない。ボンドストリートで悪漢たちに追いかけられたときでさえ。

「そうよ」瓶を傾け、指先に香水をつける。サンダルウッドと薔薇の香りに包まれながら、フィービーは伸びあがってトレビロンに触れた。

彼の顔に。

フィービーの息が一瞬乱れた。

いままで男性に触れたことはほとんどない。兄以外には……。フィービーは何も考えられなくなった。

指先にざらざらしたひげの剃り跡を感じる。滑らせてみると、くすぐったい。顎の先で指を止めた。

息を吸って手を引き、指先にまた香水をつけた。あたりに濃厚な香りが漂う。

トレビロンの息遣いはひどく静かだ。

手を伸ばすと、今度は何かやわらかいものに触れた。ああ、唇だわ!

「ごめんなさい」急いでささやき、指先を顎の下まで移動させると、そこはひげの剃り跡がほかの部分よりも濃かった。

三度目に指先を香水に浸して手を伸ばすと、今度は喉だとすぐにわかった。あたたかく脈打っている。ゆっくりと撫でおろし、喉仏で一瞬止めた。

彼がつばをのみ込むと、そこが上下する。

さらに下へと手を動かし、首の付け根に到達した。

喉元に巻かれているクラバットが侵入を阻んでいる。忌々しい障壁に沿って手を滑らせ、指先をほんの少しだけもぐり込ませた。

そのとたん、フィービーはわれに返った。淑女に許されている領域を完全に踏み越えてしまった。

震える手を引き、瓶に栓をする。「さあ、これでいいわ」

トレビロンは黙ったままだ。何も言わないのが、かえって居心地が悪い。

大きくてあたたかい手がフィービーの手に重なり、湿った息が唇にかかった。彼がすぐそばにいる。ベルガモットとサンダルウッド、それに薔薇とワインの香りが混然一体となって、フィービーは頭がくらくらした。

動きを止めてじっと待った。期待がじりじりと身を焦がす。

けれどもトレビロンは身を引いた。香水の瓶をフィービーの手から取り、衣ずれの音をさせながら立ちあがる。「さあ、行きましょう。そろそろ戻らなくては」

失望を感じる理由などない。彼は単なる護衛であり、それ以上の存在ではないのだから。

ただしフィービーは、トレビロンをもうそんなふうには思えなくなっていた。

翌朝、明るく照りつける太陽のもと、トレビロンとレディ・フィービーはリードとハサウエイを連れて細長い平底船に乗り込み、悪臭漂うテムズ川を南岸へと向かった。

「公爵閣下は、きっとこの外出がお気に召さないでしょう」トレビロンが彼女にこう警告するのは、もう三度目だ。それなのにこうして外出のお供をしているなんて、自分でも正気とは思えなかった。

「ハート家の庭園に行くだけだもの」レディ・フィービーは風に顔を向けた。まるでその先にある遠い岸が見えているかのようだ。今日の彼女は、白いレースの縁取りを施した鮮やかなピンクのドレスを着ている。いつもよりもさらに若く無邪気に見え、トレビロンは年を重ねて世間の垢《あか》に染まった自分を痛感させられた。「あそこには作業員以外、誰もいないわ。それにあなたに加えてリードとハサウェイもいるし、三人とも拳銃で武装している。心配する理由なんてひとつもないわよ、大尉」

それでもトレビロンは不安をぬぐいきれなかった。「ボンドストリートだって、安全そのものに思えましたからね」

「今日は出かけさせてくれてありがとう」レディ・フィービーが彼の手にやわらかい手のひらを重ねた。「どうしてもあそこの庭が見たかったのよ」

「ミスター・マクレイシュにも会えますしね」思わず皮肉を口にして、まるで年老いた男の焼きもちみたいな言い草に自分でもいやけが差した。

けれどもレディ・フィービーは明るく微笑んだ。「ええ、そうなの。彼の話はとても楽しいんですもの。好きにならずにはいられないわ」

トレビロンは手を引っ込めた。「彼との楽しい会話が、わざわざここまで来た手間に見あうことを祈りますよ」ますますいやみに聞こえると思いながらも、言葉が口を突いて出る。

「わがままを聞いてくれてありがとう、大尉」レディ・フィービーは流れゆく水に指先を浸している。「今日来させてもらえなかったら、頭がどうかなっていたかもしれないわ」

だが、来させてはいけなかったのだ。懇願に負けて外出を認めてしまったが、それはつまり、彼女への同情を適切な状況判断よりも優先させたことになる。かつての部下が自分への尊敬を失ってしまったか確かめようと、トレビロンはリードに目を向けた。しかし従僕は、いつもと変わらない様子で岸を見つめている。その隣ではハサウェイが、神経質に拳銃をもてあそんでいた。拳銃の撃ち方なら知っていると断言したものの、ちゃんと的を狙えるのか、トレビロンは不安になった。

ハート家の庭園に上陸する栈橋に船が着き、どすんとぶつかった。前回来たときには栈橋と言えるものはほとんどなかったが、今回は新しく頑丈なものが作られて、陸にあがる場所が数箇所設けられていた。

「着きました」船が揺れたのでわかっているだろうと思いつつ、トレビロンはフィービーに知らせた。「リード、先におりて、お嬢さまを支えてくれ」

従僕はすばやく下船して栈橋の階段をあがり、レディ・フィービーに手を貸した。次にハサウェイ、脚の悪いトレビロンは最後におりる。栈橋のまわりは空地になっていて、その向こうには半分焼けた木々や低木が絡みあうように広がっていた。

「ミスター・マクレイシュは以前劇場があったところで待っていると言っていたわ」レディ・フィービーが言った。「すでに建物は壊したのでしょうけれど」

トレビロンはうなずいた。腕を差し出し、焼け残った庭園の奥へと道を進む。うしろから従僕たちがついてきた。

「庭はいま、どんな感じ?」レディ・フィービーが知りたがった。

咳払いをして、トレビロンはあたりを見まわした。正直に言うと、庭園は復活したというにはまだ遠い。生き残った木々や低木から緑が萌《も》え出しているものの、幹や枝は火事で焼かれたために黒々としており、大気には煤《すす》のにおいがまだかすかに漂っている。

「道は残骸がきれいに取り除かれて、きれいになっていますよ」トレビロンは言葉を選んで答えた。「平らに整地して砂利を敷いてあります。歩いていて感じませんか?」

「ええ、感じるわ。ずいぶん平らになっているわね」

トレビロンは火事で焼ける前の庭園を見ていなかったが、かつての姿の名残は見て取れたし、将来の姿も想像できた。

「道沿いに何か植えられています。低木のようなものが一列に」説明を続けた。

「生け垣よ」レディ・フィービーが言う。「訪れる人たちを導くように、前も道沿いに植えられていたわ」

「そのようですね」トレビロンは目をあげた。「前回来たときにはなかった大きな木が、何本か植えられています。落葉樹ではないでしょうか」

レディ・フィービーは興味深げに頭を傾けた。「どれくらい大きいの？」

「少なくとも六メートルはあります。どうやって植えたのでしょう？」

「キルボーン卿は若木を移植する実験を重ねているそうよ。アーティミスが教えてくれたの」

「どうやら実験は成功したようですね」

「花も植えられているの？」

「はい。デイジーと、それから草丈が高くてほっそりした青い花をつけるものです」

レディ・フィービーがトレビロンのほうを向いた。視力はないが、その表情で言いたいことが伝わる。「触らせて」

トレビロンは立ち止まり、彼女の手を花に導いた。

「ベルフラワーかしら」レディ・フィービーはつぶやきながら、花や茎にそっと触れた。「違うわね、きっとヒエンソウだわ。すてき。あまり香りはないけれど」体を起こしてトレビロンに笑いかける。「昨日の夜にあげた香水をつけてきてくれたのね、うれしいわ」

「もちろんつけさせていただいています」トレビロンはリードを見たが、従僕は慎重に目を合わせないようにしていた。「どうでしょう、リードとハサウェイにも香水をつけさせて、居場所がわかるようにするというのは？」

リードが目を開いてトレビロンを見る。けれどもレディ・フィービーは手を振って、その提案を退けた。「その必要はないわ。あなたの居場所さえわかればいいもの」

なぜか胸の奥があたたかくなり、トレビロンはまばたきをして視線をそらした。自分はもうレディ・フィービーの護衛にふさわしくないと痛感する。彼女に関して客観的な判断ができなくなっているのだから。心の中で神に加護を祈った。

なるべく早く公爵に打ち明けなければ。いまのわたしは護衛の任務を果たせない、と。

「許さんぞ、マクレイシュ！」怒りに満ちた男の大声が、トレビロンの切迫した思いを破った。「あのめかし屋が何を企《たくら》んで何を言っているのか知らないが、ここはおれの庭園だ。劇場の設計の最終的な決定権はおれにある！」

新しく植えられた木のところで曲がると、怒鳴り声の主はすぐに判明した。

庭園の所有者であるミスター・ハートが脚を広げて拳を腰に当て、顔を怒りに赤くしてマルコム・マクレイシュの前に立っていた。金色で縁取った緋《ひ》色の派手な上着は、たくましい肩のところで縫い目がはじけそうだ。無帽の黄褐色の髪が、太陽の光を受けて輝いている。

身を守るように腕組みをしていたマクレイシュは、誰が来たのかわかると手を落として背筋を伸ばした。

マクレイシュの反応にハートが振り返った。レディ・フィービーを見て、険しい顔を大げさなほどの作り笑いに変えたが、トレビロンの姿を見つけるとすぐに笑みは消えた。

「トレビロン大尉！　今日はどうしてまたこの庭園へ？　しかもかわいらしいお連れさんと一緒に」

「ハート」トレビロンは短く返した。彼とは過去に一、二度会ったことがあるだけで、それも好ましいとは言えない状況だった。「こちらはレディ・フィービー・バッテンだ。ウェークフィールド公爵閣下の妹君でいらっしゃる」

「お初にお目にかかります」ハートは深々とお辞儀をした。「わざわざお越しいただけて光栄至極です。庭園がまだレディにお見せできる状態になっていないのが残念ですが」

「では、目が見えないのはかえって好都合というわけですわね」レディ・フィービーは明るく返した。

ハートは一瞬あっけにとられたような表情を浮かべたが、すぐにそれを巧妙に隠した。「どうでしょう、少し庭園を歩いてみられては？　喜んで案内役を務めさせていただきますよ」

すると、マクレイシュがあわてて咳払いをした。「庭園の修復状況をぜひ見ていただこうと、ぼくがレディ・フィービーを招待したんです。それにあなたは新しい女優と会う約束があると言っていませんでしたか？」

ハートはしまったという顔になった。「そうだ、すっかり忘れていた。申し訳ありません、わたしは失礼しますが、ミスター・マクレイシュにまかせておけば大丈夫でしょう」年下の男に向き直って笑みを消す。「マルコム、話の続きは明日だ。わかったな」

「わかりました」マクレイシュはすっかり相手の勢いにのまれている。

ハートはうなずくと、川へと向かう道を歩み去った。

彼が行ってしまうと、マクレイシュはほっとしたように息をついた。

改めてレディ・フィービーに向き直る。「庭園へようこそ。来ていただけないのではと思いはじめていたところでした」若者の赤い髪は、日光を反射してつやつやと光っている。白髪は一本もない。

忌々しいと思いながら、トレビロンは彼を見つめた。

「お招きいただいたのに、わたしが忘れると思ったのですか？」レディ・フィービーが微笑むと、みずみずしい口元にえくぼが浮かんだ。

彼女はトレビロンの腕に置いていた手を離し、若い建築家に差し伸べた。

マクレイシュがすかさずその手を取り、かがみ込んで軽く唇を当てると、トレビロンは彼を突き飛ばしてやりたくなった。草色のスーツを着たマクレイシュと鮮やかなピンクのドレス姿のレディ・フィービーは、いかにもお似合いだ。

トレビロンは一歩さがった。

自分の出る幕はない。

「来ていただけて本当によかった」マクレイシュが体を起こして言った。「さあ、行きましょう。ぼくの計画をご説明しますよ」

レディ・フィービーが彼の腕につかまる。

ふたりが歩きだすと、トレビロンは少し距離を置いてあとを追った。

マクレイシュがレディ・フィービーに顔を寄せ、ひそひそとささやいているのが聞こえた。

「こんなふうに護衛が張りついている必要はあるのですか？」

「そうね……」

「ある」トレビロンはうなるように断言した。たとえレディ・フィービーがわたしに離れていてほしいと思っていても関係ない。わたしの仕事は彼女を守ることだ。

「それでは三人の付き添い《シャペロン》の方々も歓迎しますよ」マクレイシュは面白がるように言った。

「いまぼくたちは、大劇場に続く道を歩いています。右側には、キルボーン卿が苦心してきれいにした装飾用の池があります。あの方は池の真ん中にある小島まで橋をかけたいそうですよ。完成したあかつきには、あなたが渡れるようにまたご招待しましょう」

マクレイシュはレディ・フィービーを対等な相手として扱っている、とトレビロンは認めざるをえなかった。盲目だからといって見下したりはしていない。残念ながら、世の中にはそういう態度の人間が多いのだ。

「まあ、楽しみだわ」レディ・フィービーが応える。「キルボーン卿はこの庭に香りのある低木や花も植えるおつもりかしら?」

「どうでしょう、わかりません」マクレイシュは心底残念そうに見える。「今度会ったら、必ずきいておきますよ」

「今日はいらしていないの?」

「ええ、家族を連れてロンドン郊外のお祭りに行っているんです」

「それは楽しそうね」レディ・フィービーがうらやましそうな声を出した。

マクレイシュに連れられて装飾用の池に近寄った彼女が、水に触れようと手を伸ばした。

トレビロンはいつでも助けられるように体勢を整えた。少しでも足を滑らせたら池に落ちてしまう。

しかし、レディ・フィービーに意識を集中していたのがあだとなった。近づいてくる六人の男たちにトレビロンが気づいたときには、もう遅かった。

長くなびく白馬のたてがみを、コリネウスはすかさずつかみました。馬が海岸に向かって駆けだし、波打ち際に近づいても、しっかり握って放しません。そして魔法の馬が海に戻ろうとした瞬間、コリネウスは身につけていた鉄の鎖をすばやくはずし、馬の首にかけてとらえたのです……。

『ケルピー』

6

カエルの低い鳴き声が聞こえたように思い、フィービーは身をかがめて耳を澄ました。だが、それは何人もの人間が駆けてくる足音だった。

恐ろしいどら声が響き渡る。「女を渡せ！」

フィービーは体を起こした。冷たいものが背筋を走る。

隣でミスター・マクレイシュが何か怒鳴っているのが聞こえたが、手を伸ばすと、もうそこにはいなかった。

誰もいない。

フィービーはひとりぼっちで混乱した。どの方向が危険なのかもわからない。大声が交錯し、もみあっている気配がする。拳で肉を打つ音もした。

バン！

恐ろしさにフィービーはびくりとした。よろめきながら手を伸ばす。火薬のにおいが漂ってくる。

いまのはトレビロンが撃ったのだろうか？　彼はどこ？　彼のにおいがしなくて、どこにいるのかわからない。

「ジョナサン！」

誰かが駆け寄ってきた。きつく腕をつかまれて痛い。

またミスター・マクレイシュの怒鳴り声がした。

フィービーの腕をつかんでいる手が引きはがされる。

「ジョナサン！」

バン！

もう頭がどうかなりそうだった。とにかく走って逃げたいけれど、怖くて一歩も踏み出せない。

「ジョナサン！」

ようやくベルガモットとサンダルウッドの香りがしてほっとしたとたん、トレビロンが彼女に覆いかぶさって地面に伏せた。

安堵のあまり涙が出た。もう心配ない。周囲ではまだ争っている音がするけれど、トレビロンの体と香りにしっかりと包まれている。背中にのしかかられているので、彼が胸に装着しているホルスター用のベルトが食い込んでいるが、拳銃の存在は感じない。きっと手に持っているのだろう。重ねられた頬があたたかく、ひげの剃り跡が少しざらざらした。かたい地面は冷たく、倒されたときについた手のひらはすりむいたようだ。

トレビロンの呼吸はゆっくりと安定している。どんなときに彼は息を乱すのだろう？　わたしに彼の息遣いを速めることはできるのかしら？

「大丈夫ですか？」愛撫するようにささやく彼の声は低く落ち着いていて、聞いているだけで安心できる。「わたしはここにいますから」

足音が――遠ざかっていった。

「レディ・フィービー」ミスター・マクレイシュが呼んでいる。すぐ近くだ。「ご無事ですか？」

「襲ってきた男たちは、もう行ってしまった？」フィービーはトレビロンにきいた。

「はい」その声を聞いて、何かがおかしいと気づいた。まったく生気がない。「ミスター・マクレイシュのおかげです」

「えっ？　どういうこと？」

トレビロンのあたたかい体が離れると、フィービーは急に寒さを感じた。彼の手を借りて立ちあがる。

「どこにもおけがはありませんか、レディ・フィービー？」ミスター・マクレイシュが心配そうにきいた。「なんてやつらだ！　こんな真っ昼間に、あなたのようなきちんとした女性を誘拐しようとするとは。ぼくが救って差しあげられて本当によかった」

「わたし……なんともありません」フィービーは口ごもりながら答えた。「大尉、いったい何が——？」

走り寄る足音が聞こえて彼女は身をかたくしたが、息を切らしながら話しだしたのはリードだった。「申し訳ありません、大尉。賊たちを見失いました。ですが、ひとりには大尉の撃った弾が命中して——ひどく出血しています。やつらは木々の向こうに馬をつないでいたんです」

「仕方ない、ご苦労だった」トレビロンの声からは、やはり感情が抜け落ちている。「傷はどうだ、ハサウェイ？」

「銃弾が腕をかすめました」若い従僕の声は震えていた。「すごい量の血が……出ています」

「落ち着け。リード、彼を支えてやれ」トレビロンはため息をついた。「くそっ、なんてざまだ」

その言葉遣いに衝撃を受けて、フィービーは口を開けた。トレビロンが彼女の前でこんな悪態をついたことはない。何かにひどく動転しているのだ。

フィービーは大尉に向かって震える手を伸ばしたが、その手を取ったのはミスター・マクレイシュだった。求めている香りではなく、インクのにおいがする。そんなにおいをかいでも、ちっとも気分はよくならない。

安心できない。

「さあ、こちらへいらしてください」ミスター・マクレイシュが言った。「大変な衝撃を受けられたことでしょう。すぐ近くに休憩できる場所があります。差しかけ小屋程度の場所ですが、あたたかい紅茶くらいならいれて差しあげられます」

「だめだ」トレビロンが即座に却下した。フィービーはもう一度彼に触れたかった。ベルガモットとサンダルウッドの香りをかぎたい。なぜ彼はこんなに動揺しているのだろう？　賊たちはすでに退散して、わたしはもう安全なのに。「レディ・フィービーをすぐに危険から遠ざけなければ。このまま屋敷に戻っていただく」

「では、わたしもご一緒します」ミスター・マクレイシュが挑戦するように言い返した。

だが、トレビロンは反論しなかった。「いいでしょう」

杖をつきながら歩いていく足音がする。船まで連れていってくれないのだと悟り、フィービーはみじめな気持ちになった。

「こちらですよ」ミスター・マクレイシュが丁寧に導いてくれたが、彼女が求めているのはトレビロンだった。

それなのに、彼はなぜかひとりで行ってしまう。

恐怖に駆られて、フィービーの心臓が縮こまった――悪党たちに襲撃されたときよりも怖い。

あのときはトレビロンの両腕に包まれて安心できたのに。

「ぼくがお守りします、心配なさらないでください」ミスター・マクレイシュが言う。

「わたしにはトレビロン大尉がいますから」フィービーはぴしゃりと言い返した。わたしには彼がいる。ミスター・マクレイシュは差し出がましい。

「ですが、あなたを救ってくれたのはミスター・マクレイシュです」先に立って歩いていたトレビロンが冷たい声で言った。

「なんですって？」フィービーはいらだって思わず声をあげた。「わたしにかぶさって守ってくれたのはあなたでしょう、大尉？　まさかあれは夢だったとでも言うのではないでしょうね」

「たしかにあれはわたしでした」トレビロンの声がわずかに生き返った。かすかに感情が通っているのがわかる――どんな感情かはわからないけれど。「でも、攻撃してくる相手に立ち向かったのはミスター・マクレイシュです。やつらは拳銃を持っていたのに、ナイフだけで撃退したんですよ。あなたも……わたしも、彼に感謝しなければなりません」

「大げさだな」ミスター・マクレイシュがきまり悪そうに言った。「紳士として当然のことをしたまでですよ」

「そうかもしれません」トレビロンが応えた。「それでも、お嬢さまの命を救っていただいたのですから、お礼を申しあげます」

トレビロンの声にひそんでいるのは深い苦悩だった。

そう気づいて、フィービーの心は重く沈んでいった。

吐き気がする。揺れる馬車の窓から外を見つめながら、トレビロンは荒れ狂う感情を顔に出さないようにするだけで精一杯だった。

自分は失敗したのだ――またしても。そもそも、ハート家の庭園へ行くことを絶対に認めてはいけなかった。レディ・フィービーに対して感情的に深入りしすぎた。彼女への気持ちに負けて、外出を許してしまったのだ。喜ぶ顔が見たいという気持ちに。そのせいで、取り返しのつかない事態になるところだった。

トレビロンは目を閉じた。恐ろしい瞬間が頭によみがえる。彼はレディ・フィービーを押し倒し、自らの体を盾にして守った。拳銃を二丁とも使ったのにひとりの敵も倒せず、そうするしかなかったからだ。だがリードとハサウェイを突破して、賊がふたり迫っていた。起きあがっても、一度にふたりは相手にできない。賊のひとりはボンドストリートで襲ってきた一味だと判明した。そしてどうしようもなくなったとき、マクレイシュが飛び出してナイフで切りかかり、連中を撃退したのだ。

マクレイシュがいなかったら、やつらはレディ・フィービーを連れ去っていただろう。そして――。

だめだ。そのあと彼女の身に起こったかもしれないことを想像するのは耐えられない。頭がどうかなってしまう。

いま、レディ・フィービーとマクレイシュはトレビロンの向かいに座っている。マクレイシュがまだ彼女の手を握っているのが、ちらりと見えた。すっかり彼女にのぼせあがっているらしい。トレビロンは冷めた目で若者を眺めた。

マクレイシュが貴族でないのが残念だ。公爵が身分の釣りあわない男を妹に近づかせるとは思えない。

とくに今日の出来事のあとでは。

トレビロンは危うくうめき声をもらしそうになった。脚がひどく痛む。レディ・フィービーを守ろうと覆いかぶさったときに、ひどく打ったのだ。これから数日は苦しい思いをするだろうが、ふくらはぎをさすりたいという衝動はこらえた。

まだプライドのかけらが残っているらしい。

馬車が止まり、トレビロンは物思いから覚めた。到着したのだ。レディ・フィービーを安全に屋敷の中まで連れ帰るのが自分の役目だ。

「お嬢さまのそばについていてくれ」トレビロンはマクレイシュに指示した。

幸い、若者は命令されてもむっとしなかった。素直にうなずいて、トレビロンが馬車をおりるのを見守っている。

トレビロンは左右を見て、通りに怪しい動きがないか確認した。悪党どもはハート家の庭園までつけてきたに違いない――そうでなければ、なぜ行き先がわかったのだろう？　しかし行きの道中にそんな気配はなかったし、賊たちは馬を待たせていた。馬を連れてテムズ川を渡ったはずがない。違う。誘拐を企てた連中は、レディ・フィービーがハート家の庭園に現れると前もって知っていたのだ。正確な時間まで。

ミス・ディンウッディのお茶会に来た客たちの誰かが、噂話のついでにもらしたのだろうか？

トレビロンは顔をしかめた。噂話はどうやっても止められない。

襲撃者らが自分たちの行き先をどうやって知ったにしても、怪しい人影はいまは見当たらなかった。疑わしい馬車や、不審な男たちの姿はない。トレビロンは馬車に戻った。

リードとハサウェイは、すでに馬車のうしろの立ち台からおりていた。ハサウェイは血の気のない顔をしている。庭園ですぐさま傷口に布を巻いて縛ったが、腕からの出血がお仕着せに染みている。トレビロンはハサウェイに向かってうなずいた。「すぐに厨房へ行って、傷の手当てをしてもらえ。リード、おまえは玄関脇で待機してくれ」

リードはすばやく指示に従い、ハサウェイは屋敷の中に消えた。トレビロンは拳銃を一丁握った。弾は使ってしまったが、武装しているという見せかけにはなる。

「マクレイシュ」レディ・フィービーを馬車から助けおろす彼にトレビロンは呼びかけた。「そのまま屋敷に向かってくれ。途中で立ち止まるな」

彼女が顔を向けてくる。「わたしもいるのよ、無視しないで」

「屋敷に入ったら話しましょう」

マクレイシュは命令に忠実に従い、黙ったまま急いで彼女を屋敷まで連れていった。

うしろをかためていたトレビロンは、全員が中に入るとすぐにドアを閉めた。

「リード、ミスター・マクレイシュとレディ・フィィービーを居間にお連れして、お茶を運ぶよう厨房に伝えてくれ」

レディ・フィービーが眉根を寄せた。「あなたはどこへ行くの？」

「あなたの兄君に報告しなければなりません」

彼女は驚くほど正確にトレビロンの腕をつかんだ。「屋敷に入ったらわたしと話をすると言ったでしょう？」

「ええ、お話ししましょう」レディ・フィービーの手の感触を惜しみながらも、トレビロンはその手をそっと腕からはずした。「公爵閣下に報告したあとで」

「ジョナサン――」

抵抗しようとする彼女を無視して、公爵の書斎へ向かう。ドアは閉まっていたが、ノックもせずに開けた。

ウェークフィールド公爵は書き物机の前に立ち、大きく広げた地図をのぞき込んでいた。隣に従者のクレイブンもいる。

ふたりはトレビロンが入っていくと顔をあげた。

公爵が目を細める。「いったい何事だ？」

「レディ・フィービーがまた襲われました」単刀直入に告げた。今回はどれだけ脚が痛もうと絶対に座らない。「ですが、ご無事です」

「ありがたい」クレイブンがつぶやく。

「いつ襲われた？」公爵が険しい声できいた。

「ハート家の庭園で一時間前に。すぐに引き返しました」

「妹はハート家の庭園でいったい何をしていたのだ？」公爵の声が危険な響きを帯びた。

トレビロンは頭を垂れた。責められるべきは自分だとわかっている。彼女の外出を認めたのはわたしだ。

いま思うと愚かな判断だった。「お嬢さまはマルコム・マクレイシュという建築家の招待を受けたのです」

公爵がクレイブンに目を向ける。「そいつの素性を洗え」

「かしこまりました、閣下」クレイブンがポケットから紙を出してメモを取った。

「その男について知っていることはあるか？」

トレビロンは首を横に振った。「ほとんど何も。お嬢さまが彼に好意を持っているという事実以外は。ハート家の庭園に建てる劇場の設計を請け負っている建築家です。モンゴメリー公爵と関わりがあるようなので、そこは調べるべきかもしれません。ですが、なかなかい若者に見えます」

ウェークフィールド公爵が脅すような視線を向けてきた。

トレビロンはひるまなかった。「お嬢さまがもっとひどい男を選ぶ可能性もあるんですよ、閣下」

その意見を公爵は手のひと振りで退けた。「フィービーはハート家の庭園になど行くべきではなかった」

「わかっております、閣下」トレビロンは認めた。「すべてわたしの責任です」

「そのとおりだ」きつい口調で言う。「そんなひとけのない場所に妹を行かせるなんて、いったい何を考えていたのだ？　どんな輩《やから》がうろついているかわからないんだぞ」

トレビロンは口をつぐんだ。どんな言い訳ができるというのだろう。理性ではなく感情を優先させたために彼女を危険にさらしてしまったなどと言えるはずもない。

公爵はいらだたしげに顔をしかめた。「なぜ襲撃されたのだ？　メイウッドは死んだというのに。一週間のうちに別々の一味に襲われるなんて思いもよらなかった」

「そうではなかったのです」

公爵の体がこわばった。「説明しろ」

「黒幕はメイウッドではありません。別の男です。一味のうちのひとりはボンドストリートで襲撃されたときと同じ男でした。顔に傷跡があるやつです。今回の襲撃の首謀者が誰であれ、この前のときと同一人物です」

ウェークフィールド公爵は悪態をついた。「きみが正しかったというわけか、トレビロン。謝らなければならないな」

「ありがとうございます、閣下。ですが誰が正しかったかなど、どうでもいいのです」トレビロンは拳をかためた。「顔に傷跡のある男を探すとともに、調査の範囲を広げていただかなくてはなりません。あなたの敵や、事業で関わりのある人間を詳しく調べてください。あなたに恨みを抱いている者、レディ・フィービーの安全を脅かすことによって議会におけるあなたの姿勢に影響を与えようと企む可能性のある者、彼女との結婚で持参金を得ようと考えそうな者、いままで彼女に特別な興味を示した者などを見つけるのです」

衝撃にしわを深め、険しい表情で公爵がうなずく。「もちろんそうしよう」公爵はクレイブンに目を向けた。

トレビロンが挙げた調査内容を忙しく書きとめていた従者は、紙をたたんで立ちあがった。

「すぐに手配します、閣下」

クレイブンはお辞儀をして部屋を出ていった。

「もうひとつ申しあげなければならないことがあります、閣下」爪が手のひらに食い込むのもかまわず、トレビロンは拳をぎゅっと握りしめた。「もしミスター・マクレイシュがいなければ、お嬢さまは連れ去られていたでしょう」

「どういう意味だ？」公爵がゆっくりときく。

トレビロンは眼前の男の目をまっすぐに見つめた。「言葉どおりの意味です。今回襲撃してきた一味は六人でした。一方、こちらはわたしにリードとハサウェイを加えて三人。従僕ふたりは拳銃を一丁ずつ持っており、わたしは二丁、合計四発の弾がありましたが、ひとりも敵を倒せませんでした。ただしリードによれば、わたしの弾は賊の腕には当たったようですが。そしてとうとう賊はわたしをかわして、レディ・フィービーの腕に手をかけたのです。

間一髪で体を投げ出してお嬢さまに覆いかぶさりましたが、もう武器はなく、絶体絶命の状況でした。そのとき、マクレイシュがふたりの賊を追い払ったのです。彼がブーツに忍ばせていたナイフを引き抜き、果敢に立ち向かっていなければ、悪党どもが勝利をおさめ、あなたの妹君を連れ去っていたでしょう」

「なぜわざわざ、わたしにそんなことを話す？」ウェークフィールド公爵が尋ねた。

「なぜなら、わたしではもうレディ・フィービーをお守りできないからです」トレビロンは頭をあげ、相手の目を見つめた。「護衛を辞任させていただきます」

トレビロンが兄のもとへ報告に行ってからもう一時間が経つのに、フィービーにはまだ何も連絡がなかった。

「もう少しお茶を飲まれますか？」ミスター・マクレイシュが気を遣って尋ねる。

ふたりは〝アキレスの間〟に座って紅茶を飲んでいた。哀れなリードは部屋の隅で護衛に立ち続けている。帰宅したときにバティルダもアーティミスも不在でよかった、とフィービーは胸を撫でおろしていた。もしどちらかひとりでもいれば、いまごろはベッドに寝かされて、ラベンダー水に浸した布を額にのせられていただろう。

「それに変わった色の小さなケーキもありますよ」ミスター・マクレイシュが話し続けている。フィービーがいらいらしているのに、まったく気づいていないのだ。「見かけよりもずっとおいしいんじゃないかな」

「そうでしょうね」彼女はおざなりに応えた。「お兄さまはこんなに長くなんの話をしているのかしら」

「それは、まあ……どうやったらあなたの安全を守れるかでしょう」フィービーが思わずうめいたのが聞こえなかったらしく、ミスター・マクレイシュが口をつぐむ様子はない。「ぼくもその点については心配しているんですよ。あなたの身に何か起こるのは見たくありません。実は……あなたのことをとても大切に思うようになったんです。ですから、さっき悪党どもを目にしたときは、怒りで頭が真っ白になりました」

「あんなふうに助けてくださるなんて、とても勇敢でしたわ」フィービーは彼の言葉をうわの空で聞いていた。

居間に近づいてくる足音がしたので、背筋を伸ばして振り返る。

けれども足音がそのまま通り過ぎ、フィービーは肩を落とした。

「あなたをお守りできて光栄でした。これからも頼りにしてください……友だちとして。できれば、とても親しい友だちとして」

「もちろんそうしますわ」一瞬だけ笑顔を作る。

ミスター・マクレイシュとの会話に集中できない。マキシマスはトレビロンから今日の出来事を聞いて激怒したはずだ。そして兄は激怒すると、極端な行動に走る傾向がある。田舎の領地に行けと言われたら、どうすればいいのだろう？　あるいは、トレビロンは護衛失格だと決めつけられてしまったら。

まさかマキシマスがそんな愚かしい判断をするはずはないと思うけれど。

フィービーは唇を噛んだ。ミスター・マクレイシュが親切心からこちらの気を紛らわせようとしてくれているのはわかるが、これ以上その善意につきあえない。煩わしいだけだ。それにトレビロンと兄が何を話しているのか知りたくてたまらない。

「ごめんなさい、ミスター・マクレイシュ」フィービーは唐突に立ちあがった。「でも、そろそろ休ませていただきたいの」

「もちろん、そうなさってください」彼は紳士らしく言った。「あなたのように繊細な方にとって、今日の出来事は耐えがたいものだったに違いありません」

「ええ……そうなんです」繊細な方だなんて、トレビロンが聞いたら大笑いするに決まっている。そもそも、彼が大笑いすることがあればの話だけれど。「ごめんなさい」

「とんでもない。もっと早くお察しするべきでした」ミスター・マクレイシュはどこまでもやさしくて感じがいい。

フィービーは罪の意識に駆られたが、なんとか弱々しい笑顔を作り続けた。

ミスター・マクレイシュはフィービーの手を取ってお辞儀をし、何度も別れを告げたあと、ようやく部屋から出ていった。

ドアが閉まる。

ヒップの下に両手を敷いて、フィービーは頭の中で数を数えはじめた。おそらくリードは頭がどうかしたのかと思いながら見ているだろう。

これまでの人生でこんなに我慢したことはないと思いながら一五〇まで数えたところで、執事のパンダースが部屋に入ってきた。

「ミスター・マクレイシュはお帰りになりました。よろしければ――」

「いまは何もいらないわ、パンダース」急いで立ちあがった。「お兄さまはまだ書斎にいる?」

「おられます」フィービーが即座に執事の横をすり抜けて部屋を出たので、彼の声に当惑がにじんだ。「ご一緒いたしましょうか――」

手を振って退ける。「ありがとう、その必要はないわ!」

フィービーはあっというまに大階段を駆けおりて、指先で軽く壁をなぞりながら小走りに廊下を進んだ。

書斎のドアは閉まっており、邪魔されたくないのだとわかったが、かまわず開けて中に入った。「トレビロン大尉、わたしは――」

「彼はいないよ、フィービー」

出鼻をくじかれて、フィービーは顔をしかめた。昨日、夕食の席で爆発したあと兄とちゃんと話をしていないので、ここでわだかまりを解消しておくべきなのはわかっている。完全には無理でも、これ以上悪化しない程度には。でも、いまは時間がない。

「じゃあ、彼はどこにいるの?」

「自分の部屋ではないかな」

「どうして——？」

「フィービー」

マキシマスが公爵の権威をこめた有無を言わせぬ声音を妹に対して使うことはめったにない。そしてそのまれな機会には、フィービーは口をつぐむのが常だった。

けれども今日は違った。「全部わたしが悪いのよ。彼が根負けするまで、しつこくハート家の庭園に連れていってと頼んだの。わたしはいまでも、庭園に行ったこと自体は悪かったと思っていないわ。だって庭園で襲われるなんて誰も思わないでしょう。少なくともわたしは思わなかった。とにかく話を戻すわね。お兄さま、トレビロン大尉を責めないで。彼は護衛よ。看守じゃない。わたしのせいで遂行できないような任務の責任を彼に問うのは公平ではないわ」

そこで息を継ぐために言葉を切ると、マキシマスはすばやく言葉をはさんだ——明らかに議会で磨きをかけた技だった。「トレビロン大尉が任務を遂行できるかどうかという点は、もはや問題ではない」

フィービーは息が止まりそうになった。「お兄さま！　彼を首にしたの？　いますぐに雇い直して。でないとアーティミスに訴えるわ。そうなったらお兄さまもいやでしょう？」

アーティミスがフィービーではなくマキシマスに味方したり、中立を守ったりする可能性はある。賭けとも言える脅しだったが、この件に関しては兄嫁が自分の側に立ってくれるのではないかとフィービーは感じていた。

「わたしにはどうしようもない」マキシマスは告げた。「トレビロン大尉を首になどしていない。彼は自ら辞職したのだ」

自分から辞めた？

フィービーはくらくらした。いいえ、ありえないわ。彼がそんなにも高潔で、ばかげたまねをするはずがない。わたしが火事で焼け落ちた庭園と劇場をどうしても見に行きたいと駄々をこねたくらいで。

フィービーはくるりと向きを変え、書斎を出てドアを閉めた。兄が何か言っていたが無視した。

マキシマスと言い争っている暇はない。いまはだめだ。

「パンダース！」廊下を引き返しながら執事を呼んだ。「パンダース！　やっぱりやってもらいたいことができたわ！」

「なんでございましょう？」パンダースがいつものようにすぐさま現れた。誰かが彼を呼ぶと、どこからともなく出現するのだ。

「ごめんなさい、やっぱり気が変わったの」フィービーは息を吸って声を落ち着かせた。「従僕にトレビロン大尉の部屋まで案内させてほしいのよ」

するとパンダースは、自らをロンドンでも指折りの執事だと証明してみせた。独身男性の部屋に行くという極めて不適切な要望に意見したり異議を唱えたりせず、ただちに指を鳴らして従僕を呼んだのだ。「グリーン」

五分後、フィービーはトレビロンの自室のドアを叩いていた。その部屋は屋敷の裏側の、使用人用の一画に近い場所にあった。

「どうぞ」中から彼が応えた。

「もういいわ、グリーン」フィービーは従僕をさがらせてドアを開けた。

「お嬢さま。ここまでいらっしゃるだろうと予想しているべきでした」これまでのトレビロンならいらだちを示しただろうが、いまはただ……緊張しているようだ。

「わたしに会えてあまりうれしくないみたいね、大尉」胸の痛みを隠そうと、フィービーは明るく言った。どう考えても、すべてはわたしのせいなのだから。

「そうかもしれません。マクレイシュはどうしたんですか？」

「マクレイシュ？」わけがわからず、首を横に振った。「そうね、そろそろ家に着く頃ではないかしら。ここを出てからの彼の予定はきかなかったから、わからないけれど。インバネスへ旅行に行っていたとしてもおかしくないわね」

「お嬢さま」トレビロンの声にはたしなめるような響きがある。彼にこんな声を出させるのを、いつしかフィービーは楽しく思うようになっていたのだった。

「レディには椅子を勧めるものよ」

彼のため息と何かを動かす音が聞こえた。「どうぞ。かたい椅子しかありませんが」

「それでいいわ」フィービーは腰をおろしてゆっくりとスカートを整え、トレビロンをどう説得するか戦略を練った。「ねえ、まさかこんなに突然辞めたりしないでしょう？」

「もう決めたのです」トレビロンはにべもなく言った。「いま、荷造りをしているところです」

恐れていたとおりだ。フィービーは背筋を伸ばして唇を舐めた。「ジョナサン、そんなのわたしはいやよ。お兄さまのところへもう一度行って、今朝の出来事が原因で一時的に脳に異常をきたして、ばかなまねをしたのだと説明してちょうだい」

「お断りします」

フィービーは胸の中で一気に動揺が広がるのを感じた。「お願いだから、ジョナサン！ わがままで甘やかされたわたしが無理やりハート家の庭園に出かけたせいで、あなたを辞めさせるわけにはいかないわ。ごめんなさい、本当に悪かったと思っているの。もう二度としないから」

「あなたのせいではありません。あなたには好きな場所に行きたいと願う権利がある」やさしい口調に、かえってフィービーの焦りが増した。こんなに物わかりがいいなんておかしい。そして、恐れていたことはすぐに現実になった。「あなたにノーと言わなかった、わたしがいけないのです」

「だって、そんなのおかしいわ！」フィービーは大声をあげた。「お兄さまに気が変わったと言って！ やっぱり続けることにしたって。お願いよ」

「できません」突然トレビロンが近づいてきた。ベルガモットとサンダルウッドの香りが彼女を包む。「あなたは犬や馬やきれいなドレスなら自分のものにできます。ですが、わたしを所有することはできません。わたしは自らの意志を持ったひとりの人間なのですから。そして自らの意志で、わたしはここを出ていくと決めました」

フィービーは立ちあがって手を伸ばした。彼の上着にぶつかった指先を、そのまま上に滑らせる。空っぽのホルスターがついたベルト、ボタン、クラバットの生地へと。

けれども、素肌に到達する前に手をつかまれた。

フィービーは体を寄せた。彼の顔はすぐ近くにあるはずだ。「あなたが必要なの、ジョナサン」

「そんなわけはありません」トレビロンがささやく。「わたしは脚が不自由な、古傷だらけの年寄りです。今朝はあなたを守れませんでした。もうわたしでは――」

「違うわ」とにかく必死だった。「あなたはいつもわたしを守ってくれる。期待を裏切ったことなんてない。一度も」

「いいえ、あなたの期待を裏切ってしまいました」苦悩に満ちた激しい声に、フィービーは口をつぐんだ。「わからないんですか？　マクレイシュがいなければ、あなたはさらわれていた。あいつらがあなたをどこに連れていって何をするつもりだったのか――」それ以上は続けられなくなったように、トレビロンは言葉を切った。フィービーはきつく握られた両手の痛みを感じつつ、彼のつらそうな声を聞いているしかなかった。「わかっているのか、フィービー？　あいつらは無理やりあなたの体を奪ったり、殺したりしていたかもしれない。わたしの止められないところで」

「いいえ、きっとあなたは止めてくれたわ」懸命に言い募る。「ミスター・マクレイシュがいなかったら、きっとあなたが彼らを止めてくれていた」

「いいや、わたしにはできなかった」その声のやさしさが、フィービーの絶望をあおった。

「もっと早くプライドを捨てられていたら、ずっと前にあなたのそばを去っていたでしょう。大丈夫だとあなたの兄君を説得して、わたしは護衛を続けていたんです。その思いあがりのせいで、あなたを失うところだった。わたしの責任です。過去にも、自分が失敗したせいでほかの人の人生を台なしにしました。今度も同じ結果になってほしくありません。もうここにわたしの居場所はない。出ていかなければならないのです」

いやよ。それだけは絶対にいや。

トレビロンのせいで過去に誰かの人生が台なしになったなんて、はじめて聞いた。でも、たとえそうだとしても、今回の出来事とは関係ない。このまま彼を行かせはしない。フィービーはトレビロンに向かって体を投げ出した。鼻がクラバットにぶつかる。つかまれた手を必死で引き抜き、上着を、耳を、手に触れるすべての場所をつかむ。自分がどんなにめちゃくちゃなふるまいをしているかはわかっていた。それでもかまわない。ふとした拍子に唇が彼の顎に触れ、サンダルウッドの香りが鼻孔を満たした。

「フィー――」

彼女は夢中でトレビロンの口に唇を押しつけ、自分の名前をさえぎった。甘いキスとはとても言えない――男性とキスをした経験がなくてもそれはわかる。けれど、不思議でわくわくする感じがした。胸の中で何かが花開き、生き生きとした喜びと希望がわきあがってくる。サンダルウッドとベルガモットの香り、火薬とジョナサンのにおいを、フィービーは思いきり吸い込んだ。

ジョナサン、ジョナサン、ジョナサン。

彼がうめき声をもらし、フィービーはつかのま満足に浸った。

だが次の瞬間には、両手をつかまれて引きはがされた。トレビロンは彼女を押し戻すと、スカートごと半ば持ちあげた。そのまま部屋の出口まで運び、廊下に押し出す。

勢いよくドアが閉まった。

鍵の閉まるかちりという音が、フィービーの耳に響いた。

さて、よく知られていることですが、精霊たちにとって鉄は毒なのです。ですから鉄の鎖を首にかけられると、海の馬は乙女の姿に戻れなくなり、コリネウスから逃げられなくなりました。彼は馬の背によじのぼり、鉄の鎖の手綱を取って、見知らぬ大地へと駆けだしました……。

『ケルピー』

7

その晩、トレビロンは狭苦しい下宿の部屋に戻り、かばんを床に落とした。部屋の中には小さなベッドと洗面台、それにがたつく椅子と暖炉しかない。暖炉の上には、前の住人が残していった、染みだらけの曇った円い小さな鏡がかかっている。どう見ても贅沢《ぜいたく》とは言えない部屋だが、少なくとも清潔ではある。それに、次の仕事を探すまで数週間は食いつなげるだけの貯金もあった。

そのあいだに、レディ・フィービーの誘拐を企てた一味を突き止めるつもりだ。ウェークフィールド公爵は、従僕五人を武装させて妹の護衛にした。だが誘拐犯たちがつかまらないかぎり、彼女は安全ではない。そしてトレビロンは、彼女の身の安全が確保されるまでロンドンを去るつもりはなかった。

トレビロンはじっと立ち尽くしたまま、ウェークフィールド邸の自室での出来事を思い返した。無垢ながらも、レディ・フィービーは本当に情熱的だった。それに応えないようにするには、彼女とのあいだをドアで隔てるしかなかったのだ。

わたしの情熱は、無垢とはほど遠いものなのだから。

ドアを叩く音が響いた。

訪ねてきたのは痩せた少年だった。トレビロンは廊下を見渡して誰もいないことを確認してから、彼を中に入れた。ドアに鍵をかけて少年に目を向ける。実は、少年は変装した少女だった。

アルフに会うのは一年ぶりだが、あまり変わっていなかった。同じ年ごろの少年と比べてあまりにも小柄なアルフは、肘と膝がごつごつと目立つ体を薄汚れたぶかぶかの上着と染みだらけの黒いベストで包んでいる。茶色の髪を無造作に結わえているものの、ほとんどの髪がほつれて卵形の顔のまわりに落ちていた。変装としてはなかなか上出来だ。セントジャイルズで三度目にアルフを見かけるまで、トレビロンは彼女が男だと信じきっていた。だが女だとわかったあとも、本人には何も言っていない。そのままにしておいたほうがいいと思ったからだ――アルフは男だと思われているほうが安心できるようだし、汚らしい外見の彼女を女だと見抜ける者はほとんどいない。

女であることを明らかにしないほうがいい理由はもうひとつある。ひとりぼっちでセントジャイルズで生きる少女は餌食にされやすい。男のなりをしているほうが安全だ。この先もっと女らしい体形になっても変装が見破られないことをトレビロンは祈った。

いま、アルフは何も置かれていない炉棚の上で細い指を遊ばせながら、部屋のあちこちにせわしなく目を走らせている。「あんたがおれと話したがってるって聞いたんだ、大尉」彼女は垂れた髪の隙間からトレビロンを見あげた。

「そうだ」ベッドに腰をおろし、アルフにはひとつだけある椅子に座るよう合図した。「ある件について調査を頼みたい」

彼女は座ろうとしなかった。「金がかかるよ」

トレビロンは眉をあげた。「おまえの仕事をただだと思ったことはない」

「もちろん、ただじゃないさ」アルフは貧弱な胸の前で腕を組み、ふんぞり返った。「ロンドン一の情報屋といえば、おれのことだ」

その大言壮語にトレビロンは口を開きかけたが、結局何も言わなかった。

「レディ・フィービーを誘拐しようとしたのが誰か知りたい」

「ふうん」アルフは天井を見あげて考え込んだ。「そいつはだいぶ高いぜ」法外な値段を口にする。

トレビロンは首を横に振って上着のポケットから財布を出すと、銀貨を六枚振り出した。

「情報を手に入れたら、また同じだけやろう」

「よっしゃ！」すかさずアルフは彼の手から銀貨をかすめ取り、ポケットにしまった。「なんか聞きつけたら連絡するよ」

そしてアルフはすばやく部屋から出ていった。

トレビロンはしばらくそのまま座っていたが、すぐに気合いを入れ直した。ひとつずつ、やるべきことを片づけていこう。二丁の拳銃に弾を込め、胸のホルスターにおさめる。彼は部屋を出た。

ロンドンの街は、暗くなると昼間とは様相が一変する。喧騒の途絶えた街で、暮らし向きのいい家の外につるされたランタンの光が砂利道を照らし、トレビロンの行く手を示していた。バイオリンやバグパイプの音色が響く酒場から三人組の酔っ払いが千鳥足で出てきて、通りに倒れ込みそうになった。

トレビロンはなるべく人目につかないように歩いた。武装しているのだから、自分の身を守る自信はある。だが、争いになったら面倒だ。

一五分ほど歩いて到着したのは、彼が住んでいるところよりもややましな下宿だった。マクレイシュは貴族ではないものの、明らかにトレビロンよりも金まわりがよさそうだ。しかしよく考えれば、彼は大学で教育を受けた建築家だ。元軍人より羽振りがいいのは当然だろう。

建物の入り口に向かおうとしたとき、中から見慣れた人物が出てきた。

モンゴメリー公爵。サフランイエローの衣装が、三日月の弱い光をちらちらと反射している。

ドアを出たところで振り返った公爵はマクレイシュに言った。「必ずやってくれよ、マクレイシュ。そうでないとどういうことになるか、わかっているだろうね」

マクレイシュの色白の顔に赤みが差したのが、玄関脇のランタンの弱々しい光でもわかった。「ええ、閣下」

「それならいい」モンゴメリーは鷹揚に返すと、銀色のレースで縁取りをした三角帽をかぶった。「人と意見が一致するのは気持ちのいいものだな」

そう言うと、彼は建物をあとにした。黒檀のステッキを振りながら歩いていく。

トレビロンは眉をあげた。夜遅くに貴族がこんな場所を歩くなんて奇妙だ。だが、わたしにとっては好都合と言える。彼は急いであとを追った。脚を引きずりながら徐々に距離を詰めると、しばらくしてモンゴメリーが突然振り返った。ステッキから剣を抜いてゆったりと構え、白い歯を見せてにやりとする。袖口の銀色のレースの下で、人差し指にはめた金の指輪が光った。「誰だか知らないが、こそこそしていないで出てこい」

楽しげな声だ。適当に構えているようだが、かなりの剣の使い手だとトレビロンは見て取った。

「閣下」陰から歩み出て、近くのランタンの光に顔をさらした。

「ああ、トレビロン大尉か。杖の音で気づくべきだったたな」モンゴメリーは剣をさげない。「こんなに暗くて陰鬱な夜に出会うのも一興だが、教えてもらおう。なぜわたしをつけていた？」

トレビロンは相手の顔を見た。モンゴメリーとは一度か二度会っただけだが、頭の切れる男だというのはすぐにわかった。細い鼻、高い頬骨、官能的な唇を持つ公爵は、女と見まがうほどに美しい。身長はトレビロンよりやや低く、金色の巻き毛は髪粉を振らずにひとつに束ねている。浮ついた伊達《だて》男に見えるものの、彼の剣が届く範囲に身をさらす気にはなれない。

何カ月か前、モンゴメリーがためらいもなく男を撃つのをトレビロンは目撃していた。

「あなたがマクレイシュにいったいなんの用があったのか気になりましてね」トレビロンは水を向けた。

「ほう？」公爵は眉をあげた。「わたしがあの若者とどんなふうにつきあおうと、きみには関係ないだろう」

トレビロンは口をつぐんだまま待った。

「ああ、そうか。きみはわたしが答えを与えるまで、不吉な死神のようにつきまとうつもりなんだな。面倒なことになったものだ」モンゴメリーはいらだちのため息をついた。「どうしてもというなら教えるが、わたしはやつの後援者なのだよ。正直に言って、なぜきみが気にするのかさっぱりわからないが」

相手の不平をトレビロンは無視した。「あなたは自分が後援している相手を脅していたわけだ」

モンゴメリーがぞんざいに剣を振る。「脅したほうが一生懸命になる人間もいる。尻に火をつけてやるとでもいうのかな」

トレビロンは詰め寄った。「あなたは何か、あの青年の弱みを握っているのでは？」

「青年と呼ぶのはどうだろう。少なくとも二五歳にはなっているぞ。大人の男ならではの厄介事を起こすにはじゅうぶんな年齢だ」モンゴメリーは悦に入ったように笑った。「ある種の男ならではのね」

トレビロンが拳銃を抜くと、モンゴメリーは動きを止めてまじまじと彼を見た。

「マクレイシュを二度と脅さないようにお願いします、閣下。おわかりいただけましたか？」

「ああ、テムズ川の淀んだ水のようにはっきりと」だが、公爵は首を傾けた。青い目がランタンの光を受けて光る。「ところで、なぜあの魅力的なマルコム・マクレイシュに興味を持つのだ？　あの白い肌が気に入ったのか？　それとも見事な茶褐色の巻き毛に目を奪われたのか？」

トレビロンの拳銃の先は少しも揺らがなかった。「あなたは彼にそういうものを求めているのですか？」

「いいや、まったく」モンゴメリーは狡猾《こうかつ》な笑みを浮かべたままだ。「わたしたちの関係は、そのようなたぐいの親密さを伴うものではないのだよ」

「では、なぜ彼を思いどおりに動かそうとするのです、閣下？」好奇心に駆られて尋ねた。「いったい何を求めているんですか？」

「この世界と、そこにあるすべての秘密さ」モンゴメリーが即答する。

「意味がわかりません」

公爵は優美な肩をすくめた。「答えを聞いても理解できないのなら質問するな」

「あなたが謎めいた話し方をやめてくだされば、もっと理解できるかもしれないんですがね」トレビロンは脅すように一歩近づいた。

公爵はすばやく視線をはずして両手をあげ、表情豊かな唇に大きな笑みを浮かべた。

「休戦だ、大尉。休戦だよ！　今日のところは友人として別れようじゃないか。今後はあのスコットランド人の若者に関わらないと、紳士として誓おう」

トレビロンは目を細めた。あっけなさすぎて信用できない。公爵がなんのためにマクレイシュを利用しているのかわからないが、このまま手放すつもりはないだろう。

いよいよ興味深い。

とはいえ、モンゴメリーが真実を話すつもりがないのなら、これ以上押しても無駄だ。それに拳銃を突きつけてはみたものの、街中で貴族を撃つのは賢明とは言えない。

「いいでしょう」トレビロンは拳銃をおろした。

「では、握手でもするか？」モンゴメリーは銀色のレースに包まれた手を差し出した。

トレビロンは目の前の男の顔をじっと見た。震えが背筋を走る。彼はモンゴメリー公爵をまったく信用していなかった――この男が世界じゅうで一番好きなものは自分で、自分のことしか考えていない。

それに異常なほど駆け引きが好きだ。

「お言葉だけでじゅうぶんです、閣下」

「そうか」モンゴメリーは派手な帽子の端に手をかけた。「それでは失礼するよ、大尉」からかうようにつけ加える。「こんな夜は闇の中からこの世のものでないものが現れるかもしれないから、注意するんだな」

モンゴメリー公爵は去っていった。

その足音が聞こえなくなるまで待ってから、トレビロンは引き返した。

マルコム・マクレイシュにききたいことがさらに増えた。

下宿の玄関を杖で叩き、一分ほど待ってからふたたび叩く。かなり待たされたあと、女家主がしぶい表情でドアを開けた。

寝間着の上にショールを巻きつけ、ひらひらした巨大な布のボンネットをかぶっている。

「時間なんておかまいなしに訪ねてくるんだから。うちはそんなだらしない下宿じゃないんだよ。こんな夜遅くにいったいなんの用だい？」

「ミスター・マクレイシュに会いたい」トレビロンは家主に伝えた。

「誰も彼も彼に会いに来るんだね」家主は入れとも言わず、くるりと向きを変えて歩きだした。「さっきはあのこじゃれた格好をした紳士、そして今度はあんただ。さっきも言ったとおり、ここはきちんとした静かな下宿なんだよ。得体の知れない連中をうろつかせるわけにはいかないっていうのに！」

「これで少しは気持ちをおさめてもらえるだろうか」トレビロンは皮肉っぽく言うと、文句の多い家主の手に硬貨を押しつけた。

彼女は目をすがめて硬貨をぎゅっと握りしめ、背後にある階段を頭で示した。

「彼の部屋はこの上だよ」

ろうそくを持って階段をのぼる彼女のあとからトレビロンも続く。

二階に着くと、家主は右側の最初のドアを強く叩いた。「ミスター・マクレイシュ！　お客さんだよ——さっきとは別のお人だ」

スコットランド人の若者が警戒した表情でドアを開ける。だがトレビロンを見ると、その目にちらりと安堵がよぎった。「これは大尉、中へどうぞ」

「夜遅いんだから、今度はお茶を出さないよ」女家主が警告した。

「もちろんそれで結構ですよ、ミセス・チェスター」マクレイシュが淡々と応える。「自分たちで勝手にやりますから」

マクレイシュがドアを閉めているあいだに、トレビロンは部屋の中を見まわした。小さなベッド、椅子、洗面台、暖炉があるのは彼の部屋と同じだ。しかし共通しているのはそれだけで、暖炉の前には長方形のテーブルがあり、大きな紙が何枚も広げてある。それになかなかよさそうなチェストや座面に詰め物をした椅子もあり、壁には小さな絵が何点か飾られていた。

「たいしたものではありませんが、相続したんですよ」

トレビロンが振り向くと、マクレイシュは壁の絵を指していた。

若者は微笑んだ。「祖父は男爵家の生まれでした。長男ではなく、死んだときにはたいした財産もありませんでしたが、わたしに芸術を見る目があると知っていたので、蒐集《しゅうしゅう》していた絵を遺してくれたんです」笑顔に悲しみが混ざる。「学費の足しにいいものは売ってしまいましたが、残った絵もそれなりに気に入っています」彼は肩をすくめた。「何かお飲みになりますか？　ワインが少しありますが」

「いや、結構だ」トレビロンは断って椅子に座った。「長居はしたくないのでね」

マクレイシュはうなずき、探るように見つめてきた。

「きみにいくつか質問をしたい。今日の午後の出来事だが、賊たちがテムズ川をはるばる渡って庭園までわれわれをつけてきたとは考えにくい。庭園の裏手に馬をつないでいたということを考えあわせても」

「レディ・フィービーの行き先を、やつらが事前に知っていたと思っているんですね？」マクレイシュがきく。

「そうだ」

「そして、その情報をぼくが流したと？」

「そうなのか？」

あまりにも単刀直入な問いかけに、マクレイシュは目をみはった。「いいえ、違います。ぼくは……」視線をそらして、見事な赤毛に指を通す。「それについては、ぼくも少し考えてみました。お茶会に参加した人たちは全員、情報をもらした可能性があるわけです」彼はうつむいていた顔を戻し、懇願するようにトレビロンを見た。「ウェークフィールド邸の人間がもらした可能性だってあるじゃないですか」

トレビロンは表情を険しくした。「ウェークフィールド邸に内通者がいると？」

「そんな大げさなものではないかもしれません」マクレイシュが肩をすくめる。「おしゃべりな使用人とか」

無意識に脚をさすりながら、トレビロンはその可能性について考えてみた。目をあげて部屋の主を見る。「今日レディ・フィービーを救ってもらったことについて、きちんと礼を言っていなかったな」

「いや」マクレイシュはきまり悪そうな顔をした。「たいしたことはしていませんよ、本当に」

「だがきみがいなかったら、いまごろ彼女は家族のもとにおらず、どことも知れない場所に連れ去られていたかもしれない」事実を言葉にするのは舌が焼かれるようにつらかった。

「心から礼を言うよ」

マクレイシュは顔を赤らめ、小さくうなずいた。

「ところで」トレビロンはふと思いついたように言った。「きみはいつもナイフを持ち歩いているのか？」

マクレイシュが頭をさっとあげる。「ぼくは……ええ……そうです。ヨーロッパの古代遺跡を見てまわる旅をしていたときに習慣になりました。辺鄙《へんぴ》な場所もあって、外国人は標的にされやすいので」

トレビロンはうなずいた。理にかなった説明のようだ。「さっきモンゴメリー公爵がここから出てくるのを見かけたんだが」

若者の顔から血の気が引いた。「ぼくを見張っていたんですか、大尉?」

「そうすべき理由があるのかな?」

マクレイシュは鼻で笑った。「見張っても何も出てきませんよ。モンゴメリー公爵はぼくの後援者なんです」

「きみを脅しているようだったが」

「そう見えましたか?」マクレイシュが唇をゆがめると、急にぐっと老けた印象になった。「たしかにあの人はときどき変わったやり方をしますが、はたから見えるほどひどい人ではありません。実害はないんです」

「奇妙だな」トレビロンは目を細めた。「わたしはまったく逆だと思っている」

「貴族ですからね。あの人たちは世界を思いどおりに動かすことに慣れているんでしょう」

その意見に異を唱えるつもりはない。トレビロンは椅子から立ちあがった。疲れただけで、役に立つ情報は何も得られないままだ。「あの公爵との……関係を考え直したいと思うようになったら、わたしのところへ来るといい」

「あなたのところへ?」マクレイシュが不思議そうに彼を見た。「いま公爵との関係に問題があるわけではありませんが、あったとしても、あなたに何ができるんですか？　公爵を相手に」

トレビロンはドアを開けると、すごみのある笑みを浮かべた。「なんでもできる、わたしが望めばな」

静かにドアを閉めて、その場をあとにした。

翌日の午後、フィービーは屋敷の庭で薔薇の花を撫で、立ちのぼる香りをかいでいた。いつもなら自分の庭を歩きまわるのは楽しいのに、今日は気分が晴れずに心が重い。トレビロンは昨夜、あのあと彼女には会おうともせずに屋敷を去った。キスをされたのがよほどいやで、顔を見るのも耐えられなかったのかもしれない。

それほどひどいキスだったとは思えないけれど。

不思議だ。半年前だったら、護衛に張りつかれずにすむようになって安堵しか感じなかっただろう。けれどもいまは、トレビロンをただの護衛とは思えなくなっている。彼はなんでも話せて気兼ねなく言いあいもできる……友だちだ。

いいえ、それ以上の存在だったわ。でも、もう遅すぎる。

花を握りつぶすと、薔薇の鋭い香りがあたりに漂った。その香りに刺激され、あずまやに座ってトレビロンと語りあったひとときの記憶がよみがえる。苦い後悔がこみあげた。ハート家の庭園に行くと、わたしがあれほど駄々をこねていなかったら。

鳥籠の中での生活に満足していれば。

フィービーは茂みから花をむしり取り、花びらを足元にまいた。

問題は、わたしが矛盾するふたつのものを手に入れたいと願っていることだ。自由が欲しい。でも、トレビロンにも戻ってきてほしい。彼は護衛だ。そばにいられたら自由に行動できるはずがない。それなのに、彼がいないと心から幸せだと思えない。

フィービーはため息をつき、小道を歩き続けた。靴の下で砂利が音をたてる。

当然ながらマキシマスは、屈強な若い従僕の一団を彼女の護衛につけた。ハサウェイのけがは結局たいしたものではなく、その一団には彼とリードもいる。兄は護衛について、妹の意見を聞こうともしなかった。食堂でフィービーが怒りを爆発させた件については黙殺し、冷たく礼儀正しい態度を崩さず、言い分を訴えようとしても背を向けてしまう。

何を言ってもマキシマスの耳に届かないのなら、口がきけないのと一緒だ。目が見えないだけでなく。

こうしているいまも、庭の周囲を護衛たちが歩きまわっている音がする。武装した彼らはまったくプライバシーを与えてくれない。用を足さなくてはならないときは、ひどくきまりが悪い。

「お嬢さま」

振り返ったが、どの従僕に呼ばれたのかはわからなかった。ロンドン訛りはなかったから、リードではない……。なんて面倒なのかしら。トレビロンは、誰が話しかけてきたのかさりげなく教えてくれたのに。でも、もう彼はいない。わたしが自由になりたいと頑固に主張したせいで、彼を辞任に追い込んでしまったのだから。

あるいは、トレビロンが出ていったのはキスのせいなのかもしれない。そう考えるとつらかった。短いキスだったけれど、わたしは……気に入ったのに。あのときは、閉ざされた扉の向こうに広がる新しい世界がかいま見えた気がした。

もしまた彼とキスができたら、完全に扉を開けられるかもしれない。

従僕が咳払いをして返事を促した。

フィービーはため息をついた。「何かしら?」

「ミスター・マルコム・マクレイシュがいらしています。居間でお会いになりますか?」

「ええ」そう答えてから気が変わった。せっかくいい天気なのだ。「やっぱりここにご案内してちょうだい。ええと、あなたは……?」

「グリーンでございます」

「そうだったわ。ではグリーン、庭でつまめるようなものを用意するよう料理人に伝えてもらえるかしら?」

「すぐに手配いたします」

静かになったので従僕は屋敷に戻ったのだと思ったが、足音が草に吸収されてはっきりとはわからなかった。

けれどもほどなく、ミスター・マクレイシュの呼びかける声がした。「レディ・フィービー！　気持ちのいい午後ですね。ああ、あなたはまるで一輪の薔薇の花のようだ。その美しさで人の目を楽しませてくれるのですから」

「そんなことはありえませんわ、ミスター・マクレイシュ」彼女は顔をゆがめた。「少なくとも今日のわたしは」

「ぼくの目にはどんな欠点も見えませんよ」続いてミスター・マクレイシュは別の人間に話しかけた。たぶん護衛のひとりだろう。「なあ、きみ、ぼくはここでお嬢さまと楽しく話をさせてもらうだけだ。極悪非道な陰謀など企てていないから安心したまえ」

その日はじめて、フィービーは笑みを浮かべた。ミスター・マクレイシュの快活なユーモアを前にすると微笑まずにはいられない。彼に手を差し出す。「昨日は気が動転していて、命を助けていただいたお礼もきちんと申しあげていませんでした。許してくださいね。勇敢にも悪党たちから救ってくださって、本当にありがとうございました」

ミスター・マクレイシュはフィービーの手を取って持ちあげた。甲に唇が当てられ、あたたかい息がかかるのを感じる。「お助けできて光栄でした」

彼の声はこれまでより低く、妙に真剣な響きを帯びている。

フィービーは首をかしげた。急に彼の気分が変わったのはなぜかしら？

ミスター・マクレイシュは彼女の手を握ったままきいた。「今日はトレビロン大尉の姿が見えませんね。ひょっとして、この午後はお休みですか？」

「彼は辞職したので」フィービーは口の端をさげた。

「本当に？」彼はひどく驚いたようだった。「でも……」

「でも？」

「いえ、なんでもありません。ただびっくりしただけです。トレビロン大尉にとって、あなたの身の安全は何よりも大切なようでしたから」

フィービーは体をこわばらせた。何気ない言葉にひどく心が傷ついた。たとえ相手にはそんなつもりがなかったとしても。「それはそうなんでしょう。でも彼はかたくなに、あの脚ではわたしを守れないと思っているので」

「ああ」

「ああ？」意味がわからなくて顔をしかめた。「なぜ〝ああ〟なんですか？」

「何ができて何ができないのか、あの方が一番よくわかっておられるのではないかと思っただけですよ」ミスター・マクレイシュは分別くさい意見を述べた。「自分の欠点を認めて潔く身を引くのは、ある意味とても勇敢です」

「勇敢ですって？」フィービーは鼻で笑った。「頭が悪いのを勇敢というなら、そうですわね」

それを聞いて、彼も小さく笑う。「あなたと言い争っても、ぼくに勝ち目はありません。おっしゃるとおりですよ。トレビロン大尉はあなたの身の安全を心配するあまりあなたのそばを離れた、頭の悪い下劣な男だ」

フィービーは弱々しく微笑んで庭の小道を歩きはじめた。彼も並んで歩きだす足音がする。

「あなたには恐ろしい欠点がありますのね、ミスター・マクレイシュ」

「まずいな、ばれてしまいましたか」その声は笑いだしそうに震えていた。「それで、いったいどんな欠点です？」

「けんかの相手にならないということですわ。どんな敵意もたちどころに溶かしてしまうんですもの」

「それではぼくは、もっと嫌われる人間になれるよう努力しましょう。毎日精進を重ねたら、ゆくゆくはかなり感じの悪いやつになれるかもしれません」

「そうしてくださいね」フィービーは促した。「毎週末に、どれくらい進歩したかという報告をお待ちしています」

そのとき、このあいだの晩にトレビロンと座ったベンチまで来たことに気づいて、フィービーは胸が苦しくなった。思わず足が止まる。

「レディ・フィービー」ミスター・マクレイシュがいきなり彼女の両手を引いてベンチに座らせた。「どうか許してください。本当はもう少し時間をかけるつもりだったんです。あなたにふさわしい美辞麗句を用意して。でも、もう無理です。待てません。勇敢で機知に富むあなたの魅力を前にしては――」

ミスター・マクレイシュはフィービーの指先に唇をつけた。それまでの儀礼的な挨拶とはまるで違う情熱がこもっている。彼がこれから何を言おうとしているのかに思い当たって、フィービーはぞっとした。戸惑いばかりが広がっていく。彼がこんなつもりでいるなんて、まるで気づかなかった。目が見えないために、相手の意図を誤解していたのだろうか？

「ミスター・マクレイシュ」彼の言葉をさえぎり、フィービーは口をつぐんだ。彼のことは好きだ。もし状況が違っていたら……。

ジョナサン・トレビロンという存在がなければ、ミスター・マクレイシュの求愛を受け入れたかもしれない。

ただし、こんな性急にことを進めようとしなければ。

ミスター・マクレイシュは彼女の制止を気にも留めなかった。「ぼくは裕福とはとても言えません。でも、フィービー、あなたが受け入れてくださるのなら——妻になるという究極の栄誉を与えてくださるのなら、ぼくは毎日喜んで働いて、決して不自由はさせないと約束します。ぼくの信じるすべての聖なるものにかけて、毎日出会うささやかな不自由さからも、重大な命の危険からも、体を張ってあなたを守ってみせます。出かけるときには必ず、夫であるぼくが付き添いましょう。あなたの心を煩わせる可能性のあるものは決して近づけません。いま言ったすべてを生涯の務めとすることを誓います」

「でも、わたしは夫に護衛になってほしいとは思っていないの」フィービーには、こんなときに本質とは関係のない細部にこだわってしまうという悪い癖があった。

「もちろんそうでしょう。言い方が悪かったようです。ぼくはただ——」

「いいえ、言いたいことはよく伝わりました」言葉を選びながら応える。「あなたはわたしがつまずかないように、すべての障害物をよけてくださるおつもりなのでしょう。どんなに小さくても、わたしを煩わせる可能性のあるものは。でもわたしは、そんなふうに真綿でくるまれるように暮らしたくないんです。ときには失敗したり転んだりしないと、生きている実感が得られないと思うから」

「あなたは繊細な女性なんですよ」ミスター・マクレイシュの声ににじむ戸惑いに、フィービーの確信は深まるばかりだった。「人生の荒波から大切に守らなければ」

「いいえ、そんな必要はないんです」できるだけやさしく言う。「お申し出はとても光栄ですけれど、求婚はお受けできません」

「お嬢さま」礼儀正しく呼びかける従僕の声がした。グリーンだ。「お茶をお持ちしました」

「まあ、ありがとう」フィービーはほっとした。慎重にトレイの上を探り、ティーポットと糖衣がけのケーキらしきものを確認する。「お茶はいかが、ミスター・マクレイシュ？」

「残念ですが、このあと別の用がありますので」彼はこわばった声で断った。「失礼させていただいてよろしいでしょうか？」

ミスター・マクレイシュがそそくさと帰っても心を動かされないことに、フィービーは気がとがめた。

彼に好意は感じていたものの、求婚は予想外でひどく当惑した。それに彼は正しい求婚の仕方を知らなかったのかしら？　最初にマキシマスの許可を取るのが筋なのに。

フィービーはかぶりを振って、いま起こったことを消化しようとした。そして、どちらにせよ結果は変わらなかったという結論に達した。たとえ彼が正しい手順を踏んでいたとしても関係ない。ミスター・マクレイシュはジョナサン・トレビロンではないのだから。いまも、これからも。

なぜトレビロンが男性を判断する基準になってしまったのか不思議だ。これまではまるで気づかなかった。自分には彼が必要なのだと、いまになってわかった。彼がいつもそばにいてくれないと、何かが欠けているような感じがする。

それなのに、トレビロンはもういない。

フィービーはリードを呼んだ。

「何かご用でしょうか？」

「あなたはトレビロン大尉の行き先を知らない？」

「いいえ、存じません」

「そう、では見つけてちょうだい。お願いね」

「了解しました」

従僕の足音が遠ざかっていく。フィービーはふたたびひとりになった。厳密にはひとりとは言えないけれど。

まわりに何人も護衛がいるのに、孤独を感じるのはなぜだろう？　トレビロンといて、こんな気持ちになったことはない。腹が立ったり、いらいらしたり、ときおり見せる彼の機知に楽しい気分になったりはした。激しい怒りに駆られたこともあったし、ここ数日は彼と一緒にいて、わけのわからない切望に体が熱くなったりもした。

でも、孤独だけは感じなかった。

フィービーは背筋を伸ばした。トレビロンがどこへ行ってしまったのか、必ずリードが見つけ出してくれる。そうしたら護衛たちごと大尉のところへ押しかけて、そばにいてくれないとなぜか落ち着かないのだと説得しよう。

わたしを守るのは彼の義務だ。

そう心を決めると、フィービーは決然とレモンケーキを口に運んだ。


同じ日の夕方、イブ・ディンウッディは机の上にかがみ込み、台に取りつけた真鍮《しんちゅう》製の枠の大きな虫眼鏡をのぞいていた。息を吸い込み、細密肖像画に描いている男性のピンク色の頬に注意深くクロテンの毛の筆先を当てる。

「マダム」ジャン・マリーが部屋の入り口から呼びかけた。「閣下が会いにいらしています」

「お通ししてちょうだい、ジャン・マリー」

すぐにモンゴメリー公爵バレンタイン・ネイピアが入ってきた。ふわりと布をかけた四角い包みを持っている。黒と金の刺繍を施した黄緑色の衣装は、けばけばしさと紙一重の代物だ。

けれども彼が着ると、輝くような金髪が引き立つ。

「ダーリン・イブ、いますぐ筆を置いてくれ。毎日そんな細かい作業をしていると目が悪くなってしまうよ。それに贈り物を持ってきた」

「あら、そうなの？」イブはいったん体を起こしてピンクの水彩絵の具を筆に取り、ふたたび制作中の絵の上にかがみ込んだ。「またマジパンのお菓子ではないでしょうね？　あれは好きじゃないと言っておいたもの」

「ばかばかしい」公爵が快活に応える。「マジパンが嫌いな人間なんていないさ」

「あなたは嫌いでしょう」

「わたしはみんなとは違う」彼はイブの肩越しに絵をのぞき込み、大きなため息をついた。「それはわたしではないな」

「なぜあなたを描かなくちゃならないの？」

「なぜかというと――」バレンタインことバルは絵の具のすぐ横に無造作に包みを置き、部屋の中をせかせかと歩きまわった。彼女の本を並べ直そうというのだろう。「わたしは美男の誉れが高いからだ」

「紳士に美男なんて言葉は似合わないんじゃない？」彼の置いた包みを、イブはうさんくさい思いで見つめた。

「わたしの場合は似合うのさ」バルの自信たっぷりな態度は人を引きつける。

「それならあなたを描くべきかもしれないわね」イブはまっすぐに座り直し、作品をじっくりと見つめた。なかなかいい仕上がりだ。ここでやめておくのが賢明だろう。それに気まぐれなバルがそばにいると、制作に集中できない。彼女は筆をきれいにぬぐった。「もちろん、じっと座っていてもらわなくてはならないけれど」

彼が不満げなうなり声をもらした。「肖像画を描いてもらうためにじっと座っているなんて退屈きわまりないよ。それに去年の冬に一枚描かせたら、どうなったと思う？　二重顎にされたんだ」

「あなたがじっと座っていないせいでしょう」イブはぴしゃりと言って、バルが持ってきた包みにかけられている布を取った。現れたのは木製の鳥籠で、中にいる白い鳩と目が合った。

「なんなの、これは？」

「鳩さ」部屋の反対側から彼が答える。笑いをこらえているような声だ。「いつもすがめているから、目が悪くなったんじゃないのか？　ここへ来る途中に市場で見かけたから、わざわざ椅子駕籠を止めて、きみのために買ったんだよ」

彼女は顔をしかめながら鳩を見つめたあと、バルに視線を移した。「この鳩をどうしろというの？」

部屋の向こうで彼が胸を張った。足元にはイブの本が数冊、投げ出されたまま転がっている。「やさしく話しかけてやるのはどうだ？　餌をやったり、歌ってやったりするとか。知らないよ。みんなは鳩を飼って何をしているんだろう？」

「さっぱりわからないわ」

バルは肩をすくめると、彼女の本を適当に積みあげはじめた。「気に入らなければ、料理人にやってパイにしてもらえばいいさ」

げんなりして、イブは首を横に振った。「こんなふうに人に慣れた鳩は食べられないわ」

「どうしてだ？」彼は本当に理解できないようだ。「いつも食べている鳩と味は一緒さ。鳩のパイはおいしいじゃないか」

「だって……」メイドが部屋に入ってきたので、愛玩用の鳩を殺すのがなぜ間違っているのかバルに説明しなくてすんだ。メイドの運んできた大きなトレイには、茶器とオレンジ色の糖衣をかけたカップケーキがのっている。

料理人のテスは、バルの好みをよく知っていた。

イブは長椅子の前にある低いテーブルの上にトレイの上のものを置くよう合図すると、立ちあがって長椅子へ向かった。「さあ、来て。お茶を飲みましょう」

彼は向かいあった肘掛け椅子に座り、顔をしかめた。「その長椅子は色があせてきているじゃないか。新しいのを買わせてくれ」

「だめよ」イブは穏やかだがきっぱりとした口調で拒否した。バルを相手にするときは強い態度で臨まないと、いつのまにか欲しくもない――そしてしばしば奇天烈《きてれつ》な――贈り物を押しつけられるはめになる。

彼は不機嫌そうに両腕を投げ出した。「ならいいさ。みっともないものを使い続けるといい」

イブはティーカップを渡しながらバルを見た。「機嫌が悪いのね」

突然、彼はときおり見せる心からの笑みを浮かべた。両頬にえくぼができる少年のように純粋な笑みで、どんな人間でも心をわしづかみにされてしまう——とくに彼女は。

「きみに当たってしまったかな、大好きなイブ？　すまない、許してほしい」

彼女は紅茶をひと口飲んだ。「どうして不機嫌だったのか話してくれたら許してあげるわ」

バルは中に剣を仕込んだステッキを椅子の横でぐるぐるまわした。「すばらしい頭脳で綿密に練りあげた計画がそろそろ実を結ぶ頃なのに、なかなかそうなる気配がないんだ」

「ときどき思うんだけど、物事がすべて思いどおりになったら、あなたのためにならないわよ」イブは努めてさりげなく言った。

「そうかな」彼の目がすっと暗い輝きを帯びる。「だが、そうなったらわたしは腹を立てるだけだ。そしてそんなときにわたしがどうなるか、きみも知っているだろう？」

イブは視線をそらした。部屋はあたたかいのに、体がぞくっと震える。ふだんバルは何も考えていない伊達男のようにふるまっているが、そんな態度にだまされて彼を軽くあしらう人間は必ず報いを受ける。

そして後悔するのだ。

「うまくいかない計画って、わたしが手を貸した件と関係があるの？」慎重に尋ねた。

「かもしれない」彼はいきなりまっすぐに座り直して、カップケーキをつまんだ。「慎重に策を練って歯車を組みあわせ、いくつもの輪をまわしているんだよ。イブ、わたしはいつかこの街を、いや、この国を支配する。覚えておいてくれ。わたしを出し抜ける者はいない」

バルはケーキを口の中に放り込んで微笑んだ。

オレンジ色の糖衣を口の端につけている姿を見ると、いまの言葉が壮大な絵空事だと思うのはたやすい。けれどもイブは彼をよく知っていた。モンゴメリー公爵の意志がいかに強固か、身をもって体験している。

そのせいで危うく死ぬところだったのだ。

8

コリネウスと馬の進む大地は豊かで美しいのに、ほとんど人影がありません。それは三人の巨人が略奪のかぎりを尽くしたせいでした。巨人たちは城の中のものを奪い、人々の家を壊し、抵抗する者をみな殺したのです。彼らの名前はゴグ、マグ、アゴグといいました……。

『ケルピー』

あくる日の早朝、フィービーはウェークフィールド邸の廊下を静かに歩いていた。居間の前を通ったときにメイドが暖炉から灰を掃き出している音がした以外、屋敷にはまだ人が動いている気配はない。

望んでいたとおりだ。

昼のあいだは、マキシマスのつけた護衛がどこへ行くにもついてくる。彼らから離れて、少しでいいからひとりになりたかった。

以前のように、ひとりで自由に動きまわりたい。

兄の与えたさまざまな制約から逃れたいという欲求は、トレビロンを失うことにつながった。フィービーは一瞬足を止めた。完全に目が見えなくなったいま、自分は籠の中の鳥で、自由には生きられないという現実を受け入れなければならないのかしら？　盲目になれば気ままな外出は不可能であることをいまだに納得できないのは、愚かなだけなのだろう。

でもこれまでずっとフィービーは、盲目に伴う現実のほとんどを静かに受け入れてきた。服を選ぶとき、はじめて行く場所や新しい状況に足を踏み入れるとき、食事をするとき、彼女には人の助けが必要だ。そうでなければ似合う色がわからないし、つまずいてけがをしてしまうし、料理に指を突っ込んでしまう。もうひとりでは本が読めない。舞台に立つ俳優や、みなが美しいと称《たた》える絵を見ることもできない。

トレビロンが向けてくれる笑顔を、自分の目で見られる日は決して来ない。

それなのに、このうえ外出さえも控えなければならないの？

自由は誰もが望むもの。どんな状況に陥っても、すべての人間が求めるものなのに……。もう何年も、兄の命じるとおり、とらわれの身のような生活に耐えてきた。ところがいま、そんな状態に対するいらだちが急速にふくれあがって、これ以上耐えられないところまで来ている。大人の女性に成長したからかもしれない。

それとも、ただ限界に達しただけ？

フィービーはかぶりを振って、ふたたび廊下を進みだした。誰かが動かしたのか机にぶつかったが、体勢を立て直して裏の出口へ向かう。ドアを開けると、外では鳥たちがにぎやかに朝の歌をさえずっていた。大気は夜の名残でひんやりと清々《すがすが》しく、おり立った草地は朝露で濡れている。

フィービーは幸せな気分で深呼吸をした。こうやって早朝に厩舎を訪ねるのは何日かぶりだ。もう馬には乗れなくても、厩舎の雰囲気が好きだった。ひづめが干し草や床の上でたてる音、静かないななき、馬のにおい――そういうものに包まれていると心が落ち着く。

もちろんトレビロンは、フィービーがひとりで行くのに反対した。数えきれないほど訪れている身近な場所なのに。彼が護衛になったばかりの頃、あくまでも付き添うと主張されて心底腹が立った。

けれども最近は……。

花の咲き乱れる彼女の庭を通り抜けながら、フィービーはため息をついた。朝露に濡れるのもかまわず、花や葉の上に手を滑らせていく。朝の大気に漂う薔薇の香りは新鮮で甘かった。最近はトレビロンの同行をうれしく思うようになっていたのに。彼のほうも、馬を見に行くのを楽しんでいるようだった。彼がいないと少し寂しい。一緒に行きたい。

要するに、トレビロンが恋しいのだ。こんなふうになるなんて予想もしなかった。最初は、なんて堅苦しくて融通のきかない人だろうと思った。彼女の身の安全に関しては、てこでも譲らないのだから。実を言えば、それはいまでも変わらない。でも本当にあの頃は、一日じゅう彼に張りつかれて頭がどうかなりそうだった。

それなのにいまは、トレビロンに戻ってきてほしくてたまらない。

庭を反対側に抜けると、フィービーは物思いを振り払った。このまま砂利道を進むと壁と門があり、その先に廏舎がある。門のかんぬきは少しさびていて、しばらく押したり引いたりするとようやく動いた。ほっとして門を押し開け、廏舎に向かって足を踏み出す。

次の瞬間、彼女は待ち受けていた乱暴な手にとらえられた。

下宿の女主人が厚意で作ってくれた塊の多い粥《ポリッジ》を部屋で食べていると、ドアを激しく叩く音がした。

トレビロンは立ちあがって炉棚の上から拳銃を一丁取ると、ドアを開けた。

リードだった。大きく目を開き、額に汗をかいて立っている。「レディ・フィービーが！」

瞬時にわきあがった怒りと懸念を、トレビロンは奥歯を嚙みしめて抑えた。黙って部屋の中に戻り、ホルスター付きのベルトを胸に装着する。「報告してくれ、リード」

「はい！」聞き慣れた命令口調に従僕は落ち着きを取り戻し、大きく息を吸って話しはじめた。「大尉、レディ・フィービーの行方がわからなくなりました。今朝早く、廏舎に続く裏門の扉が開けっ放しになっていました。布をかぶせられたお嬢さまが馬車に連れ込まれる姿も目撃されています」

トレビロンは低い声で荒々しく悪態をついた。「レディ・フィービーは早朝に廏舎を訪ねるのがお好きだった」

「はい。公爵閣下も、お嬢さまが廏舎へ行かれたときに連れ去られたとお考えです」

「わかった」トレビロンは拳銃を二丁とも装着してリードについてくるよう合図し、部屋を出た。「閣下の対応は?」

ふたりは階段を駆けおりた。リードが走りながら答える。「すべての使用人を集めて尋問されました。厩番《うまやばん》の少年も含めて」

「閣下はおまえがわたしを呼びに来たことを知っているのか?」トレビロンは確かめた。通りに出ると馬が二頭待っていた。リードがウェークフィールド邸から連れてきたのだろう。

「いいえ、ご存じありません」

トレビロンは若い従僕を見た。彼はこのせいで職を失うかもしれない。「よく知らせに来てくれた」

リードに杖を渡して馬に乗った。そのあと手を伸ばして杖を受け取り、リードが馬に乗るのを待つあいだに、ある考えが浮かんだ。

振り返って従僕に尋ねる。「セントジャイルズのアルフを覚えているか?」

「はい、覚えています」

トレビロンはうなずいた。「すぐに彼女を見つけて、ウェークフィールド邸に連れてきてくれ」

「探してみましょう。彼女の行方がわかりそうな場所に心当たりがあります」

「よし。この前の晩に頼んだ件だと彼女に言ってくれ。それから、リード」

「なんでしょう?」

「いますぐ情報が必要になったとも伝えてほしい」

「わかりました」リードは馬にまたがり、セントジャイルズへ向かった。

トレビロンは反対の方角に馬を駆った。

まだ朝の八時前だというのに、通りには大勢の人々が行き来している。しかしトレビロンはそのあいだを縫うように馬を飛ばして、あっというまにウェークフィールド邸に到着した。馬をおり、杖をつきながら玄関前の階段をあがってドアを叩く。

パンダースがドアを開け、心配に曇った目をトレビロンに向けた。「こちらです」

執事に連れられて入った公爵の書斎は混乱状態だった。

ウェークフィールド公爵は暖炉の前を行ったり来たりしている。檻《おり》の中で鉄格子に飛びつく機会をうかがっているトラのようだ。クレイブンは机の前に座り、すごい勢いで何かを書いている。公爵夫人は暖炉のそばに座って心配そうに夫を見守り、絨毯の真ん中ではメイドが三人、すすり泣きながら立っていた。

トレビロンを見て、公爵夫人が立ちあがった。「大尉、よく来てくれました」駆け寄って、やわらかい両手で彼の手を取る。「どうかマキシマスを助けてあげて。正気を失いそうになっているの」

トレビロンは口をぐっと引き結んだ。公爵夫人が夫の気持ちを静めるのに他人の助けを求めるなんて、よほどのことだ。「全力を尽くします」

公爵夫人はトレビロンの手を握りしめた。「誘拐犯たちがフィービーを無理やり結婚させでもしたら、マキシマスは何をするかわからないわ。彼は妹を心から愛しているの。犯人たちはフィービーの幸せや安全を盾にして、彼を脅したり議会での立場を変えさせたりできるのよ」夫を見つめる彼女の目は恐怖に満ちていた。「トレビロン大尉、フィービーを手中にすることで彼らがどれほど大きな力を握ったか、あなたには想像もできないでしょうね」

フィービーが無理やり結婚させられるかもしれないという考えに動揺して、トレビロンは鋭く息を吸った。そんなことになったら彼女は――。

いったん目を閉じて気持ちを静め、ふたたび開いて公爵夫人を見る。「公爵閣下と話をさせてください」

公爵夫人はうなずいて、トレビロンを部屋の奥に連れていった。「マキシマス」

ウェークフィールド公爵が足を止めて振り向いた。「トレビロン」

「閣下」彼は小さく頭をさげた。「何があったのです?」

「どいつもこいつも役立たずだったということだ」怒りに満ちた低い声で、公爵は嚙みつくように言った。それを聞いて、メイドたちのすすり泣きが激しくなる。

目をあげたクレイブンに近寄るよう促され、トレビロンは喧騒の中で声が聞こえるように身をかがめた。

「今朝六時に、厩舎で働く一三歳のボビーが閣下を起こしに来ました。厩舎のすぐ外でレディ・フィービーが無理やり馬車に押し込められるのを見たと知らせに来たのです。お嬢さまは頭にフードをかぶせられ、まったく声をあげていなかったそうです」

「ボビーはいまどこにいますか？」

「厨房で料理人に朝食をもらっているところでしょう」クレイブンは淡々と答え、公爵に視線を向けた。「あの少年から得られる情報は、すべて聞き出したと思います」

「では、詳しく教えてください」情報が足りない。たとえば、どんな馬車だったのだろう？

「賊が何人だったか言っていましたか？」

「残念ながら、三人以上一二人以下だとしか」クレイブンがため息をつく。「厩頭によると、少年は馬の扱いに関しては天才的ですが、そのほかの面では少し劣っているそうです」

「そのほかには？」

「厩舎で働いている者たちからは、全員話を聞きました」クレイブンは両手を広げた。「ですが、誰も何も見聞きしていません」

「この前の誘拐未遂事件のあと、調査を進めてくださっていたはずですが、わかったことはないのですか？」

ウェークフィールド公爵が机に拳を叩きつけたので、置かれていたものが飛びあがって音をたてた。「何もわかっていない。われわれは顔に傷跡のある男の所在すらつかめていないのだ」

「調査は遅々として進んでいません」クレイブンが咳払いをする。「誠に残念ですが」

本当に残念だ。「現在の状況は？」

「閣下は屋敷内の使用人の尋問をはじめていらっしゃいます」クレイブンは、すすり泣いているメイドたちを示した。「そこへあなたがいらしたというわけです」

トレビロンは彼女たちをじっくりと見た。白髪の女と小柄な赤毛の女は家政婦だろう。もうひとりはパワーズで、フィービー付きのメイドだ。三人ともハンカチを顔に当てて泣いている。悲しみに打ちひしがれ、恐れおののいているようだ。

だが、パワーズの目だけは赤くない。

トレビロンの中に、炎のように激しい怒りがわきあがった。

「来い」彼のうなるような声に、部屋じゅうの人間が動きを止めて振り返った。「おまえだ。わたしについてくるんだ」


フィービーはおそるおそる顔をあげて耳を澄ました。賊たちは部屋を出るときに頭からフードをはずしていったが、そもそも目が見えない人間にフードをかぶせるなんて、何を考えていたのだろう？　いま彼女は、手を体の前で縛られたままだ木製の肘掛け椅子に座らされている。どうやら部屋の中にはほかに誰もいないようだ。

「あのう？」

声を出してみると、すぐに跳ね返ってきた。小さな部屋らしい。部屋の外から男たちの声が聞こえてくる。誘拐されたとき、何人いるか数えてみた。馬車の中にいたのはかなり若い男、アイルランド訛りの男、ロンドン訛りの男がふたりの合計四人。ロンドン訛りのうちのひとりは少し舌足らずだった。そのほかに馬車の御者がいるから、少なくとも五人だ。

どうして彼らはわたしを誘拐したのかしら？　もっと前に理由を考えてみるべきだったのに、トレビロンの辞職に気を取られていた。三回も襲ってくるなんて、かなり執拗《しつよう》だ。最初の襲撃のあと、哀れなメイウッド卿の脅威はなくなったと教えられたものの、兄は詳しい説明はしてくれなかった。

フィービーは両手を持ちあげて鼻をかくと、自分の置かれている状況を分析した。賊たちは明らかに彼女が何者かわかったうえで誘拐している。身代金が欲しいのだろうか？　馬車はそんなに長く走らなかったから、ロンドンから出ていないはずだ。馬車からおろされてここに連れ込まれたとき、下水や腐敗のにおいがした。あまり柄のいい場所ではないだろう。

彼女はため息をついた。

誘拐されてとらわれの身になるというのはひどく退屈だ。最初の何分間かは本当に怖かったけれど。フィービーは手首を縛ってあるロープを歯で切ろうとしたが、しばらくやってみてあきらめた。嚙みちぎるにしても、ほどくにしても、その前に歯がだめになってしまう。

大きな笑い声が聞こえた。誘拐犯の一味は楽しく過ごしているようだ。

彼女は慎重に立ちあがって、床の上のものにつまずかないよう少しずつ足を進めた。しばらくしてかたいものに肘がぶつかり、壁の場所がわかった。

「痛っ」小さく声をもらしたあと、犯人たちに聞こえなかったか心配になって息を止める。だが気づかれた様子はなく、フィービーは壁沿いに進んで出口を探した。

ほんの数秒で目的の場所を発見し、木製のドアに耳をつけて様子をうかがう。

するど話し声がとぎれとぎれに聞こえた。

「まだ来ないのが解せねえ」ロンドン訛りの男のいらだった声だ。

「なあに、すぐ来るさ。そうすりゃ残りの金を払ってもらえるって寸法よ」アイルランド男の声がはっきりと聞こえた。

「だけどよ……」少年の声は低すぎて、ほとんど聞き取れない。

「やつは牧師を連れてくるらしいぜ。それで遅れてるんだ」アイルランド男の答えを聞いて、フィービーの心は沈んだ。

マキシマスが早く見つけて助け出してくれなければ、わたしは無理やり結婚させられてしまう。


「知っていることをいますぐ話せ」トレビロンは低い声で容赦なく彼女を追及した。「そうしないと、おまえは死刑になる」

「何も……何もしていません」椅子に座ったパワーズが、縮みあがって早口で言い訳をする。

ふたりきりの尋問は、屋敷の裏側にあるふだんは使われていない居間で行われていた。トレビロンは一度も女を殴ったことがないが、いまはそうしたい衝動と闘っていた。

フィービー付きのメイドであるこの女は何か知っている。それなのに、女主人が危険にさらされ、女性に対する最悪の暴行を受けているかもしれないときに知らんぷりを決め込んでいる——。

彼は両手を椅子の肘掛けに叩きつけるように置き、パワーズと顔を突きあわせた。「いいか、よく聞け。おまえの女主人の身に少しでも危害が加えられていたら、どんな手段を使ってもおまえを破滅させてやるぞ」

「申し訳ありません！」パワーズが叫んだ。「あの人たちがこんな大それたことをするなんて知らなかったんです。嘘じゃありません。公爵閣下には黙っていてください」

トレビロンが椅子を揺さぶったので、メイドの歯がかちかちと鳴った。「誰だ？ 名前を言え！ わたしの目を見ろ」

「名前はわかりません！」パワーズはいまにも飛び出しそうなほど目を見開いている。ほかのときだったら、これほど女性をおびえさせて後悔していただろう。けれどもいまのトレビロンには、そんな気持ちはまったくなかった。「本当です。誓います！ ただ……あの人にはアイルランド訛りがありました」

一〇分後、トレビロンはウェークフィールド公爵の書斎に戻った。

公爵が目をあげる。先ほどと変わらず立ったままだ。妹が危険にさらされているのに、少しでも自分が楽をするのは耐えられないのだろう。「何かわかったか？」

「アイルランド人に買収されたようです」トレビロンは伝えた。「かなりの金額を受け取っています。その見返りに、レディ・フィービーがときどき早朝に廏舎を訪ねると教えたのです。ごくふつうの男で、髪は黒く、労働者階級のアクセントで話し、清潔だが古ぼけた服を着ていたそうです。パワーズがその男と顔を合わせたのは二回だけですが、コベントガーデンの近くに住んでいると聞いたと言っています」

公爵はさっそくクレイブンに命じた。「全員をコベントガーデンに向かわせ、一帯を捜索させろ」

「かしこまりました、閣下」クレイブンはすぐに部屋を飛び出した。

トレビロンはウェークフィールド公爵を見つめたが、彼の命令がいかに不可能に近いか指摘するのは控えた。〝コベントガーデンの近く〟はあまりにも広い。

公爵がふたたび檻の中の動物のように行ったり来たりしていると、やがてクレイブンが戻ってきて小さくうなずいた。屋敷じゅうの男を捜索に向かわせたという意味だろう。

「あれは誰だ？」突然、公爵が声をあげた。トレビロンが振り向くと、リードがアルフを連れて書斎の入り口に立っていた。

「ロンドンで一番の情報屋です」トレビロンは少女を見つめた。「レディ・フィービーが拉致されたとリードから聞いたか？」

アルフがぎこちなくうなずく。

「手に入れた情報を教えてくれ」

ぼろぼろの帽子を汚い両手で握りしめているアルフは、おびえているようにも大胆に開き直っているようにも見える。ウェークフィールド邸のように豪華な屋敷に入るのははじめてなのだろう。「モードの売春宿に女が連れてこられたってさ。だけど黒髪の女だ」

トレビロンは首を横に振った。「ならば違う」

アルフは息を吸った。「一時間前にテムズ川で女の死体があがった」

「ああ、まさか」公爵夫人が声をもらし、ウェークフィールド公爵が部屋を横切って妻の手を握った。

「それも違う」そうであってくれと祈りながら、トレビロンは否定した。だが、絶対に違う。殺すためだけに誘拐するはずがない。フィービーは生きていてこそ価値があるのだ。そう自分に言い聞かせて、そのほかの選択肢を頭から締め出した。「ほかには？」

アルフが眉根を寄せた。「あとひとつだけ。頭にフードをかぶせられた女が馬車からおろされた」

トレビロンは全身の筋肉をこわばらせて背筋を伸ばした。「場所はどこだ？」

「コベントガーデンの南側に近い小さな通り」アルフが答える。「靴屋の隣だよ」

「詳しい場所がわかるのか？」

アルフはうなずいた。

「では、連れていってくれ」

「わたしも行く」公爵が妻から離れようとした。

だが、彼女は急いで夫を引き止めた。「マキシマス、何か知らせがあった場合に備えて、あなたはここにとどまらなくては」

公爵は妻を見た。

彼女は顔に断固とした決意を浮かべている。「相手は身代金を要求してくるかもしれないわ。資金の調達やいろいろな決定ができるのはあなただけよ」

「閣下」クレイブンも加勢する。「奥さまのおっしゃるとおりです。閣下はここにおられるべきです」

「しかしそうすると、大尉についていけるのはリードしかいない」公爵は従僕を示した。

「たったふたりで何人いるかわからない敵に対抗できるのか？」

「捜索に向かった者たちに連絡するよう、厩番の少年を向かわせます」クレイブンが言った。

「追いついたら――」

「閣下」トレビロンはさえぎった。加勢を待っている時間はない。公爵が血走った目をトレビロンに向けた。「必ずやレディ・フィービーを救い出します。絶対に」

ウェークフィールド公爵は一瞬確かめるように彼を見つめてから、短くうなずいた。

「行け！」

トレビロンはリードとアルフを連れ、不自由な脚を急がせながら書斎を出た。

「武器はあるか？」リードに確かめる。

「はい、あります」

トレビロンは頭を傾けてアルフを示した。「彼に渡す武器もあるか？」

「拳銃をもう一丁、取ってきます」従僕は走っていった。

「おまえは場所さえ教えてくれればいい」廊下を進みながらアルフに言う。「あとはおまえ次第だ」

「わかったよ」アルフがいつもの虚勢を張る。「だけど、おれが一番嫌いなのは女を食い物にするやつらさ」

「いい子だ」

玄関に着くと、リードは拳銃を手にすでに待っていた。アルフに差し出して言う。

「気をつけるんだぞ」

「あんたこそ気をつけな」アルフが生意気に言い返した。「拳銃の撃ち方くらい知ってるよ」

「馬の乗り方もか？」さっき乗ってきた二頭の馬を見ながら、リードが尋ねる。

アルフが少し青ざめた。

「アルフはわたしと乗ればいい」トレビロンは助け舟を出した。

トレビロンは先に馬にまたがって、手を差し出した。アルフがじっと馬を見つめ、負けん気の強い表情で歯を嚙みしめる。それからトレビロンの手をつかみ、彼のうしろによじのぼった。

「つかまっているんだぞ」トレビロンは背後へ叫ぶと同時に、馬を蹴って走らせた。

風が勢いよく顔にぶつかってきた。小気味のいい音をたてて砂利道を駆ける馬を、ビール醸造業者の荷馬車のすぐ前で曲がらせる。荷馬車の御者が背後で悪態をつくのが聞こえても、振り返らなかった。

いまは目的地に向かうのが最優先だ。そこには救い出さなければならない女性と、敵がいる。

疾走する馬を見て、通行人たちがあわてて散っていった。ところが、通りの真ん中に犬の引く荷車が残っていた。

「しがみついていろ！」トレビロンはアルフに向かって叫び、次の瞬間には馬は荷車を飛び越えていた。

アルフは細い腕をトレビロンのウエストにまわして、ぎゅっとしがみついている。トレビロンは窒息寸前の瀕死《ひんし》の叫びのようなものが聞こえた気がした。

コベントガーデンはもう近い。「どっちだ？」

「右だよ！」アルフが腕をまっすぐに伸ばして、南へ向かう細い道を指す。セントジャイルズの方角だ。「あっち」

言われたほうに馬を向け、少し速度を落とした。「どこだ？」

「別の道とぶつかるところがあるんだ。そこの家にいるよ」

トレビロンはうなずいて、通りが交差するところで馬を止めた。セントジャイルズにほど近い地区で、家々が重なりあうように密集している。二階やひさしが狭い道の上に張り出して、ほとんど光が差さない。通りの真ん中に細いごみの道ができており、一帯に漂う悪臭の原因になっていた。

トレビロンは先に馬をおりてアルフを助けおろし、目の前の彼女を見つめた。

男のふりをしているし勇敢だが、若い女性であることに変わりはない。

「おまえはここにいて、馬を見張っていてくれ。急いで脱出しなければならないかもしれない」

アルフが抗議の声をあげようとしたが、トレビロンはかまわず彼女の手に手綱を押しつけた。

リードのほうを見ると、すでに馬からおりて拳銃を抜いている。「わたしから離れるな。相手がよく見えない場合は絶対に撃つんじゃないぞ。レディ・フィービーを撃ってしまったなんて間違いは許されない」

「わかりました、大尉」

トレビロンは拳銃を二丁とも抜き、リードをうしろに従えて進みはじめた。薄暗い通りの先から、人影がふたつ近づいてくる。片方はマント姿だ。

トレビロンたちはアルフが指した家の前に着いた。古ぼけたその建物は通りに向かってかしぐように立ち、れんがの外壁は自然に落ちたのか誰かに抜き取られたのか、ところどころに隙間が空いている。入り口は階段を数段おりた地面よりも低い場所にあった。トレビロンはドアを目で確認すると振り返った。さっき見えた人影は消えていて、通りには昼間なのに誰もいない。しかしこういう環境で生きている者たちは、身を潜めるべきときを敏感に察知するものだ。

トレビロンはリードに合図した。

リードが階段を駆けおりて、ドアを蹴破る。

彼が発砲すると、入り口を守っていた男が内側に倒れた。煙と火薬のにおいが立ちこめる。

トレビロンは目をすがめながら中に入った。男が三人、テーブルのまわりに座っている。カードをしていたらしい。彼らは立ちあがろうとしたが、トレビロンは一番大きな男を撃った。

あとのふたりが凍りついたように動きを止めてこちらを見つめた。

「あと一発、弾がある。次に動いたやつを撃つ」トレビロンは警告した。

「ジョナサン！」レディ・フィービーの声が奥の部屋から聞こえた。

トレビロンはふたつ目の銃をリードに渡した。「撃つ前に警告する必要はない」

奥の部屋の前に行き、掛け金を調べた。簡単な差し錠だとわかり、すぐに開ける。

するとレディ・フィービーが腕の中に倒れ込んできた。「ああ！　あなたなのね？」厩舎へ行くときによく身につけている着古した青いドレス姿の彼女は、トレビロンの首に鼻をすり寄せて息を吸い込むと顔を輝かせた。「あなたのにおいだわ！」

うれしそうに笑っているレディ・フィービーを見て、トレビロンの胸の中で何かがふっとゆるんだ。唇にキスをしたいという強い衝動がわきあがる。けれども咳払いをして言った。

「ロープをほどきましょう」

「ああ、ありがとう」感謝の言葉を聞きながらブーツからナイフを抜き、手首を縛っているロープを慎重に切りはじめた。

「そこのおまえ」トレビロンは振り返り、敵のひとりに呼びかけた。「もっとロープはあるか？」

男はリードの突きつけている拳銃とトレビロンを交互に見た。「ああ」

「よし。そいつでもうひとりのやつを縛れ」トレビロンは命じた。「しっかり縛るんだぞ。あとで調べるからな」レディ・フィーピーの手首からロープがはずれると、彼はすれて傷になっているところを調べた。

「だけど動いちゃなんねえのなら――」

トレビロンはため息をついた。「友だちを縛るあいだは動いてもいい」

彼はポケットからハンカチを出してふたつに引き裂き、レディ・フィービーの手首にそっと巻いた。

「ありがとう」彼女がささやいた。「きっと来てくれると思っていたわ」

「本当にそう思っていてくださったんですか？」信じられなかった。自分は彼女を置き去りにして、むざむざ誘拐させてしまったというのに。

「ええ」レディ・フィービーが屈託なく笑う。「だって来てくれたでしょう？」

まったく変わった女性だと思いながら、トレビロンは手首の手当てを終えた。こうなったのはすべてわたしのせいなのだと、わかっていないのだろうか？　絶対に彼女のそばを離れてはいけなかったのだ。一味がつかまるまで、昼も夜もそばについているべきだった。

だが、もう同じ間違いは犯さない。

振り返ると、リードは最後のひとりを縛り終えて床に転がしたところだった。従僕は顔をあげてトレビロンにうなずいた。

「さあ、行きましょう」トレビロンはレディ・フィービーを促して部屋を出た。

「このまま置き去りにするのか？」賊のひとりが呼びかける。

トレビロンはうしろを向いて顔をしかめた。「猿ぐつわを嚙ませたほうがいいな。公爵閣下が尋問に来るまでのあいだなら、そのまま放っておいても大丈夫だろう」

リードが言われたとおりにしたあと、三人は建物を出た。

「あちらに馬を待たせてあります」レディ・フィービーを連れて歩きながら、トレビロンは言った。

「まあ、すてき」彼女が喜びの声をあげる。

アルフはもとの場所からまったく動かずに待っていた。手綱を握っている手が白い。ずっと身じろぎすらしなかったのではないかとトレビロンは考えた。

「ご苦労だったな」彼はアルフをねぎらった。「あともうひとつだけ頼みたい。伝言を届けられるか？」

アルフが侮辱されたように顔をしかめる。「もちろんさ」

「では、ウェークフィールド公爵にこう伝えてほしい」トレビロンはアルフの耳に口を寄せ、伝言をささやいた。体を起こして彼女を見ると、いつもどおり好奇心旺盛な目をくりくりさせている。「いいか、公爵以外の誰にも言ってはだめだぞ。それから、昨日頼んだ仕事もそのまま続けてくれ」

「わかったよ、旦那！」アルフはにっと笑うと、すばやく走り去った。

「リード」トレビロンは従僕に向き直った。「おまえには、できればわたしを手伝ってもらいたい。だがそのためには一時的に公爵閣下のもとを離れ、わたしの指揮下に入ってもらう必要がある。この件に片がついたあと、閣下がまたおまえを雇ってくれるという保証はない」

「あなたについていきます」リードは毅然《きぜん》として言った。「いままでもそうでしたし、これからもそうです」

トレビロンは笑みを浮かべた。「ありがとう」礼を述べて、さっそく指示を伝える。今回は耳にささやきはしなかったが、誰にも聞かれないように注意を払った。

聞き終わると、リードは敬礼をした。「おまかせください、大尉」

「頼りにしているぞ」

リードは馬に飛び乗って走り去った。

「前と違って、ひどく謎めいた行動を取るようになったのね、大尉」レディ・フィービーが探りを入れてきた。

「そうですか？」トレビロンは彼女の手を取り、あぶみに触れさせた。

「ええ、そうよ。また一緒に乗るの？」

「よろしければ」

「救い出してもらったのだから、いまならどんなことを言われても素直に従うわ。無理やり結婚させられるなんて、本当にぞっとするもの」

「それがやつらの目的だったんですか？」彼女のうしろにまたがりながら、トレビロンは静かにきいた。胸の中で怒りがふつふつと煮えたぎる。

「たぶんね、盗み聞きした感じでは」

「誰にも絶対にそんなまねはさせません、お約束します。わたしがついているかぎり」

トレビロンの心はすでに決まっていたが、誘拐が結婚を強いるためだったと聞いて、ますます決意はかたまった。

二度と他人にレディ・フィービーをゆだねはしない。誘拐犯が見つかって彼女の身の安全が完全に確保されるまで、自分以外の誰も信用するものか。

9

コリネウスは、巨人を退治してこの新しい土地の王になろうと決めました。そこでまず、一番小さな巨人ゴグの住む荒れ地に向かって、海の馬を走らせました。間近で見るゴグは、ふつうの人間の二倍は背が高く、醜い顔はできものとほんの少しの黒い毛で覆われています。コリネウスが拍車を当てると、海の馬は歯をむき出して猛然と飛びかかりました。そして次の瞬間にはもう、巨人は死んで荒れ地に横たわっていたのです……。

『ケルピー』

ロンドンの街を疾走する馬の上で、フィービーはトレビロンの広い胸に寄りかかった。少々たしなみに欠ける行為かもしれないが、そんなことはどうでもいい。彼が戻ってきてくれた。わたしが絶望の淵《ふち》に沈んでいたときに、救いに駆けつけてくれたのだ。彼の香りが体を包む。わたしが選んだその香りを、トレビロンはまだつけてくれている。フィービーは心を打たれるとともに、感謝の念を覚えた。

サンダルウッドとベルガモットの香りをかぐと、安心できるだけではなくて……何か別の気持ちも感じる。

トレビロンが両腿に力をこめて馬を駆った。数分間、ゆるい駆け足が続く。彼はフィービーのウエストに腕をまわして、しっかりと支えてくれていた。

やがて馬の速度をゆるめるとフィービーに尋ねた。「何があったんです？　どうやって誘拐されたのですか？」

フィービーは大きく息を吐いて体を少し起こした。「今朝早く、いつものように廏舎へ向かったのよ。でも庭を抜けて廏舎に続く門を開けたところでつかまって、頭にフードをかぶせられてしまったの」

そのときのことを思い出すだけで体に震えが走った。フードの下にはじゅうぶんな隙間があったにもかかわらず、もしかしたら呼吸ができなくなるのでは、と恐慌をきたしかけたのだ。

トレビロンが彼女のウエストにまわした腕と腹部に当てた手のひらに力をこめた。

「なんてやつらだ」耳に触れそうなくらい近くでささやく。

「よく考えたら、それなりに丁重に扱ってくれたと思うわ」フィービーは急いでなだめた。「もちろん、ほとんど話しかけられはしなかったけれど、なんていうか……不適切な触れ方をする気配はいっさいなかったもの」

フィービーは頭を傾け、彼の様子をうかがった。トレビロンの喉から奇妙な音がする。もしかして、うなっているのかしら？

「賊が何人いたか、わかりますか？」彼がぶっきらぼうに尋ねた。

「四人よ。あなたが踏み込んできたときにいた四人だけ。けれど、それ以外に御者がいたはずだわ。馬車で運ばれたから」彼女はたてがみに触れ、かたい毛に指を通した。「でも、あなたとリードが来る直前に、少しだけ彼らの話を盗み聞きしたの。誰かを待っているみたいだった——その人は牧師を連れてくると言っていたわ」

「あなたと無理やり結婚するためですね」トレビロンの声はざらついている。

フィービーはウエストにまわされた彼の腕に手をのせた。指先に感じる筋肉は鋼のようにかたい。「ジョナサン、あなたやお兄さまは相手の正体を知っているの？　わたしと結婚したがっているのが誰なのかを」

トレビロンの腕の筋肉がぴくりと動く。「残念ながら、まだ見当もついていないのです。申し訳ありません。ただし、一味のひとりはハート家の庭園で襲撃してきたときにもいました——ボンドストリートのときにも」

フィービーは彼に顔を向けた。「なんですって？　どうしてもっと前に教えてくれなかったの？」

「あなたを怖がらせたくなかったからです」トレビロンはこわばった声で答えた。

「それであなたは、文字どおりわたしを何も見えない状態のまま放っておいたわけね？」彼女はわざとからかうように尋ねた。

「いま考えると間違った気遣いでした。とにかく、公爵閣下もわたしもずっと調査を進めていたのですが、いまのところ容疑者らしき人物は見つかっていません」

「それは残念だわ」冷静に応えたものの、心の中は乱れていた。犯人がつかまるまで、常に恐怖におびえて暮らさなくてはならないのだろうか？

「まったくです」トレビロンが苦々しい声で同意する。「あとから来るはずだった男について、やつらはほかにも何か言っていませんでしたか？」

フィービーは首を横に振った。「いいえ」

彼が小さく悪態をつく。「では、誰であってもおかしくないわけですね」

「ええ。はっきりしているのは、いやがる女性に結婚を強いるような人というだけ。それにしても、わたしと結婚したいという人が急に次々と現れるなんて」

「どういう意味ですか？」

「ミスター・マクレイシュに昨日求婚されたばかりなの」軽い口調で答えた。

ウエストにまわされたトレビロンの腕にぐっと力がこもる。フィービーの体から空気が押し出されたが、すぐに腕の力は抜けた。

「おめでとうございます」それは感情のない平坦な声だった。

フィービーは彼の頭を叩いてやりたくなった。

「お断りしたわ」辛辣な声で返す。

「なぜです？」トレビロンの声がやわらいだ。

顔を見ることはできないが、フィービーは彼のほうを向いた。「〝なぜです〟ってどういう意味？」

トレビロンは咳払いをした。「マルコム・マクレイシュは若くてハンサムですし――」

「それがわたしにとって何になるというの？　見えもしないのに」

「――溌剌《はつらつ》としていて頭がいい。そのうえ、あなたに夢中なようです」

そこで沈黙が流れた。

「夢中っていうと夢の中ね」しばらくしてフィービーは言った。「もしかして寝ぼけているのかしら」

「あなたを見るたびに、彼は笑顔になります」トレビロンがつぶやくように言う。彼は焼きもちを焼いているのかしら？

「わたしはチェリーパイのにおいをかぐたびに笑顔になるわ」

「茶化さないでください」トレビロンが戒めた。「なぜゆっくり考えもせずに彼の申し出を断ったのです？」

「あなたって、年寄りの口うるさい親戚のおばさんみたい。家の中を走りまわる子どもを叱りつけるような」

「何度も申しあげているとおり、わたしはあなたと比べれば年寄りですからね」トレビロンが声をこわばらせる。

フィービーの頭に恐ろしい考えが浮かんだ。「わたしがあなたにキスしたりしたから、ミスター・マクレイシュとくっつけようとしているの？」

「わたしは――」

「言っておくけれど、あれははじめてのキスだったのよ」早口で言った。言いにくいことはさっさと口にしてしまうにかぎる。「練習すればもっとうまくできるようになると思うわ。自信はあるの。だって、練習すればたいていうまくなるものでしょう？　それに次はもう、ちょっと協力してくれれば――」

「わたしはあなたにキスなどしません」死刑を言い渡す裁判官のように、トレビロンは重々しく宣言した。

「どうしてしないの？」

「なぜかはよくおわかりのはずです」

「いいえ、全然」考え込みながら、ゆっくりと応える。「よく考えても、やっぱりわからないわ。あなたが考えそうな理由ならわかるのよ。自分はテムズ川と同じくらい年を取っているとか、わたしよりも下の階級の出だとか、まじめな自分に比べてわたしがあまりにも若くて軽薄だとか。ほかにも思いつくけれど、はっきり言って、そんなことはわたしにとってキスをしない理由にならないもの」フィービーはそこで息を継ぎ、少し考えてから訂正した。「ただし、あなたが逃亡中の殺人犯だったり、ひそかに妻を隠していたりする場合は別よ。どちらか当てはまる？」

「わたしが……なんですって？」

「あなたは殺人犯だったり、妻を隠していたりするの？」辛抱強く繰り返した。

「そんなはずがないと、よくおわかりでしょう」トレビロンがいらだたしげに返す。自分が簡単にはへこたれない性格でよかった、とフィービーは思った。彼にこんな声を出されたら、ふつうの若い女性は恐れをなしてしまうだろう。「フィービー――」

「じゃあ、わたしにもう一度キスできない理由はないわね」膝の上で両手を組みあわせ、彼女はにっこりした。

ところが、トレビロンは急に馬を止めた。「さあ、着きましたよ」

「あら」フィービーはつぶやいた。「ウェークフィールド邸ではないようね」

「ええ、違います。公爵閣下が誘拐犯をとらえるまで、あなたをあそこに連れ帰るつもりはありません」

振り向くと、唇にトレビロンの髪が触れた。「お兄さまはあなたの行動を承知しているの？」

「わたしがどうするつもりか閣下にお知らせするよう、アルフに頼んでおきました」彼はフィービーがはじめて聞く、険しく厳しい声で言った。

「兄と事前に相談して決めたのではないの？」好奇心に駆られて尋ねた。マキシマスは公爵だし、ああいう性格だ。自分以外の人間に指示されることに慣れていない。

慣れていないどころか、我慢ならないだろう。

「ええ、そうです」トレビロンは静かに答えた。

フィービーの体がぶるりと震える。トレビロンも兄と同じくらい頑固だ。

もしかしたら兄以上かもしれない。

独裁的な男性は、まわりにひとりいればじゅうぶんではないかしら？　本当にトレビロンとの関係を深めたいと思っているのか、フィービーは自問した。彼が兄と同じくらいわたしを束縛したら、どうすればいいの？

彼のほうがひどい場合は？

トレビロンが話を続けている。「あなたが早朝に馬を見に行くのが好きだという情報を金と引き換えにもらしたのは、メイドのパワーズでした」

フィービーはわれに返った。「なんですって？　まさかそんな！」

「残念です」彼は慰めるように言った。

「でも……」その日はじめて、フィービーの唇が震えた。パワーズが自分付きのメイドになったのは、それほど前ではない。でも、なかなかいい娘だと思っていた。昨日も靴のかかとの高さについて、楽しくおしゃべりをしたのに。

「お気の毒です」トレビロンが馬をおりながら言う。「ですがパワーズが買収されたとなると、ほかにも屋敷内に不届き者がいるかもしれません。犯人が逮捕されるまで、あそこは安全とは言えないのです。いまは誰を信用できるのか見当がつかない状況です。ですからわたしは、自分以外の人間を信用しないと決めました」

「どういう意味？」フィービーはささやいた。

トレビロンの両手が彼女のウエストを包む。力強く有能な手。彼といれば安心だ。

彼の声は低いが、暗くはなかった。「あなたをロンドンから連れ出します。行き先はあなたの兄君も知りません」

両手の下にレディ・フィーピーのあたたかな体を感じながら、トレビロンは彼女がこんな常識はずれのやり方に抗議するのを待ち受けた。

ところが彼女はうれしそうに顔を輝かせた。「本当？」おかしなほど興奮している。「それで、どこに連れていってくれるの？」

「道々お教えします」トレビロンは答えた。「さあ、こちらへ。とにかく中へ入りましょう」

馬を止めたのはロンドン郊外にある宿屋だった。たまたま元部下が、そこの主人をしている。リードにもここで落ちあうように言ってあるが、まだ到着していないようだ。しかし彼に頼んだ仕事は時間がかかってもおかしくないので、心配することはないだろう。

トレビロンはレディ・フィーピーを慎重に馬からおろした。彼女の足が地面に着いても、手を離すのが名残惜しかった。

「ここはどこ？」レディ・フィーピーがサクランボのように赤い唇をほころばせて尋ねた。

「ロンドン郊外にある〈笛吹き亭〉という宿屋です」トレビロンは少年に馬の手綱を渡して、彼女を建物の中に導いた。

明るい中庭から入ると宿屋の中は薄暗く、梁《はり》がむき出しの天井は低かった。勢いよく火が燃えている暖炉のまわりには円テーブルがいくつも置かれていて、一〇人以上の旅人たちが散らばって食事をしている。トレビロンは迷わず奥の個室を取った。レディ・フィービーが人目に触れる時間が少ないほど、正体を知られる可能性が低くなる。

「ここに椅子がありますから、座ってください」案内してくれた少女が宿屋の主人を呼びに出ていくと、トレビロンは言った。狭い個室には長方形のテーブルと椅子が六脚、それに暖炉がある。「食事は注文しておきました」

「ビールも？」レディ・フィービーがわくわくした様子できく。「わたし、一度も飲んだことがないのよ」

「いいえ」トレビロンは首をかしげた。庶民の女性とは違って、上流階級の女性はそんなものは飲まない。「紅茶とハム、卵などです」

「あら、そう」彼女は木製のテーブルの上を指先で慎重に探った。「旅の途中でビールを味見できる機会があるといいのだけれど。わたしたち、これから旅をするのでしょう？」

「そうです」

レディ・フィービーは急に真顔になった。「本当にお兄さまに連絡を入れたの？　わたしが無事だって」

「アルフを行かせました。はしっこいやつですから、公爵閣下がかんしゃくを起こしても、うまくかわすでしょう」淡々と答える。「あいつにはわたしたちの行き先も詳しく教えてあるので、もう危険がないとなったら、閣下から知らせを受け取ることもできます」

レディ・フィービーはそれでも安心できないようだった。「でも、お兄さまがアルフから無理やり住所を聞き出したら？」

「アルフは身を隠す達人です。誘拐犯たちが取り押さえられるまで、どこかに身を潜めていろと言っておきました。それとあいつには調査も頼んであります――わたしから」

トレビロンはウェークフィールド公爵への伝言を頼んだときに、調査の範囲を広げるよう指示していた。誘拐についてだけでなく、モンゴメリー公爵とマルコム・マクレイシュの関係についても調べるように言ったのだ。ふたつの事柄に関連があるとは思えないが、マクレイシュはレディ・フィービーに求婚している。その事実だけでも、マクレイシュについて調べるじゅうぶんな理由になった。

彼女が目をみはった。「すべて考え抜いてあるのね」

トレビロンが口を開こうとしたとき、部屋のドアが勢いよく開いた。彼はとっさに拳銃に手をやったが、入ってきたのは敵ではなかった。

「大尉、大尉じゃありませんか！」宿屋の主人がトレビロンに両手で抱きついた。それから気持ちを落ち着けるように一歩さがり、直立不動の姿勢になって敬礼した。「なんでもお申しつけください、お役に立ちますから」

もと第四竜騎兵連隊のウースター軍曹ことベン・ウースターは、樽《たる》のような胸と炎と見まがうばかりのオレンジ色の髪をした男だった。大きな鼻には骨折の痕跡があり、脛骨《けいこつ》を撃たれたせいで片脚は木製の義足だ。この脚のせいで退役を余儀なくされたのだった。幸い、ウースターには〈笛吹き亭〉を経営しているかなり年上の兄がいたので、退役後はそこで働くようになり、やがて兄が田舎に引っ込むと経営権を買い取ったのだ。

「おまえに会えてうれしいよ、ウースター」トレビロンは言った。「実は頼みたいことがある」

「なんでもしますよ、大尉。撃たれて失ったのが脚だけですんだのは、あなたのおかげなんですから」

「そう言ってもらえるとありがたい。実はいま、わたしはここにいるレディを護衛する任務についている。悪事を企む悪党どもに狙われているのだ。レディの名前は明かさないほうが、お互いにとっていいだろう。わたしたちがここを去ったあと、彼女について尋ねる者が来ても何も言わないでほしい」

ウースターの陽気な顔が真剣になった。「もちろんです、大尉」

「まだある。馬車とそれを引く馬、それにレディのための着替えが欲しい」トレビロンは言葉を継いだ。「もちろん、どちらに対しても支払いはする」

「馬車を用意するのは問題ありません。心当たりのやつは少し古ぼけていますがね」

「かまわない」トレビロンはほっとした。馬車をすぐに手に入れられるかどうかが一番の懸念だったのだ。

「ですが、貴族のご婦人が着るようなドレスはないですね」ウースターが頭をかきながら言う。「うちのやつが持ってる服しかないんで。ちょっと時間がかかってもよければ、女の子を店まで走らせますが――」

「その必要はない」トレビロンはさえぎった。「おまえの奥方が着ているような服が欲しいんだ」

ウースターがにやりとすると、犬歯が抜けた跡があらわになった。「そういうことでしたら、うちのやつにすぐ持ってこさせましょう」

「ありがとう、助かるよ」トレビロンはウースターと握手をした。

ウースターが出ていくと、代わりに食べ物をのせたトレイを持ったメイドが入ってきた。

「まあ、いいにおいね」テーブルの上に並べられる食事を見て、レディ・フィービーがうれしそうな声をあげた。「あなたも一緒に食べない、大尉？」

差し向かいで食事するのはあまりにも親密な気がした。護衛を辞任したものの、彼女の身の安全に責任を負う立場であることに変わりはないのだから。とはいえ、今日は朝食の途中で飛び出したあと、何も食べていない。

「お許しいただければ」

「もちろん許すわ。だいたい、いままでにわたしが何かを許可しなかったことがある？」

もちろんあると思い、トレビロンは疑わしげな視線を向けたが、すでに彼女は半熟に調理した卵を皿によそうのに集中していた。指先で慎重に位置を確かめながら、スプーンですくって皿にのせている。

「お茶はいかがですか？」トレビロンはぶっきらぼうに尋ねた。

「あら、お願い」レディ・フィービーが答える。「しばらく閉じ込められていたから、喉がからからよ」

「猿ぐつわを噛まされたんですか？」ティーポットを持ちあげようとしていたトレビロンは動きを止めた。怒りで手がぶるぶる震えている。

トレビロンの怒りを感じ取ったかのように、レディ・フィービーが彼のほうに顔を向けた。焦点の定まらないはしばみ色の目の上で、眉根をぎゅっと寄せている。「手で口をふさがれたけれど、猿ぐつわはされなかったわ。あの状況では丁寧に扱われたほうじゃないかしら。文句なんて言うべきではなかったわね」

口を開けば怒りの言葉を吐いてしまいそうで、彼は黙って紅茶を注いだ。

砂糖を加え、カップをレディ・フィービーのほうに押しやる。「お茶をいれました。皿の右側に置きましたよ」

レディ・フィービーはカップを探り当てて口に運んだ。「おいしい。ちゃんとお砂糖が入っているわ。でもよく考えたら、もちろんあなたはわたしの好みを知っているのよね」

何を言っても自分に不利になるばかりな気がして、トレビロンは応える代わりに自分も卵を皿に取った。なかなかおいしい卵で、しばらくふたりは黙って食事に没頭した。

ドアを叩く音がして、笑みを浮かべた小柄な女性が顔をのぞかせた。布のボンネットとエプロンを身につけ、ひとまとめにした衣類を抱えている。「ウースターの家内です。レディの着替えをお手伝いにまいりました。夫に言われましたもので」

「ありがとう、ミセス・ウースター」トレビロンは立ちあがった。「着替えるあいだ、わたしは外で待っていましょう」

「ありがとうございます」ミセス・ウースターはさっそく中に入った。「主人が部下の方と一緒に、あなたをお待ちしています」

トレビロンはうなずいて部屋をあとにした。しばらく探すと、リードとウースターは中庭で古ぼけた馬車を調べていた。

彼に気がついてウースターが振り向く。「見栄えはあまりよくないですが、いまでもちゃんと動きますよ。どこへでも運んでいってくれるはずです」

「もちろんおまえを信用する」トレビロンは静かに言ったあと、リードに目をやった。「頼んだことはやってくれたか？」

「はい」リードはかばんを持ちあげてみせた。トレビロンのものだ。「大尉の部屋へ行って、必要なものを取ってきました」

「ご苦労だった」彼は部下をねぎらうと、リードからかばんを受け取って中から財布を取り出した。金貨を五枚数えて出す。「これで足りるか？」ウースターに確認する。

「じゅうぶんすぎるほどです。では、今度は馬をお見せしましょう。ご自分でお選びになりたいんじゃないですか？」

トレビロンはうなずいた。財布の中からさらに何かを取り出してポケットにしまうと、かばんを馬車の中に置いた。

一五分後、彼はウースターの持ち馬の中から頑丈そうな馬を四頭選び出し、リードに尋ねた。「馬車は操れるか？　自信がないなら代わりに御者台に乗ってもいいが、できればわたしがお嬢さまについていたほうがいいと思う」

「大丈夫です、経験がありますから」リードが答える。

トレビロンはほっとして、従僕の背中をぽんと叩いた。「では、馬車の用意をして出発しよう。わたしがレディを連れに行っているあいだ、馬車に馬をつなぐところを監督していてくれ」ウースターに目を向ける。「借りができたな、軍曹」

「水くさいことを言わないでください、大尉」ウースターが応じた。「お役に立ててよかったですよ。あなたは間違いなく竜騎兵連隊一すばらしい将校でした」

トレビロンは笑顔でもう一度礼を述べた。手に入れたばかりの馬車や厩番の少年、旅人たちや犬に背を向け、宿屋の中に戻る。そのまま足早に個室の前へ行ってドアを叩いた。

ミセス・ウースターがドアを開けた。「お着替えは終わりました。でも、ありふれたファスチアン織の服とシルクのドレスを取り替えるなんて、なんだか申し訳ないみたいで」

「そのほうがわれわれにとってもいいのですよ、ミセス・ウースター」トレビロンは言った。「ご親切に感謝します」

「レディもお礼を言ってくださいました。そしてわたしにドレスをくださったんですよ」ミセス・ウースターはうれしそうに笑った。「今度の日曜の朝、シルクのドレスを着たわたしを見たら、うちの主人は仰天するでしょうね」

宿屋のおかみはあわただしく去っていった。

トレビロンが部屋の中に目を移すと、レディ・フィービーは立ったまま待っていた。「どうかしら?」落ち着かない様子で、しきりに両手を握りあわせている。「おかしくない?」

彼女は濃い青のドレスを着ていた。ボディスの部分はやや明るい色あいだ。清潔な白いエプロンをつけ、白いボンネットをかぶり、三角のスカーフを肩にかけている。頬をピンク色に染めた彼女は、青を基調とした装いにはしばみ色の目が映えて美しかった。

「とてもすてきですよ」トレビロンはそう言って、思わず咳払いをした。「では変装の仕上げに、わたしからあるものを差しあげましょう」

レディ・フィービーが首をかしげる。「何かしら?」

トレビロンは彼女に近づいて左手を取った。薬指に飾り気のない金の指輪を滑らせる。

「結婚指輪ですよ、ミセス・トレビロン」

フィービーは何時間も馬車に揺られていた。もう何度目だろう? 気がつくと指輪を触っている。表面は凹凸がなくなめらかで、触れても特徴がつかめない。目が見えれば何かわかるのだろうけれど……。

ため息をついて、フィービーは両手を膝の上に落とした。馬車の旅はひどく単調だった。目が見えず景色を楽しめない場合はなおさらだ。午後はわだちの残る道を揺れながら進む馬車の中でうたた寝をして過ごしたが、いまはすっかり目がさえて、退屈で仕方がない。

「これは誰の指輪なの？」フィービーはきいた。トレビロンはリードと一緒に御者台に乗っていることも多かったが、先ほど休憩したとき中に戻ってきた。

「なんですか？」彼の声はどこかうわの空だ。あとをつけられていないか心配し、フィービーの安全に神経をとがらせているのだろう。でも、すでにロンドンから遠く離れているはずだ。

「指輪よ」トレビロンが見ているかもしれないので、フィービーは手を持ちあげてみせた。馬車が大きく揺れて、座席の上で体がはずむ。「誰のものなのか知りたいの」

「誰のものでもありません。少なくともいまは」彼は指輪について、あまり話をしたくないようだ。

フィービーは続きを待ったが、どうやらそれで終わりらしかった。

でも、そうはさせない。

「当然だと思うけれど――」なるべく穏やかな口調で言う。「いきなり女性に指輪をはめて妻だと宣言しておいて、なんの説明もしないなんて許されないわ」

「だから申しあげたでしょう。安全な場所に着くまでの偽装ですよ。結婚していない男女が一緒に旅をしているより、夫婦のほうが人の注意を引きにくいんです」

「たしかにそれはそうよ」フィービーは同意した。「でも指輪が必要になったときにたまたま持っていたなんて、ずいぶん都合がいいのね」

「母のものでした」唐突にトレビロンが言った。

狭い馬車の中で、フィービーは向かいあって座る彼の存在を不意に意識した。サンダルウッドとベルガモットの香りがかすかに漂っていて、彼がすぐそばにいるのはわかっている。それなのに声はよそよそしく、遠く離れたところにいるようだ。

まるで海に隔てられているみたいに。

「ごめんなさい」しばらく間を置いたあと、言葉を選びながら言った。「亡くなられたのね？」

「ええ」淡々とした声からは何もうかがえない。「わたしが四歳のときに熱病で。家族全員がかかったのですが、母だけが命を落としました」

フィービーも両親を亡くしているが、まだ赤ん坊だったので父母の記憶はない。けれども四歳の少年には、母を失うということはつらく悲しい経験だっただろう。

トレビロンがそんな気持ちを打ち明けてくれるとは思えないけれど。「とてもつらい思いをしたのでしょうね。ご家族も」

彼は無言だった。

フィービーは質問を変えてみた。「どんな方だったの？」

やはりトレビロンは黙ったままだ。答えるつもりはないのだろう。立ち入った質問だった。

「やわらかかった」いきなり彼が言った。「やわらかかったです、とても。腕も、手も、膝の上も、頬も。すごくきれいだと――世界一きれいな人だと思っていました。あとでまわりにきいたら、特別にきれいだったわけではないと言われましたが。それから、お話をしてくれました」

そこでトレビロンは言葉を切った。

「どんなお話？」なんとか話を続けてほしくて、そっと促す。

「巨人退治の話や、竜と戦う騎士の話ですよ。海に住む人魚の話をしてくれたこともありました」

「人魚の話？」

「彼らの歌に気をつけろ、と」そう答えたあと、声の調子が変わった。「ああ、そろそろ着きます」

「もう？」ようやくトレビロンが家族の話をしてくれたところだったので、フィービーはがっかりした。

「もう八時で、外は真っ暗です。このまま進むこともできますが、日が沈んでからはあまり動かないほうがいいだろうとリードと話しあったのです。大きな街道ではありませんし」

「いま、わたしたちはどこにいるの？」彼女はきいた。

「そうですね」トレビロンが窓から外を眺めている気配がする。「こぢんまりとした宿屋に着きました。本当に小さな宿です」

馬車のドアが開いた。「部屋はあるそうです」リードが告げる。「わたしは馬車の近くで寝ますよ」

「よし」フィービーはトレビロンが腕に軽く触れるのを感じた。「おりますが、大丈夫ですか？」

彼女は息を吸って笑みを浮かべた。「もちろんよ」トレビロンと打ちあわせたとおりにすればいいのだ。妻としてふるまい、しゃべるのは彼にまかせておけばいい。運がよければ、目が見えないことも気づかれないかもしれない。

トレビロンがフィービーの手を取って馬車からおろした。すぐ近くで犬が吠える声や馬のいななきが聞こえる。フィービーは彼に連れられて中庭のやわらかい地面を横切った。

宿屋の中はあたたかかった。田舎風の訛りで話す人々の声が聞こえ、火の燃えるにおいや肉を焼くにおいがする。トレビロンが宿の主人と思われる男と話したあと廊下に出て奥へ向かうと、がやがやした気配は遠ざかった。やがて彼は立ち止まり、ドアを開けてフィービーを通した。

「部屋に着きましたよ」トレビロンが言う。「暖炉から出る煙で天井が黒く煤けています。歴史ある建物ですね。左に椅子があります」

フィービーは手で椅子の肘掛けを探り当て、腰をおろした。すぐ前にテーブルがあり、指先で探ると、ところどころに深い溝が刻まれていた。端にH・Gというイニシャルが彫られている。

ドアがふたたび開き、高い声で話す女性がいいにおいのする料理を運び入れ、また出ていった。

椅子が床にすれる音がして、トレビロンが向かいの席に座ったのだとわかる。続いて錫《すず》製の皿にスプーンがぶつかる音がした。「ふむ、これはシチューのようですね。羊の肉かな。キャベツ、それにニンジンと豆がたっぷり入っています。よそいましょうか？」

「お願い、旦那さま」

一瞬スプーンの音が止まったあと、シチューをスープ皿にすくい入れる音がした。

皿の端がそっと手の甲に押しつけられる。

「三時の方向にスプーン、九時の方向にパンがあります、奥さま」

フィービーはくすくす笑いだしそうになった。

「それからあなたのために、ワインではなくマイルドエールを頼んでおきました」トレビロンがつけ加える。

「まあ、うれしい」

「本当はやめたほうがいいんですが。庶民の飲み物ですよ。お嬢さま——いえ、わが奥さまの味覚には合わないでしょう」トレビロンは早口で続けた。「ですが場所柄を考えると、ビールを頼んだほうが目立たないかもしれません」

新しい経験にフィービーはわくわくした。「じゃあ、さっそく味見してみましょう」

「ここです」トレビロンが彼女の手を錫製のジョッキに置く。

「旦那さまの健康を願って」フィービーは厳かに言って、ビールをぐいと飲んだ。

いや、飲もうとした。けれども口に液体が流れ込む代わりに、泡に鼻を突っ込んでしまったのだ。驚いて息を吸い込んだのがいけなかった。フィービーは咳《せ》き込み、くしゃみをした。

「大丈夫ですか？」トレビロンが心配そうに尋ねる。だが、その声は妙にくぐもっていた。

もう一度かなり大きなくしゃみをしたあと、フィービーは目元と鼻をハンカチでぬぐった。ようやく落ち着いてから鋭く問いかける。「もしかして笑っているの？」

「いいえ……わが奥さま、決してそのようなことは」しかし、言い訳をするトレビロンの声は震えていた。

笑っている。絶対に彼は笑っている。

フィービーは背筋を伸ばして胸を張り、もう一度ジョッキを口に運んだ。今度は鼻が泡に入らないように気をつけ、その下にある液体をそっとすすった。ビールは……酸っぱかった。それに舌に刺激を感じる。しばらく口に含んで味わってから、ごくりと飲み下した。

「どうです？」

フィービーは指をあげてトレビロンを制止すると、もうひと口飲んだ。酸味があり、発酵臭と、どことなく土っぽいにおいがする。そして舌にちくちくと感じるおかしな刺激。さらに口に入れる。このにおいが好きなのか、よくわからなかった。なじみのあるにおいではある。ロンドンではたくさんの人たちがビールを飲む。庶民には水代わりと言ってもいい。酸味があって、体を内側からあたためる強い飲み物なのだ。

フィービーはことんと音をたててジョッキを置いた。「そうね……もう少し慣れが必要みたい」

「慣れる必要があるのですか？」トレビロンがきく。「気に入らなかったのなら、ワインにすればいいでしょう」

「気に入らなかったとは言っていないわ」

「おいしくてたまらなかったようにも見えませんよ」彼は冷静に指摘した。

「それは……ふだん飲み慣れているものとはまったく違うというだけよ」フィービーはジョッキの冷たい金属を指でなぞった。「また試してみたいわ」

「本当にそうしたいのなら、旅のあいだは食事のときにビールを頼みましょう。でも、理解できませんね。なぜ好きでもないのに無理に飲むんですか？」

「別に無理なんてしていないもの」フィービーは言い返した。ジョッキの縁をたどる指先に泡のはじける感触が伝わる。「わたしはこれまでと違うものをいろいろ試してみたいの――はじめて出会う食べ物や場所や人間を。何回か試して、やっぱり好きになれなかったらあきらめる。なじみのないものを試すと、たいてい変な感じがして気に入らないでしょう？　でも何回も経験するうちに慣れてきて、結構好きだと気づいたりするのよ」フィービーは息を吸った。トレビロンにわかってもらおうと夢中でしゃべり続け、息が切れたのだ。「一度しか試さずにだめだと宣言するなんて……臆病すぎるわ」

ジョッキの縁に置いていた手に、彼のあたたかい手が重なった。

「あなたには臆病という言葉だけは当てはまらない」

トレビロンの手からぬくもりが流れ込んで、体の隅々まで行き渡るような気がした。気持ちまでぽかぽかとあたたかくなって、思わず顔がほころぶ。

フィービーは咳払いをした。「今日は一日じゅう馬車で走ったわ。もうそろそろ、どこに向かっているのか教えてもらえない？」

彼の手がさっと引っ込む。「わたしの知っている中で、もっとも安全な場所に向かっています」

フィービーは首を傾けてトレビロンの声を分析した。なぜか……気が進まない様子だ。これから行く場所があまり好きではないのかしら？　しかも彼の声にはかすかに恐怖がにじんでいる感じがする。彼にも恐れるものがあるとすればの話だけれど。

「そこは……」フィービーは唇を舐めた。「前に行ったことがある場所なの？」

「ええ」淡々とした口調だ。

「また行けてうれしい？」

「いいえ」トレビロンは深くため息をついた。「ですが、わたしの気持ちは関係ありません。大切なのはあなたの身の安全です」

けれども、フィービーはこう思わずにはいられなかった――わたしの安全はトレビロンの安全よりも大切なの？

10

その夜、コリネウスと海の馬は荒野で眠りました。月のない広々とした空では星々のあいだを風が吹き渡り、物悲しい歌声のような音をたてていました。海の乙女たちが姉妹を失って嘆く声を、はるばる運んできたとでもいうように……。

『ケルピー』

その晩、ぜいぜいと苦しそうに息をする宿屋の主人に部屋へ案内されたとき、夫婦のふりをするというのがどういうことなのかフィービーはようやく悟った。結婚している男女は同じ部屋で眠るのだ。同じベッドで。

昼間に馬車で旅をしているあいだは、そんな考えはまったく浮かばなかった。スプリングのきいていない馬車に乗っていたせいで、頭が働かなかったのだろう。三メートルほど離れたところで、トレビロンのブーツの底が床にこすれる音がする。

彼が咳払いをした。「ベッドは小さいですが、じゅうぶんふたりで寝られます。もちろん真ん中に枕などで境界を作りましょう」

フィービーは首をかしげた。「余分な枕はあるの？」

「いいえ」

「じゃあ、そこに枕を使ってしまったら、頭を何にのせて眠ればいいのかしら」

「代わりになるものを考えますよ」トレビロンは反論を封じるように言った。「さて、あなたのすぐ右側に洗面台と水を張るボウルがあります」彼がそこへ行って水を注ぐ音がした。「水はたっぷりありますが、あたたかくはありません。それから……おまるはベッドの下に入っています。あなたに近いほうの側です。これからわたしはリードのところへ行って、問題がないか確かめてきます。三〇分ほどで戻りますから」

彼は出ていったが、おまるという言葉が出たときから、フィービーの顔は赤くなったままだった。

息を吐き出し、手を伸ばしながら右へと進む。すぐに洗面台に触れた。その上を手で探ると、錫製の小さな水差しと洗面用のボウルがあった。ボウルは陶製で、縁がわずかに欠けている。

フィービーはひとりうなずいて、ボンネットのひもをほどいた。洗面台の横に椅子があったので、そこに置く。ミセス・ウースターにもらった服は労働者階級の女性のものなので、ふだんフィービーが着ているものとは違い、メイドの手を借りなくても脱ぎ着ができる。パワーズのことが頭に浮かんで心が痛んだ。彼女はいま、どこにいるのだろう？　重い罰を受けずにすんだとしても、マキシマスに紹介状なしで追い出されたに違いない。フィービーはかぶりを振った。パワーズがわたしを憎んでいたとは思えない──有能な使用人であればあるほど、彼らが雇い主たちにどんな感情を抱いているのかわからないものではあるけれど。でも公爵の妹付きのメイドという恵まれた職を失う危険を冒すくらいなのだから、パワーズには何か必死になる理由があったのだ。ロンドンに戻ったら必ず彼女を見つけ出し、助けを必要としていないか調べようとフィービーは思った。

気持ちを切り替えて、身づくろいに専念する。スカーフ、エプロン、スカート、ボディスを次々に脱いで、きちんと椅子の上に重ねた。そしてコルセットとシュミーズにストッキングと靴だけの姿になると、顔と首を洗った。一気に鳥肌が立つ。トレビロンが言ったとおり、水は冷たかった。

下着姿でいるところに彼が戻ってきたら困るので、フィービーは急いでコルセットのひもをほどいた。そのとき、別の考えが浮かんだ。下着姿ではなく裸だったら？

そう思うと、凍りついたように動けなくなった。トレビロンはきれいだと思ってくれるかしら──それとも、はしたない女だと軽蔑する？　彼に見られたら、どんな気持ちがするのだろう？

こんなふうに自分の体や顔を意識するのはおかしな感じだった。ここ最近、そんなことはほとんどなくなっていた。目が見えないと、鏡とは縁がなくなる。ポーズを取ったり、欠点を調べたり、自慢に思える部分を探したりできなくなるのだ。

いまのフィービーにとって体は単に実用のためだけのもので、男性を引きつけるためのものではなくなっていた。

けれど、もしトレビロンとの距離が縮まれば……いつか彼と愛を交わすような関係になれば……わたしの体はそれ以上のものになるはずだ。

少しずつコルセットのひもをゆるめていくと、締めつけられていた胸が解放された。夜気に触れて、肋骨《ろっこつ》のあたりからウエストにかけてひんやりする。フィービーは両手でシュミーズ越しに胸のふくらみを包んだ。リネンのシュミーズは交換したものではなく自分のもので、羽根のように軽い生地が指の下でつるつると滑る。豊かな胸は手に余るほどだった。実のところ、彼女はどこもかしこもやや豊かすぎる。おなかは丸いし、ヒップにもふっくらと肉がついていた。トレビロンは小柄で豊満な女は好きかしら？　それともすらりと背が高くて、手足や首の長い白鳥のような女性が好きなの？

フィービーはあたたかくやわらかい自分の体を感じながら、両脇をゆっくりと手で撫でおろした。寒さ以外の別の感覚に鳥肌が立つ。

部屋の外で物音がして、フィービーは飛びあがった。

夢見るように物思いにふけっているところをトレビロンに見られたくない。魅力的とはとても言えない姿を。フィービーは急いで靴とストッキングを脱ぎ、髪に取りかかった。ミセス・ウースターに手伝ってもらい、髪は簡素にまとめ直してあった。ピンを引き抜いて、丁寧に洗面台の上に置く。この先簡単に手に入るかどうかわからないので、なくなったら困る。ところが抜き終わって、はたと手を止めた。ブラシも櫛《くし》もない。困ったわ。ミセス・ウースターに頼んで、もらってくればよかった。

ドアを叩く音がした。

フィービーは小さく悲鳴をあげると、あわててベッドに飛び込んだ。すねをぶつけたが、痛みを無視して上掛けを顎まで引きあげる。

咳払いをして応えた。「どうぞ」

ドアが開く。

「寝る支度はすみましたか？」トレビロンだった。

「ええ」何かをどさりと床に置く音がした。彼のかばんだろうか？「あの、櫛を持っていたら貸してもらえないかしら？」

「もちろんです」かばんの中を探すような音がしたあと、彼がベッドに近づいてきた。

フィービーは緊張で胸がどきどきしたが、同時にかすかな興奮も感じていた。毛布の下はシュミーズしかまとっておらず、髪はおろして肩にかかっている。これほど親密な状況で男性と――トレビロンと――ふたりきりになるのははじめてだった。

深く息を吸って手を差し出すと、手のひらに櫛がのせられた。

彼がベッドから離れていったので、フィービーは髪をとかしはじめた。毛先から少しずつもつれをほぐしているうちに、胸を覆っていた毛布が徐々にずり落ちる。だが押さえていては髪をとかせないので、どうしようもない。

彼女は唇を湿らせた。「リードはどうしていた？」

「くつろいでいましたよ。羊肉のシチューを食べて、厩舎に寝床を用意していました」

ブーツが床に落ちる小さな音がしたので、トレビロンは服を脱いでいるのだとフィービーは気づいた。自分のいる前で。

思わず声をあげそうになる。

彼が動きを止めた。「どうかしましたか？」

「なんでもないわ！」フィービーは髪をまとめて左肩にかけた。

毛布が胸の先端まで滑り落ちる。

トレビロンが咳払いをした。

「風邪を引きかけているんじゃない？」彼女はきいた。

「違います」

衣ずれの音がした。いまトレビロンは何を脱いでいるのだろう？　いったい何枚着ているの？　彼が裸でベッドに来たらどうしよう……。

「本当に？　今夜はかなり寒いわ。夜に歩きまわったんだから、ミルク酒を飲むといいかもしれないわね。熱が出たら困るでしょう？」

「風邪は引いていません」声が急に近くなった。ブーツを履いていないと、トレビロンはほとんど足音をたてない。「寒い部屋で、シュミーズだけで座っていたわけではありませんしね」

トレビロンは気づいていたんだわ！　フィービーはうれしくなった。

サンダルウッドとベルガモットの香りがしたとたん、低く心地いい彼の声が耳元で響いた。

「もう終わりましたか？」

櫛のことを言っているのだろう。

たぶん。

「ええ、すんだわ。ありがとう」櫛を差し出すと、すぐに指先から抜き取られた。

ベッドの彼の側が沈んだので、フィービーは真ん中に向かって転がらないようにマットレスにしがみついた。

「ろうそくを消します」トレビロンが告げる。「それから、わたしの上着をあいだに置きましたから」

自分の側から動かないように注意しながら、フィービーは手を伸ばしてベッドの真ん中を探った。するとかたい上着の生地に触れた。細長く丸めて、ふたりのあいだに置いてある。

「わざわざこんなものを置かなくてもよかったのに」

「では、フィービー、おやすみなさい」

フィービーは彼に向かって微笑んだ。暗闇の中では、トレビロンも自分と同じように目が見えないとわかっていたけれど。「おやすみなさい、ジョナサン」

しばらくフィービーはあたたかく静かな暗闇の中でまどろんでいたが、不意にある考えが浮かんで目が覚めた。

横向きになって彼に話しかける。「わたしたちの居場所がわからなかったら、兄はどうやってあなたにお金を払うの？」

「お金？」戸惑った声で、トレビロンがきき返した。

「あなたのお給料よ」

「公爵閣下には給料を支払う義務はありません」警戒するように言う。「わたしはもう雇われていませんから」

意味がわからず、フィービーは顔をしかめた。「わたしを助け出すために、兄がまたあなたを雇ったのではないの？」

「違います」

「兄に言われたのではないなら……」眠気と闘いながら考える。「どうしてあなたはここにいるの？」

けれども答えはなく、フィービーはそのまま眠りに落ちた。


翌朝、トレビロンはいつもどおり六時ちょうどに目が覚めた。下腹部がこわばっているのもいつものことだ。

ただし今朝は、首筋にやわらかい息が吹きかけられているのを感じた。胸の上には小さな手が置かれていて、肩には彼女の顔が押しつけられている。上着を丸めてあいだに置いてあったはずだが、どうやらレディ・フィービーはそれを苦もなく乗り越えたらしい。眠っていても頑固に意志を通すようだ。

トレビロンは横たわったまま、彼女の息遣いを聞いていた。脇にやわらかな胸が押しつけられている感触がある。どうやらいつのまにか彼女に腕をまわし、抱き寄せていたらしい。もしいま誰かが部屋に入ってきたら、ふたりは恋人同士だと思うだろう。トレビロンは目を閉じた。もし本当に夫婦だったら、毎朝こんなふうに目覚められる。ゆるやかで甘い時間をレディ・フィービーと過ごせるのだ。

だが、わたしは彼女の夫ではない。恋人ですらない。いまも、これからも。

自分はこの女性に釣りあわないという現実はビールのように苦かった。なかなか飲み下せず、胃の中に落ち着いてもくれない。

トレビロンは彼女の首の下から、そっと腕を引き抜いた。

とはいえ、おとなしくされるがままになっていないのがレディ・フィービーだ。ぶつぶつと何かつぶやいたかと思うと、丸くなって身を寄せてきた。気持ちよく眠っているのに邪魔しないでくれと抗議するハリネズミのようだ。そっと頭だけ持ちあげて見ると、彼女は鼻にかわいいしわを寄せていた。明るい茶色の髪が顔の横と枕の上に広がり、ふっくらした薔薇色の唇のあいだにもひと筋はさまっている。

それ以上は動けないので、トレビロンは静かに息を吐いて枕の上に頭を戻した。

下腹部は鋼のようにかたくなり、熱く脈打っていた。

「ふう」レディ・フィービーがトレビロンの首に息を吐き出し、手を伸ばして鼻の頭をかいた。「あら、わたし――？」

ごくりとつばをのみ込んで、トレビロンはようやくしゃがれた声を出した。

「おはようございます、お嬢さま」

天からすべてを見おろしている神は、きっといま自分を笑っていることだろう。

レディ・フィービーが急にぴくりとも動かなくなったので、完全に目が覚めたのだとわかった。

彼女は二、三回、深呼吸をした。「ジョナサン？」

「なんでしょう」

「あなたは何を着ているの？」そう言ってトレビロンの体を包むブロード地に指を走らせる。

このままでは頭がどうかなってしまう。

「シャツです、お嬢さま」

レディ・フィービーの指が止まった。「それだけ？」声がややかすれているのは寝起きだからだろうか？

トレビロンは咳払いをした。「いいえ、ズボンもはいています」はいていてよかった、と心から思った。

「ジョナサン？」

「名前で呼ぶのはおやめになるべきです」まるで八〇歳の処女が言う言葉だ。なんと皮肉な状況なのだろう。本当の処女は、V字形に開いた彼のシャツの内側に指を滑り込ませている。

鎖骨をなぞられて、トレビロンは思わず息を止めた。

「どうして?」レディ・フィィービーが尋ねる。「わたしはあなたの名前が好きよ。ジョナサンって、派手ではないけど有能そうだわ。頼りになる感じだとずっと思っていたの。そうでしょう? あなたのことを頼りにしてもいいのよね?」

トレビロンはまた咳払いをして、レディ・フィィービーが自分を名前で呼ぶのがなぜよくないのか思い出そうとした。「ええ、でも——」

「あら、胸毛があるわ!」翼でも発見したかのように彼女が叫んだ。「変な感じがするんでしょうね。シャツの中で絡まったりするの?」

「痛っ」動きまわるレディ・フィィービーの指が胸毛に引っかかり、彼は声をあげた。「そんなことはありません。鎖帷子《くさりかたびら》でも着ないかぎりは」

「びっしり生えているのね。どこまで続いているのかしら——」

トレビロンは転がるようにベッドを出た。何本か胸毛をむしり取られてしまったが、それどころではない。彼女の目が見えなくてよかったと、このときばかりは心から感謝した。そうでなければ、いまごろはいたたまれない思いをしていただろう。張りつめた下腹部が、彼女の探索をいまかいまかと待ち受けていたのだから。

ベッドの上でレディ・フィィービーが身を起こしても、ほっとするどころではなかった。昨夜も気づいたが、彼女のシュミーズの生地はあまりにも薄い。視線を向ければ胸の頂が透けて見えてしまう。

見たこともないほど豊満で美しい胸の頂は明るい薔薇色で、つんととがっている。トレビロンは目をそらして服を着はじめた。

「どうかしたの？」

「それはわかっているだろう！」思わず語気が荒くなり、トレビロンは自分で驚いた。自分より身分が上の、雇い主の妹に対する態度ではない。

「いいえ、わからないわ。ねえ、ベッドに戻ってきてちょうだい。そうしたらキスの練習ができる――」

「あなたは若すぎる！」トレビロンは怒鳴った。「それに貴族の生まれだし、身の安全には無頓着で、あまりにも心がやさしく、途方もなく若い。もうたくさんですよ。人を気晴らしの種にして誘惑するのはやめてください。わたしはあなたの兄君に雇われていた身かもしれませんが、ひとりの人間でもあるんです」

「そうじゃないと思ったことは一度もないわ」レディ・フィービーが静かに応えた。「あなたがひとりの人間だということはよくわかってる。いまさらただの護衛と思えと言われても無理よ、ジョナサン。気晴らしの種なんて欲しくない。あなたが欲しいの」

「わたしはあなたのものにはなりません」トレビロンは言った。「申し訳ありませんが」

そして、トレビロンは自分の言葉を取り消したくなる前に部屋を出た。

「だってあなた、もちろんお聞きになっているでしょう？」レディ・ヘリックはわずかに身を乗り出して微笑み、とっておきの噂話を握っているという優越感を愛らしい口元にちらつかせた。

イブは紅茶をひと口飲んで、礼儀正しく首を横に振った。「本当に、なんのことやら見当もつきませんわ」

ふたりはレディ・ヘリックの屋敷の居間に座っていた。部屋は淡い青とピンクと金色で仕上げられ、テーブルの上には金メッキの小さなスプーンやひと口サイズのハードビスケットが置かれている。ビスケットはピンク色の糖衣をかけたかわいらしいものだが、食べるとまるでチョークのようだ。イブはレディ・ヘリックの依頼で、ある紳士の細密肖像画を描き、今日はそれを渡しに来たところだった。

「実はね、レディ・フィービーが誘拐されたんですのよ」レディ・ヘリックの声には好奇心がにじんでいる。イブが前々から思っていたとおり、彼女は非の打ちどころのない外見の下に意地の悪い気性を隠しているようだ。「しかも、ご自宅から連れ去られたというじゃありませんか。ロンドンの街中にあるウェークフィールド公爵のお屋敷ですよ。もう戻られているという噂もありますけど、確認した人はおりませんの」さも恐ろしいというように上品に身を震わせる。「目の見えないかわいそうなお嬢さんなのに、良心のかけらもない男たちにどんな恐ろしい目に遭わされたんでしょうねえ」

レディ・ヘリックは紅茶を口に運び、悪意に光る目をティーカップの縁越しにイブへ向けた。

もうお茶はじゅうぶん飲んだ、とイブは判断した。「肖像画の出来にはご満足いただけましたでしょうか？」

レディ・ヘリックは小さな絵を手に取った。薄い象牙の上に描かれた細密画は楕円《だえん》形で、かぎ煙草入れの装飾に使ったり、額縁に入れて飾ったりするのに適している。

「ええ、もちろんよ。彼の特徴をよくとらえているのね、ミス・ディンウッディ。本当にすばらしい才能をお持ちだわ」

「ありがとうございます」イブはティーカップをきちんと受け皿の上に戻した。「そろそろ失礼させていただきたいのですが。どうしてもはずせない約束がありますので」

「あら、それは残念だこと」これからいったい誰に会うのだろう、とレディ・ヘリックが興味津々なのがイブにはわかった。「では、お引き止めしては悪いわね。すてきな絵をありがとう」

「恐れ入ります」イブは立ちあがってお辞儀をしたあと、レディ・ヘリックから受け取った代金の入った財布を忘れずに取りあげた。

従僕のあとから居間を出て階段をおりると、ジャン・マリーが玄関広間で待っていた。ターバンと腰布とイヤリングをつけた派手なムーア人の少年の小像を、しげしげと見つめている。小像は黒い大理石製で、イヤリングと目と唇には金メッキが施してあった。

「用はすみましたか？」ジャン・マリーは頭をさげてイブを迎えた。玄関のドアを開けて、彼女を通しながら尋ねる。「ところで、わたしも金のイヤリングをつけるべきでしょうか？」

「もしわたしが〝ええ〟と答えたら、テスは二度と口をきいてくれないでしょうね」ジャン・マリーとともに馬車へ向かいながら、イブは答えた。

「ふむ」彼はつぶやき、馬車のドアを開けて踏み段を準備した。

ジャン・マリーの妻であるテスは腕のいい料理人で、イブの屋敷で働いている。おいしいものが食べたいのなら、彼女の機嫌を損ねるわけにはいかなかった。

イブは先に馬車へ乗り込んだ。

「ご自宅へ戻りますか？」あとから乗ったジャン・マリーが天井を叩いて出発の合図を御者に送り、彼女に尋ねる。

「いいえ、バルのところへ行くわ」

ジャン・マリーは一瞬イブを見つめた。「モンゴメリー公爵の屋敷へやってくれ！」腰をおろす前に御者に怒鳴る。

「公爵閣下を訪ねる特別な理由でもあるのですか？」いまもそうだが、ジャン・マリーは疲れたり興奮したりといった強い感情に襲われると、フランス系クレオール訛りが強くなる。

「レディ・ヘリックのお屋敷で、とても――」イブは言葉を切り、慎重に言葉を選んだ。

「痛ましい話を聞いたのよ」

「いったいなんです？」

「レディ・フィービー・バッテンが誘拐されたんですって」自分の顔がゆがむのを感じた。

一瞬、自制心が保てなくなったのだ。爪が食い込むのもかまわず、震えるくらいきつく手を握りしめて、全力で昔の記憶を押し戻す。

恐怖の記憶を。

目をかたく閉じ、意志の力で恐怖を静めた。いまのわたしは強いのだ。イブ・ディンウッディという大人の女性で、自分の屋敷も使用人も持っている。

そして忘れてはならない。わたしにはジャン・マリーがついている。忍耐強く屈強で、いざとなればためらいもなく人も殺せる彼が。

わたしは安全だ。

イブはゆっくりと息を吸った。でも、レディ・フィービーは違う。ロンドンの街中にある兄の屋敷にいたにもかかわらず、あの盲目の女性は拉致されてしまった。

きっと恐怖に震えているだろう。

「イブ、わが友《モナミ》よ」ジャン・マリーの低い声が心配に曇っている。

イブは急いで目を開けて笑顔を作った。「大丈夫よ、わたしは」

彼のコーヒー色の目から懸念の色は消えなかったが、そのとき馬車が止まった。

ジャン・マリーがすぐに飛びおりて踏み段を用意し、手を伸ばして彼女を助けおろす。

イブは彼を見あげた。「ここで待っていて」

ジャン・マリーが険しい顔をしたので、その指示を不服に思っているのがわかった。けれども彼はうなずいた。

イブは巨大な列柱とペディメント（切妻屋根の妻側の上部の装飾的に仕上げた三角形の部分）が目立つ壮麗な屋敷に目をや

った。少なくとも六階分の高さはある、まだ新しいその建物は、巨額の建築費がかかったことを声高に主張しているところがバルらしい。ペディメントの内側には、旅装束で帽子をかぶり杖を持って微笑んでいるヘルメス像が彫られているが、詐術に長《た》けた盗人の神は薄気味悪いほどバルと似ていた。

イブは鼻で笑って玄関前の階段をあがり、金ぴかの大きな金具でドアを叩いた。

ドアはすぐに開いたが、出てきたのは執事ではなく若い女だった。ぴんと背筋を伸ばした背の高い女で、エプロンと肩にかけた三角のスカーフと顎の下できちんと結んだ巨大な布のボンネット以外、黒ずくめの服装をしている。「なんのご用でしょう?」

一瞬あっけにとられて、イブは目をしばたたいた。「あなたは誰?」

ぶしつけな質問にも、女はむっとした様子を見せなかった。「ミセス・クラムと申しまして、モンゴメリー公爵閣下のお屋敷で家政婦を務めさせていただいております。どんなご用件でしょうか?」

「バルに会いたいの」イブは顔をしかめた。「執事はどうしたの?」

ミセス・クラムはその質問を無視した。「どなたが訪ねていらしたとお伝えすればいいですか?」

イブは相手を見つめた。目の前の女は使用人なのに、どこか侮りがたい雰囲気を漂わせていて……高飛車に出ても言うことを聞かせられるとは思えない。「わたしはイブ・ディンウッディよ。バルはわたしに会うわ」

ミセス・クラムは一瞬目を細めたが、すぐに心を決めたようだった。大きくうなずき、脇によけてイブを中に通す。「閣下は図書室におられます」

「ありがとう。場所は知っているから」

玄関の内側は広大な広間になっていて、床は灰色の筋が入ったピンクの大理石だ。壁には一面に金色の蔓《つる》や渦巻きや花が、アーチ形や円形に描かれていた。コマドリの卵のような青色に塗られたドーム型の天井にも円形模様が描かれ、中央には巨大なクリスタルのシャンデリアがさがっている。

イブは大理石に足音を響かせて広間を横切り、曲線を描く大階段へと向かった。二階にあがって右側の最初のドアを開ける。図書室は海の色を思わせる淡い緑に塗られた細長い部屋だった。金色の細い柱が壁沿いに並び、そのあいだにつややかな木製の本棚が配置されている。本棚はきっと、とんでもなく高価な木で作られているのだろう。ときどき彼女は、バルの屋敷に来ると東洋のおとぎばなしに足を踏み入れたような気分になる。

バルは奥にある暖炉の前で、ふかふかのクッションの上にあぐらをかいていた。

金と緑の竜を刺繍した東洋風のゆったりとした紫のシャツをまとった彼は、イブに気がつくと宝石をちりばめた小さな本から目をあげた。「イブ!」

「あなた、いったい何をしたの、バル?」彼に近づきながら尋ねた。「いったい何をしたのよ?」

11

二番目の巨人のマグは、荒野に広がる寒々とした岩だらけの丘陵地帯に住んでいました。背は人間の三倍、手は荷馬車の車輪ほど、息は腐った肉のにおい。そんなマグはコリネウスと海の馬が突進すると怒りの咆哮《ほうこう》をあげましたが、やはり彼らにはかないませんでした……。

『ケルピー』

雨。その日は一日じゅう、土砂降りの雨だった。

御者台の上で、トレビロンはリードと身を寄せあっていた。馬車の中にいれば濡れないであたたかく過ごせるのに、彼は頭がどうかしたとリードは思っているだろう。だがトレビロンは、これ以上誘惑に耐えられる自信がなかった。何週間、何カ月も報われぬ渇望に身を焦がしてきた飢えた男に、レディ・フィービーは甘くておいしいリンゴを差し出したのだ……。

しかし彼女は、自分が何を差し出しているのかわかっていない。盲目であるだけでなく、過保護な兄がついているために、温室のような環境で生活してきたのだから。レディ・フィービーは男のいやしい欲望について、まったく知識がない。彼女はもっと若い男と一緒になるべきだ。肉体的にも精神的にも無傷で、曇りのない素直な目で世の中を見渡すことができる青年と。

マクレイシュならお似合いだろう。それなのに、レディ・フィービーは彼の求婚を断った。どういうことなのだ？　彼女はわたしのような男のほうが好きなのだと思いたいが、それこそ狂気の沙汰だ。わたしはレディ・フィービーにふさわしくない。

そのことを、よく肝に銘じておかなくては。

「前方に明かりが見えます」リードが怒鳴った。

トレビロンは暗闇に目を凝らした。三角帽の角から水が絶え間なく流れ落ちてくる。

「宿屋だったら、今夜はそこに泊まろう」

「わかりました」

馬車に取りつけたランタンの光を受けて、懸命に走る馬たちの肌が光っている。道はいまやぬかるみ同然で、馬車は左右に揺れながら明かりのほうへと進んだ。

明かりはやはり宿屋だった――古びた石造りの建物とごく狭い庭、差しかけ小屋のような厩舎をそう呼べるとすれば。馬車を庭に止め、飛びおりて建物に向かったリードは、すぐに男をふたり連れて戻り、部屋を確保したと伝えた。御者台からおりたトレビロンは、ぬかるんだ地面に足を着けたとたん、膝ががくんと折れそうになった。寒さですっかり脚がかたまり、筋肉がけいれんしていたのだ。小声で悪態をつき、馬車のドアへと向かう。

「今晩はここに泊まります」力を入れてドアを開け、中に知らせた。

レディ・フィービーは座席のクッションに預けていた頭をあげた。どうやら寝ていたらしい。顔を紅潮させた彼女はあたたかく清らかそうで、トレビロンは思わず触れたくなった。レディ・フィービーを抱きあげて建物の入り口まで運びたい。だが、わたしの脚では無理だ。自分ひとりの体重も支えきれるかわからないのだから。

「さあ、行きましょう」レディ・フィービーの腕を取って、やさしく促した。「幸い、宿の入り口はすぐそこですから」

「きゃあ！」風と雨にあおられて、彼女は悲鳴をあげた。「ものすごく寒いわ」

「雨も降っていますよ」トレビロンはレディ・フィービーを連れて宿屋へ向かった。吹きつける雨がなるべく彼女に当たらないようにかばったが、それでも中に入る頃にはふたりともびしょ濡れになっていた。

「妻を火に当たらせてやりたいんだ」トレビロンは宿屋の主人に頼んだ。主人は恰幅《かっぷく》のいい小柄な男で、頭のうしろに白髪交じりの髪を房飾りのように生やしている。

「すぐにご用意します」主人が応えた。「どうぞこちらへ」

主人は先に立って狭い階段をあがり、部屋へと案内した。部屋は狭かったが、清潔に整えられている。天蓋付きのベッドには毛布が何枚も積み重ねてあった。

「さあ、ここに座って」短いあいだに体が冷えきって震えているレディ・フィービーを、トレビロンは火の気のない暖炉のそばに置いてあるひとりがけの椅子に座らせた。

「わたしが火をおこしましょう」主人が申し出る。

「いや、自分でやるからいい」トレビロンは断った。「それよりも妻のために、湯を張ったたらいを用意してくれないか？　それから何かあたたかい食べ物も」

「ビールもね」歯をかちかち鳴らしながら、レディ・フィービーがつけ加える。

「すばらしいビールがございます！」主人は言った。「自家醸造のビターエールで、これまで出会われたことがないような味わいですよ」

「では、それを頼む」主人が急いで部屋を出ていくと、トレビロンは冷たい炉の前にぎこちなく身をかがめた。

「脚が痛むのね」レディ・フィービーが両腕で自分の体を抱えながらきいた。

「ええ」素直に認め、暖炉に石炭と焚《た》きつけ用の細く切った木の皮を置く。主人が残していったろうそくから火を移すと、うまく燃えあがったのでほっとした。

「ああ、あたたかい」レディ・フィービーは火に手をかざしたが、体はまだ震えていた。彼女はこんなにも小柄でか弱い。もし風邪でも引いたらどうすればいいのだろう？

トレビロンは歩み寄り、彼女の靴の留め金をはずしはじめた。

「何をしているの？」

「あなたが凍えないようにしているんですよ」靴を脱がせると、ちょうど宿の主人が戻ってきた。湯を入れたたらいを持ち、腕に何枚も布をかけている。

「ここに置いてくれ」トレビロンはレディ・フィービーの足元を指した。

「かしこまりました」主人は言われたとおりたらいを置き、布はベッドの上にのせた。「食事と飲み物もすぐにお持ちします」

トレビロンがうなずくと、主人は出ていった。

「彼がまた戻ってくる前に、あなたのストッキングを脱がしてしまったほうがいいでしょう」ぶっきらぼうに言う。

小さくて華奢な足にふたたび手を伸ばし、持ちあげて自分の膝の上に置いた。それからスカートの中に手をもぐらせて、ふくらはぎから上へとたどっていく。なめらかなシルクの下に隠された肌のぬくもりを感じながら、膝を越え、腿に結ばれているリボンに到達した。かろうじて手を止めたものの、その先に続くやわらかくてあたたかい素肌に触れたくてたまらなかった。

誘惑を振り払い、トレビロンはリボンをほどいた。

ふと顔をあげると、レディ・フィービーは口の端に笑みを浮かべ、頬を美しいピンク色に染めている。トレビロンは思わず息を止めた。

いったい自分は何をやっているのだろう？　明らかに許される行為ではない。いますぐスカートの下から手を引き抜いて、自分で脱ぐよう彼女に言うべきだ。

それなのにこうして震える手で、膝からふくらはぎを通ってほっそりした足首へとストッキングをおろしている。すっかり脱がせ終わると、トレビロンはそれを彼女のヒップの横に置いた。

息を吸い、もう片方の足に手を伸ばす。腿のリボンの上に広がる素肌を、脚の付け根に隠されている秘めやかな部分を、どうしても想像せずにはいられない。

背中に汗が噴き出した。

肌を覆うなめらかなシルクをふたたびたどり、大きくて武骨な手で繊細なリボンをつかむ。見あげると、レディ・フィービーは息を吸って唇を舐めた。

トレビロンはごくりとつばをのみ込んでリボンを引いた。そのまま床に落とし、ストッキングの端をつかむ。そしてゆっくりとおろしていった。

突然、部屋の外で物音がして、はっとわれに返った。本当なら、危うい思いから引き戻されて感謝するべきなのだろう。

それなのに忌々しい思いを抑えきれず、トレビロンは小さく毒づいて急いで立ちあがった。湯の入ったたらいをレディ・フィービーの前に押しやる。「ここに足をつけてください。あたたまりますから」

ドアが開いた。食事と飲み物をのせたトレイを持って、宿屋の主人が戻ってきたのだ。うしろには湯を入れたたらいをもうひとつ運んできた彼の妻らしき女が、さらにそのうしろには小さなテーブルと椅子を持ったふたりの少年が立っている。

トレビロンが場所を空けると、主人はてきぱきとそれぞれの置き場所を指示した。やがて暖炉の前に夕食の準備が整った。

愛想のいい顔で主人が尋ねる。「ほかに何かご入用なものはありませんか?」

「いや、これで大丈夫だ。おかげで快適に夜を過ごせるよ」硬貨を何枚か渡すと、主人はお辞儀をしたあと出ていった。

トレビロンは脚を引きずりながらテーブルまで行き、腰をおろした。

「鶏肉のだんご入りシチューのようです」気まずさをやわらげようとして、レディ・フィービーに話しかける。不自然に声が大きくなった。

「おいしそうね」レディ・フィービーは濡れてしまったボンネットを取った。「ねえ、いつか話してくれる？」

何が起こっていたのか、彼女はまったくわかっていないのだろうか？　男が女のスカートの下に手を入れたらどんな気持ちになるか気づいていないのか？

「何をですか？」

「どうしてそんな脚になってしまったのか」

トレビロンは思わず鋭い視線を彼女に向けた。

レディ・フィービーはテーブルの端に指先を当てて、自分の前に何があるのか探っている。彼女はなんて勇敢なのだろうという感嘆の念が、トレビロンの中に急にわきあがった。盲目というつらい宿命を抱えながら、心から信頼して彼に従い、さまざまな出来事にも明るく好奇心を持って対処している。

トレビロンは思わずやさしい笑みを浮かべていた。「右手のすぐ横にビールのジョッキがありますよ」

「あら、そうなの？」彼女はわくわくした様子でジョッキを引き寄せ、昨日よりも慎重に口をつけた。けれども、やはり鼻にしわが寄る。

寒さで脚が痛むにもかかわらず、トレビロンは思わず低く笑いをもらした。

「強烈ですか？」

「まあ、そうね。でも、好きかも」

「あまり自信がなさそうですね」夕食を取り分けながら言う。

「何度か試してからでないとはっきりしないと言ったでしょう？」

「なかなかしぶといですね」つぶやく声に彼女への気持ちがにじんでしまう。トレビロンは皿をレディ・フィービーの前に押しやった。「スプーンは三時、パンは九時の位置です」

「ありがとう、いいにおいがするわ」

トレビロンはシチューを口に入れて咀嚼《そしゃく》しながら、彼女が食べる様子をじっと見つめた。上手にパンを使ってちょうどいい量の鶏肉をスプーンにのせ、口に運んでいる。

心を決めて、トレビロンは噛んでいたものをのみ込んだ。「馬にやられました」

フィービーは自分のほうを見あげて――あるいは彼女の場合、顔をあげたというべきか――黙ったまま話の続きを待っている。

「カウスリップという馬です。竜騎兵連隊の軍馬に花の名前なんて変だと思われるでしょうが、命名したのはわたしではありません。きれいな馬でした。力強く機敏で、心の通じあう相棒だったんです」当時乗っていた牝馬《ひんば》を思い出して、トレビロンは顔をゆがめた。いい馬だった。

「それで、何があったの?」レディ・フィービーはジョッキの縁を指でなぞりながら、一心に耳を傾けている。

「わたしは部下たちを連れて、セントジャイルズの見まわりをしていました」一年近く前の暗い晩を思い返す。「そして、悪名をとどろかせていた追いはぎを追いつめたんです。するとやつはカウスリップを撃ちました」

「まあ!」レディ・フィービーがはしばみ色の目の上で、眉根をきつく寄せた。「ひどいことを」

「ええ」痛みに半狂乱になった馬のいななきは忘れようにも忘れられない。だが、わざわざそれを彼女に教える必要はない。「カウスリップが倒れたとき、わたしは下敷きになりました」

雄々しくすばらしい生き物の圧倒的な重み、苦痛にあえぐいななき、自分の脚の骨が折れた音、彼を見おろしていたウェークフィールド公爵の白い顔。

「あなたの兄君もその場にいたんですよ。馬の下からわたしを助け出してくれました。それから……」

「それから……どうしたの?」暖炉の火に照らされたレディ・フィービーの顔は若くて汚《けが》れがなかった。顔の片側が火に照らされて明るく輝き、まるで後光が差しているかのように見える。

「ウェークフィールド公爵閣下――あなたの兄君は、カウスリップを安楽死させなければなりませんでした」トレビロンはジョッキを取りあげて大きくあおった。けれども、あの晩のつらい気持ちは洗い流せなかった。

彼女が身を震わせる。「あなたも兄もつらかったでしょうね」

トレビロンはレディ・フィービーを見つめた。まだ若いのに、なぜこんなふうに人の気持ちを思いやれるのだろう？　こんなにも自然に人の気持ちに寄り添えるとは……。

レディ・フィービーのような女性は、人生に倦《う》み、痛みや愛に対して皮肉な見方をするようになることは決してないのだろう。

どう考えても、わたしは彼女にふさわしくない。

「つまりあの晩、あなたの兄君はわたしの命を救ってくれたんです」レディ・フィービーは兄からこの話を聞いているだろうか？　ウェークフィールド公爵は妹に世の中の真実をなるべく見せないようにしているが、彼女の言い分のほうが正しい。レディ・フィービーはもう真綿でくるんで大切に扱わなければならない子どもではなく、大人の女性なのだ。何もかも知る権利がある。「ご自分の屋敷に連れ帰って医者を呼んでくれました。ですが前にも脚を折っていたせいで、今回はひどいことになりました。閣下が迅速に行動してくださらなかったら、わたしは脚を失っていたでしょう」

「そんな大けがだったなんて知らなかったわ」レディ・フィービーが静かに言う。「大変な痛みだったんでしょうね」

「医者に鎮痛剤を投与されていましたから」何種類も出された薬はほとんど効かなかった。彼女の言うとおり、トレビロンは恐ろしいほどの激痛に苦しんだ。

「けがをしたあなたが屋敷にいるのは知っていたのよ。でも、詳しいことは何も」レディ・フィービーは顔をしかめた。「どうして兄はその晩、セントジャイルズにいたのかしら？　あんな場所に行くなんておかしいわ」

「ご両親が……セントジャイルズで殺されたことはご存じですか？」トレビロンはゆっくりときいた。

「それは知っているけれど」そっと首をかしげた。

「そのときから、あなたの兄君は心に傷を抱えてこられました。ときおりセントジャイルズで悪党をとらえる手伝いをしてくれていたのはそのためです」

「本当に？　なんて奇妙なんでしょう」レディ・フィービーは唇を引き結んだが、すぐにうなずいた。「でも、すごく兄らしいわ。アーティミスと一緒になる前は、とても怒りっぽかったもの。いまでも兄は続けているの？　セントジャイルズに行っているのかしら？」

「いいえ」トレビロンはため息をつき、パンにバターを塗りはじめた。「もう区切りをつけられたと思いますよ。わたしもそうです。二度とあそこで泥棒たちを追ったり、ジンの密造業者をとらえたりすることはありません」

「よかった」レディ・フィービーは言った。「誤解しないでね。あなたの軍隊生活が不幸な終わり方をしてうれしいと言っているわけではないのよ。だけど拳銃を持って悪党を追いまわすなんて、とても危険でしょう？　馬を撃つような人たちですもの。だから、あなたがそんな危険な任務につかなくなってうれしいわ」

トレビロンが軍隊を離れたことをうれしいと思ったのは、脚をけがして以来、これがはじめてだった。

目の見えない人間は起きた瞬間から〝あてずっぽう〟をしなければならないと、翌朝目が覚めたフィービーは考えた。明るいか暗いかわからないのだから、昼と夜の区別がつかないのだ。

盲目の世界に光はない。薄明かりさえも。永遠に闇が続く。

フィービーは前日の朝とちょうど同じ姿勢で、ジョナサンのあたたかい胸に頰をつけて横たわっていた。耳を澄ますと規則正しい寝息が聞こえるから、彼はまだ眠っているに違いない。まだ朝になっていないからなのだろうか？　あるいは雨で冷えきった脚がひどく痛んだせいで、いつもより深く眠っているのかもしれない。

一年ほど前、目が覚めたので着替えて廏舎に行ったら、馬たちがまだみんな眠っていたことがある。

毎日が〝あてずっぽう〟だ。

宿屋の一階から、かすかな物音が聞こえる。話し声かしら？　そうだとしたら、きっともう朝なのだろう。雄鶏《おんどり》を飼えばいいのかもしれない。雄鶏が時をつくれば、間違いなく朝が来たとわかる。ただし、しょっちゅう時をつくるおかしな雄鶏もたまにいるから、そうしたら結局一日のはじまりはわからない。

幸せな気分で、フィービーはジョナサンのにおいを吸い込んだ。彼は宿屋の主人の妻が運んできた二杯目の湯で体をぬぐっていたが、今日はいつもとは少し違った。彼女の渡した香水の香りに加わっているのは、おそらく汗のにおいだ。昨日、雨の中で奮闘したせいだろう。淑女は男性の汗のにおいを、こんなふうに心地よく感じるべきではないのかもしれない。でも、かまうものですか。わたしはふつうの基準に当てはまらない女なのだから。

もっとも、ジョナサン以外の男性の汗が好きかどうかはわからないけれど。

それにしても、兄がジョナサンを雇い直したわけではなかったのには驚いた。つまり彼はなぜか自発的にわたしを守っているのだ。その理由が知りたい。いったん請け負った義務をとことん果たそうとしているだけなのかしら？

それとも、わたしのことを義務以上の存在だと思ってくれているの？

いまフィービーの手は、彼のシャツの胸元にあった。飾り気のないシャツの生地は、兄のものよりやや手触りが粗い。シャツが開いて露出している素肌を指先でそっと撫でると、ふたたびあのくすぐったいような毛を感じた。こんなふうに男性に触れるなんて、淑女として絶対に許されない行為だ。けれどもフィービーは、人に教えてもらわなければ彼の外見すらわからないことにうんざりしていた。ジョナサンは好きなだけ彼女を見られるのに、不公平だ。彼の肌はあたたかかく、胸毛が指に自然に絡みついてくる。少し手を移動させせると、違う感触の肌があった。しばらくゆったりと指を這わせたあと、そこは乳首だと不意に気づいた。

フィービーのものほど大きくはないけれど、当然ながら男性にも乳首はある。ジョナサンの乳首がかたく縮んで立ちあがった。彼もわたしと同じように、ここに触れられると感じるのかしら？　わたしのその部分はとても敏感だ。

別の場所に指を動かそうとすると、ジョナサンが手を重ねて胸に押さえ込んだ。

「フィービー」その声はいつもよりひときわ低い。「フィービー」

そしてジョナサンは空いている手で彼女の頭を引き寄せ、突然唇を重ねた。

なんて……すばらしい感触なんだろう。

口を開くように熱い唇で促されて、フィービーは従った。ためらいもなく侵入してきた舌に舌をからめとられて、心臓が激しく打つ。彼はバイキングのように大胆に、彼女の口の中を探索した。

ジョナサンはすばやく転がって上になると、脚を重ねて彼女をベッドに押さえつけた。圧倒的に大きく重い体でフィービーの自由を奪い、頭を傾けてキスを深める。彼女は自分のものだと主張し、情熱とはどういうものかを教えるように。それは紳士が淑女にする上品な挨拶ではなく、欲望をむき出しにした恋人としての抱擁だった。彼はフィービーの髪をぐっとつかみ、荒々しく彼女の口を征服した。

フィービーはジョナサンの体を全身で感じていた。かたい腿を、やわらかい自分の腿に押しつけられる男性の証を。なぜか脚を開いて、彼に身を押しつけたくなる。彼の求めるものをすべて差し出したくてたまらない。

彼女の喉から、これまで一度も出したことのない声——低いうめき声のようなものがもれた。

ジョナサンが頭をあげた。「フィービー」きしむような声で呼びかけ、体を引こうとする。「いや」彼女はあわてて引き止めた。押さえつけられた手を引き抜き、両手で彼の顔をはさむ。「いや、やめないで。お願い」

顔を持ちあげて、必死でジョナサンにキスをした。とうとう彼がうめき声とともに降伏し、もう一度キスの主導権を握る。

「脚を広げて」フィービーの唇の上でささやく彼の声は、たまらないほど官能的だった。

彼女は息ができなくなり、言われたとおりにしながらあえいだ。

開いた脚のあいだにジョナサンが体を入れる。すると、かたくなったものがフィービーの下腹部に当たった。ズボンとシュミーズという二重の障壁に隔てられていても、はっきりとわかる。腰をあげて彼に押しつけたいのに、のしかかる体の重みで思うように動けない。フィービーはもどかしさにすすり泣くような声をもらした。

「しいっ」彼がなだめる。「焦らないで。わたしにまかせるんだ」

ジョナサンは彼女の顎をつかんで上向かせ、ゆっくりとキスをした。ぴったりと口を重ねられて、フィービーは体の力を抜いた。そう、彼にまかせておけばいい。

そうすれば、なんの心配もない。

ジョナサンは熱い唇と舌で、恋人同士のキスがどんなものかを教えた。そしてフィービーの口を堪能しているあいだも繰り返し腰を押しつけ、小さく円を描くようなその動きにどんどん力をこめていく。こんなふうにするとわたしがどう感じるのか、彼は気づいているのかしら？

フィービーは脚のあいだのやわらかな襞《ひだ》が次第に開いていくのを感じた。奥からあふれた潤いで湿ったシュミーズ越しに、彼のこわばりが小さな突起を刺激する。何かしら……この感覚は……。

ジョナサンの大きな体に包まれていると安心できるのに、同時に頭がどうかなりそうなほど駆り立てられる。彼の腰と口の動きはあまりにもすばらしい。これほど熟練するまでに、いったい何人の女性とキスをしたのだろう？　かすかな嫉妬にフィービーが胸を焦がしていると、体を少し横にずらした彼が熱い手で胸のふくらみを包んだ。

なんて不思議なの！　自分で胸に触れてもたいして何も感じないのに、彼の手で触れられると、背中をそらしてうめき声をあげたくなる。

ジョナサンは胸の先端にゆっくりと親指をすりつけながら、彼女の下唇に舌を這わせた。フィービーはおなかのどこか奥のほうで何かがねじれるのを感じた。なんてみだらな行為だろう。この禁じられた行為の先に何があるのか、確かめたくてたまらない。

ジョナサンと一緒に。

両手を彼の髪に差し入れて、指先で頭皮や力強い首筋を感じる。口を開き、彼のキスをさらに深く受け入れた。

胸の頂をひねられると、フィービーの脚は一瞬こわばり、そのあとけいれんするように震えだした。そして体の中心がかっと熱くなり、それから隅々までゆっくりとあたたかさが広がっていった。

なおも続くキスに、ジョナサンの舌を気だるい心地よさの中で味わっていると、彼が一度強く腰を押しつけ、そのまま動きを止めた。

やがてジョナサンがそっと横に転がって離れたので、彼女は離れないでとささやいた。すると横向きに転がされ、うしろから彼が包み込むように抱きしめてくる。フィービーは自分の名をささやくジョナサンの声を聞きながら、眠りに落ちていった。

その晩遅く、トレビロンは馬車の中で薄暗い明かりに照らされたレディ・フィービーを見つめていた。馬車の動きに合わせて揺れながら、彼女はふっくらとした唇にかすかな微笑みを浮かべている。この日も朝から晩まで馬車は走り通しで、長く疲れる一日だった。昼間のまだ明るいときに、彼女のために本を朗読した。トレビロンが持っている唯一の本で、オスマン帝国でとらわれて奴隷にされたイングランド人の少年の話だ。淑女向けの本とは言えないにもかかわらず、レディ・フィービーはとても楽しんでいた。それ以外はとくに何もしていなかったのだから、今朝ベッドの上で起きた出来事について、彼女と話しあう時間はたっぷりあった。

けれど、どうしても話せなかった。

トレビロンは本のあいだにはさんだしおりに触れ、いびつなクロスステッチをなぞった。だいたい、レディ・フィービーになんと言えばいいのだろう？　無邪気に触れてきた彼女に誘惑されたとでも？　欲望が高まった状態で目を覚ましたので、自制する暇がなかったと？　彼女にとって何が最善なのか考えず、みだらな行為を押しつけてしまったと？

トレビロンは自分を罵った。

自分への嫌悪感でいっぱいになりながらも、また彼女に触れたくてたまらなかった。やわらかく息をのむ音や、彼にのしかかられたときのうめき声を聞きたい。豊満な胸を手で包み、やわらかなヒップを感じたい。彼女は砂漠のごとく干あがったわたしの魂を潤す、わき水のようだ。

高潔な男なら、レディ・フィービーに決して手を触れないだろう。今朝までは、わたしも自分をそういう男だと思っていた。

馬車が急に右へ曲がった。トレビロンは彼女から目をそらした。

レディ・フィービーが目を覚ました。「わたしたちはいま、どこにいるの？」

「世界の果てです」窓の外を見つめながら、こわばった声で答える。

またこの場所に戻ってくるとは思わなかった。いま自分がうれしいのか、それとも過去の失敗を突きつけられることに恐れを感じているのか、よくわからない。

「なんですって?」トレビロンの言葉を聞いて、レディ・フィービーは怖がるどころか興味をそそられたようだった。

トレビロンは持ちあげていた窓のカーテンを落とした。「ここはコーンウォールです。昼を過ぎた頃から。土地鑑が狂っていなければ、そろそろ目的地に到着する頃です」

「目的地って?」レディ・フィービーが問いかけたとき、突然馬車ががくんと揺れてかしいだまま止まった。

トレビロンは小声で悪態をついた。どう考えても、いい兆候とは思えない。

ドアが勢いよく開き、リードが顔をのぞかせた。いつもはきちんと縛っている髪が乱れている。「馬車が動かなくなりました、大尉。車軸まで泥に埋まってしまったんです。汚い言葉ですみませんが、道がくそみたいにどろどろなんですよ」

「こんな状況ですもの、言葉遣いなんて気にしないで」レディ・フィービーは鷹揚に言った。

「ここからは歩いていかなくてはなりません」トレビロンが彼女の手を取った。

リードが心配そうに額にしわを寄せる。「道をご存じなんですか? ここはひどく暗くて、どこにも明かりが見えません」

「実を言うと、このあたりはよく知っている」トレビロンは言った。「ランタンをひとつこっちにくれ。ひとつはおまえ用に置いていこう。馬の面倒を見るために誰か来させるよ」

トレビロンがレディ・フィービーを馬車から助けおろしているあいだに、リードは御者台に戻ってランタンをひとつ取ってきた。「ありがとう、リード」

トレビロンがランタンを左手で持つと、レディ・フィービーはそれに触れないように腕の上のほうに手を置いた。

「どうか気をつけてください、大尉」神経質にあたりを見まわして、リードがぶるっと体を震わせた。「寂しい場所ですからね、ここは」

「そうだな」だが、トレビロンはこの場所に恐れを感じていなかった。ここが物騒な場所でないことは知っている。

レディ・フィービーは顔を上に向け、風のにおいをかいだ。「空気が違うわ」

「都会の汚い空気とはまったく違いますからね」トレビロンは慎重に足を進めた。自分が転べば彼女も転んでしまう。

「田舎には行ったことがあるけれど、そこども違うみたい」

「海の近くなんです」湾曲した道を進みながら言う。前に大きな家が見えてきた。れんが造りの飾り気のない頑丈そうな建物で、明かりはついていない。「潮のにおいがするでしょう」

背の低い影のようなものが暗闇の中から突進してきた。吠え声が響く。

トレビロンは足を止めて、その生き物を見た。

「あら、犬ね！」レディ・フィービーが言う。

「そうです。前にはいなかったのですが」

犬はふたりの前で止まり、吠えたりうなったりしている。相手はトレビロンの膝ほどの大きさしかないが、彼はあえて挑もうとは思わなかった。

家のドアが開き、暗闇を裂くように光がもれて庭に差した。肩に長い銃を構えた長身の影が現れる。「そこにいるのは誰だ？　いますぐに名乗らないと一発ぶち込むぞ！」

「やあ、父さん」トレビロンは淡々と言った。

コリネウスは水たまりを見つけ、自分と海の馬の体についた巨人の血を洗い流しました。海の馬は頭を伏せましたが、コリネウスはその頭から鉄の鎖をはずしませんでした。闇が訪れると、風が海の乙女たちの悲しみの声を運び、馬は美しい緑の目を遠い波に向けました……。

『ケルピー』

12

翌朝フィービーは、犬の足の爪が木製の床に当たる音と、それに続いて「しいっ、トビー」とささやく少女の声で目が覚めた。

静かに横になったまま朝の訪問者が近づいてくるのに耳を澄ましながら、昨夜ここに着いたときの不可解な状況を振り返る。ジョナサンは、自分が帰ること、それも客と従僕兼御者を連れて帰ることを父親に知らせていなかったようだ。そのため、父親の歓迎ぶりは控えめに言ってもぎこちなかった。もっとも、父と息子のあいだに交わされたそっけない会話から考えると、前もって知らせてあってもたいした違いはなかっただろうけれど。

とにかく、フィービーは挨拶もそこそこに寝室へ案内された。服を脱いで顔と首だけ洗うと、そのままベッドに倒れ込んだのだった。

「レディ？」少女がささやいた。その隣で犬が荒く息を吐いている。「起きてる？」

「おはよう」フィービーが応えると、犬が吠えだした。フィービーは体を起こして待ったが、相手からはそれ以上何も言葉が出なかった。息を止めているようにさえ思える。「あなたは誰？」昨夜、その少女は玄関にいなかった。少女がひとことも発せず、そのうえ誰もその子をフィービーに紹介しようと考えなかったのなら話は別だが。

「アグネスよ」自己紹介はそれでじゅうぶんとでもいうように、少女が言った。「おじいちゃんが、朝食の用意ができたって言ってるわ」

「まあ、すてき」フィービーは言った。「ところで体を洗いたいのだけれど、きれいな水はあるかしら？」

「いま持ってきたわ。そこにある」アグネスが言う。

フィービーは首を傾けた。この子は何歳なのかしら？　水の入った重い水差しを持ってこられる年齢なのだろう。フィービーは手を差し出した。「水のところまで連れていってもらえる？　目が見えないの」

「なんにも見えないの？」

「なんにも」短い返事にとげがこもらないよう、微笑みながら答える。

「じゃあ、手伝うわ」小さな手がフィービーの手の中に滑り込んできた。指は細いが力強い。

フィービーは上掛けをはいで、両脚をベッドからおろした。すぐさま足先に濡れた鼻が押しつけられた。

「さがりなさい、トビー」アグネスが厳しく叱り、低くしっかりした声で続けた。「ごめんなさい。トビーは何にでも鼻をつけるのよ。それに耳が痛くなるくらい大きな声で吠えるの。やめなさいって何度も何度も言ってるけど、全然聞いてくれなくて。おじいちゃんは、犬に吠えるなっていうのは無理な話だと言うの。犬が吠えるのは神さまの思《おぼ》し召しだから。きっとおじいちゃんの言うとおりね」

「トビーにはゆうべ会った気がするわ」フィービーは用心深く手をおろした。犬は指のにおいを念入りにかいだあと、湿った舌で舐めた。フィービーはトビーの頭を撫でた。長い鼻――そこに触れたときにまた舐められた――に大きな耳を持つ犬の毛は短いが豊かで、指が埋もれるほどだった。体は中程度の大きさで、脚は短くてずんぐりしている。

「ええ。あなたに向かって吠えてたわ」アグネスがフィービーの手を取ったまま言った。「その声でわたしたちみんな目が覚めたんだけど、一階におりちゃだめだっておじいちゃんに言われたの。でもわたしは階段の手すりのあいだから、あなたと彼が入ってくるのをのぞいてたのよ」

〝彼〟とはジョナサンのことに違いない。この少女とどういう関係なのだろう？　アグネスは彼に会ったことがあるのだろうか？

「夜遅くに起こしてしまってごめんなさいね」フィービーは立ちあがり、アグネスに導かれて歩いた。

「椅子に気をつけて」アグネスはそう言いながら椅子をよけた。「ここに洗面台があるわ」

大きな陶器の洗面台にフィービーの手を置く。「水を入れましょうか？」

「ええ、お願い。アグネス、さっき〝わたしたち〟と言ったけれど、ほかに誰が暮らしているの？」

「ええと……」フィービーの指の上から水が注がれた。「おじいちゃんにわたしにママ。それから厨房の隣では家政婦のベティが寝ているわ。あと、廏舎にはオーウェンとトムがいる。馬の世話を手伝ってくれるのよ」

「何頭もいるの？」フィービーはタオルを見つけて首と顔をこすった。本当は入浴したかったが、しばらく我慢しなければならないようだ。使用人がそれしかいないなら、浴槽に熱い湯を張るのは大変な手間だろう。あとで髪を洗うのを手伝ってくれるよう、アグネスに頼んでもいいかもしれない。

「たくさんいるわ」アグネスは誇らしげに言った。「トレビロンの馬はコーンウォールで一番優秀なのよ。ロンドンに連れていったら、向こうの繁殖家《ブリーダー》が歯ぎしりしてうらやましがるだろうっておじいちゃんが言ってる」

フィービーは驚いて手を止めた。「本当に？　おじいさまは馬のブリーダーなの？」どうしてジョナサンはいままで話してくれなかったのだろう？

「おじいちゃんの馬は有名よ」アグネスはほとんど謙遜することなく言った。

「馬に会いに行きたいわ。朝食のあとによ、もちろん。悪いけど、ちょっといいかしら？用を足したいの。そのあと髪を整えるのを手伝ってくれる？」

アグネスとトビーは部屋を出ていき、フィービーが用を終えると、また戻ってきて残りの身支度を手伝った。

「髪を整えるのがとても上手なのね」フィービーは言った。

「ママの髪をいつもやってるから」その答えを聞いて、フィービーはふと気づいた。祖父や母親の話は出てくるけれど、父親のことは出てこない。亡くなったか、仕事で家を離れているのかもしれない。「できたわ」

フィービーは立ちあがってアグネスのほうを向いた。「これでもう人前に出ても恥ずかしくない？」

「もちろんよ」アグネスが小さな声で言う。「まるで王女さまみたい」

フィービーは微笑んで手を差し出した。「フィービーと呼んで。朝食の部屋まで連れていってくれる？」

「ええ」

細いが力強い指が、ふたたびフィービーの手を握った。フィービーはそっと息を吸った。アグネスから漂ってくるにおいは、昨夜の風と同じ海のにおいに、かすかに馬と犬のにおいが混じっていた。たぶん外で過ごす時間が長いのだろう。

とことことついてくるトビーを従えて寝室を出ると、怒りにまかせた男たちの大声が聞こえてきた。

「あの怒鳴り方、おじいちゃんにそっくり」アグネスが言う。

「トレビロンのこと？」フィービーはアグネスと一緒に、ゆうべ通った廊下を歩いた。

「そうよ。今朝会ったとき、ジョナサンおじさんと呼んでくれって言われたけど、わたしが思っていたのとちょっと違ってたわ」

「どんなふうに？」

「あんなに大声を出したり、しかめっ面をしたりする人だと思わなかった。手紙ではすごくやさしかったから」

「手紙……」フィービーは眉根を寄せた。「おじさんと会ったのは今朝がはじめてなの？」

「わたしが生まれる前に出ていったんですって。おじいちゃんがそう言ってる」アグネスが答える。その言葉から浮かんださまざまな疑問をフィービーが口に出す前に、少女は続けた。

「ここが朝食をとる部屋よ」

「おい、ジョニー、おまえはまだ指名手配中で――」フィービーたちが入っていったせいだろう、ミスター・トレビロンの大声はそこでとぎれた。

指名手配って、どういうことかしら？　わけがわからない。

椅子を引く音がした。「おはようございます、お嬢さま」このうえなく無表情な声で、ジョナサンが言った。

いやだわ。フィービーは顔をしかめたいのを我慢した。一日のはじまりを怒りとともに迎えるのは残念なことだ。明るい笑みを浮かべて言う。「アグネスに朝食の用意ができたと聞いたのだけれど」

「ポリッジがある」ぶっきらぼうな声が返ってきた。ミスター・トレビロンには、昨夜も正式には紹介されていない。「それから、その犬は外に出しておけ、アグネス。いつも言ってるだろう？」

「はい」アグネスが小さく応えた。少女が指を鳴らし、犬と一緒に離れていく足音がフィービーの耳に聞こえた。

「トビー」女性の声がした。きちんと言葉を発音することができないような、くぐもった声だ。

「こちらへ」フィービーの横にジョナサンが来ていた。サンダルウッドとベルガモットのほっとする香りが鼻孔をくすぐる。「ここに座って、みんなを紹介させてください。まず、父のアーサー・トレビロン。ゆうべあなたも会いました。あなたの左の上座に座っています。わたしはあなたのすぐ右の席です。あなたの向かいにはわたしの姉妹のドロシー。ドリーと呼んでいます」

フィービーは椅子に腰かけ、指でテーブルを探った。縁の広いポリッジのボウルに触れた。

「お会いできてうれしいですわ、ミスター・トレビロン、ドリー」

「ドリー」ミスター・トレビロンがしわがれた声で言った。「レディ・フィービーに挨拶するんだ」

「はじめまして」ドリーのくぐもった低い声がした。

フィービーは眉根を寄せて口を開きかけたが、そのとき部屋の入り口のほうから足音が聞こえてきた。

ジョナサンが右隣の席に座りながら言う。「アグネスがトビーを外に出して戻ってきました。ベティも一緒です。ベティは料理や掃除など、家の中のことを全部やってくれています」

フィービーは会釈した。「ベティね」

「お会いできてうれしいですよ、お嬢さま」ベティの低い声はひどく訛りが強かった。「さあ、お座りなさい、アグネス。ポリッジが冷めてしまいます」

「リードはどうしているの？」フィービーは尋ねた。

「ゆうべは厩舎のベッドで寝ました」ジョナサンが答える。「今日は馬に関わる仕事がたくさんあるはずです」

ミスター・トレビロンの席のほうから咳払いが聞こえた。

「お茶をいれましょうか？」ジョナサンが親しげな口調で言った。

「ええ、お願い」フィービーは首がかっと熱くなった。昨夜は彼と並んで寝られなくて寂しかった。おかしな話だ。一緒に寝たのはふた晩だけだというのに。そのときに彼としたことができなかったのも寂しかった。一瞬、ジョナサンの体の重み、そして腰の動きとそれがもたらした感覚がよみがえった。彼も思い出しているだろうか？　頼んだら、また同じことをしてくれるかしら？

そう考えるだけで体が震えた。見た目でわかるほど顔が赤くなっていないといいのだけれど。

ベッドでの時間はそれほどすてきだったのに、どういうわけか、ジョナサンとはもっとほかのこともしたかった。ふたりきりで話して、彼のことをいろいろ聞き出したい。どうしてアグネスが生まれてから一度も実家に帰らなかったのか。ジョニーという愛称でずっと呼ばれてきたのに、なぜ父親と言い争っていたのか。そして何より、なぜ家族のことを秘密にしているのか。

ジョナサンのすべてを知りたい。でも、それはふたりきりになるまで待ったほうがよさそうだ。

尋ねたいことを全部心の中にしまっておくのは、とても苦しいけれど。

フィービーはミスター・トレビロンのほうを向いて微笑んだ。「馬を育てていらっしゃるとアグネスから聞きました」

「そうだ」

しばらく待ったが、それ以上の返事は期待できないようだ。ジョナサンの会話力は、この父親から受け継いだものに違いない。

テーブルの端で何かがぶつかる音がして、ドリーがすすり泣きながらくぐもった声で言った。「ああ、ポリッジをこぼしちゃった。ごめんなさい、ごめんなさい、ごめんなさい」

その瞬間、フィービーはドリーの声が一風変わっている理由を悟った。

彼女は知的障害があるのだ。


実家の古い厩舎に足を踏み入れるのは一二年ぶりだったが、その光景とにおいに、いまだに自分の家だという気がした。

「馬のにおいって大好き」レディ・フィービーがうれしそうに顔を上に向けながら言った。「どうしてご実家が馬の繁殖をしていることを教えてくれなかったの?」

「あなたが興味を持つとは思わなかったので」馬の繁殖は商売だ。貴族というのは、商売などに手を汚す人間を見下すものではないのか?

彼女は疑わしげな顔を向けた。「わたしが馬を大好きなのは知っているでしょう!」

トレビロンは態度をやわらげずにはいられなかった。「それなら、うちの厩舎を気に入るはずです」

厩舎は灰色の石で造られた古い建物だった。中央通路の敷石はすり減ってなめらかになっている。父の飼い犬だが、父よりもアグネスになついているあのおかしな犬が小走りになってふたりと並んでいた。

犬はレディ・フィービーのこともすっかり気に入ったらしい。口の端から舌を垂らし、大きな耳でハエを追い払いながら彼女を見あげている。

「馬が足を踏み鳴らしている音が聞こえるわ」レディ・フィービーがささやいた。「わたしたちがここにいること、マキシマスに知られないかしら？」

トレビロンは首を横に振った。「わたしがここの出身であることは閣下にお話ししていません。ロンドンでは誰も知らないことです」

しばらく考えてから、彼女は口を開いた。「どうしてわたしにご家族のことを話してくれなかったの？　あなたが育った家に向かっていることを」

落ち着かない思いで、トレビロンは肩をすくめた。「なぜ護衛の家族のことに興味を持つんです？」

レディ・フィービーは黙ったまま、彼に導かれてひんやりした建物の奥へ向かった。馬はほとんどが牧草地に出ているが、一番奥の馬房には一頭いた。

「たしかに以前だったら、あなたが家族の話をしても耳を傾けなかったかもしれないわ」彼女がゆっくりと言う。「最初にあなたを護衛につけられたときは、あまりうれしくなかったし……」

トレビロンはひそかに苦笑した。

「でも」彼女の声が少し大きくなる。「そのあと、あなたという人を知るようになった。そして、わたしたちは友だちだということで意見が一致したじゃない」

トレビロンにとって、レディ・フィービーは友だち以上の存在だ。

けれども、期待するような彼女の顔に向かってやさしく告げる。「ええ、友だちですよ、お嬢さま」

レディ・フィービーは太陽のように顔を輝かせて微笑んだ。

「ジョニー！」オーウェンが呼びかけた。「あんたですかい？　あんたが帰ってきなさるって旦那さまから聞いて、おったまげましたよ」

「そう、わたしだよ、オーウェン」トレビロンは杖を左手に持ち替えて、老人の手を握った。「わたしが連れてきたリードはどうした？」

オーウェンの顔にいたずらっぽい笑みが浮かぶ。「ワイルド・ケイトをつかまえられるか、牧草地に送り出してみたんです。根性試しになりますよ。あの馬は、伊達にワイルドって名前がついてるわけじゃないですからね」

トレビロンは思わず笑った。

オーウェンはトレビロンが子どもだった頃から、父のもとで働いている。腰痛と大昔の仕事中のけがのせいで、いまではすっかり腰が曲がってしまった。馬を育てる者なら、年を取るまでに馬に蹴られて骨の一本や二本折るのはよくあることだ。しかし、オーウェンの薄くなった白髪の下の青い瞳は、昔と変わらず抜け目なかった。

「で、そちらのお嬢さんはどなたです？」

「お嬢さま、こちらはオーウェン・ポウリー。馬の飼育にかけてはコーンウォール一優秀で、わたしをはじめて鞍に乗せたのも彼です。オーウェン、こちらはレディ・フィービー・バッテン。わたしが護衛を務めているお嬢さまだ」

「お会いできてうれしいですわ、ミスター・ポウリー」レディ・フィービーが言った。

「オーウェンと呼んでください。ここいらじゃ、みんなそう呼びますから。おかげで名字で呼ばれても、自分のことだとわからないぐらいです」

「じゃあ、オーウェンと呼ぶわ」彼女は微笑んだ。

「こいつはトム・ポウリーです」オーウェンはもうひとりの男を指して言った。「わしの甥の息子で、一〇年かそこいら先には優秀な飼育人になってますよ」彼は高笑いしたものの、いやな笑い方ではなかった。

若いトムは顔を真っ赤にした。大おじ同様に痩せて引きしまった体つきだが、腰は曲がっていない。トムは前髪を引っ張ると、大きな声で言った。「はじめまして、お嬢さま」

「おいおい、お嬢さまが不自由なのは目だ。耳じゃないぞ」オーウェンが言う。

トムはもぞもぞと足を動かして謝った。

「新しい女王を見に来たんですね？」オーウェンは自分の背後の、馬がいる馬房を示した。おなかの大きな白い牝馬が、馬房の扉から頭を出して興味深げにこちらを見ている。「こいつはギネビアです。去年の秋に旦那さま自らが買いなさったんだが、そりゃあ美しい馬ですよ。もういつ産気づいてもおかしくない。わしはそう思ってます」

ギネビアは自分が話題になっているのを悟ったかのようにいないた。

「いい声だわ」レディ・フィービーが物悲しげな表情で言った。

トレビロンはすばやくオーウェンを振り返り、目を合わせた。

老人の目が気の毒そうに光る。「撫でてみますか？　子羊みたいにおとなしいですよ。それは保証します」

「ええ、お願い」

「すぐここにいます」トレビロンは自分の袖をつかんでいる彼女の手を取った。小さな手を馬の頭まで導いてから放す。

レディ・フィービーは優美な頭から鼻に向かって指を走らせた。ギネビアが物珍しそうに手のひらのにおいをかいだ。

彼女は笑ってトレビロンのほうを向いた。「きれいな馬でしょう。わかるわ」

「そのとおりですよ、お嬢さま」オーウェンが誇らしげに言う。

「ニンジンです」トムが恥ずかしそうに、レディ・フィービーに手渡した。「大好物なんです」

トレビロンはうしろにさがり、彼女が馬を撫でながら話しかけるのを見つめた。

「めったにいませんよ、あんなにやさしくてかわいらしい女性は」オーウェンが意味ありげにささやく。

トレビロンは体をこわばらせた。「公爵閣下の妹さんだ。わたしとは住む世界が違う」

「へえ」オーウェンは驚いたようだ。「そのことをお嬢さんにきこうと思ってたんですよ」

レディ・フィービーがこちらに顔を向け、トレビロンは老人のよく通る声をうらめしく思った。

だが、彼女はいまの会話には触れなかった。「トレビロン大尉、ほかの馬も紹介してちょうだい」

「はい」トレビロンは片脚を引きずりながら前に出て、腕を差し出した。

その腕にやわらかい指をかけ、レディ・フィービーはオーウェンとトムを振り返った。

「女王を見せてくださってありがとう、オーウェン。ニンジンをありがとう、トム」

「どういたしまして」オーウェンが陽気に応える。

トムは黙ったまま真っ赤になった。

トレビロンは厩舎の一番奥まで進んだ。そこからフェンスで囲まれた小さな放牧場に出られるようになっている。放牧場の先には父の牧草地が広がっていた。放牧場はがらんとしていたが、隅でフェンスに寄り添うように四頭の馬がいた。トビーはすでにそちらへ走っていき、無関心な様子の馬に吠えたてていた。

「わたしたちは運がいい」トレビロンはレディ・フィービーに言った。「フェンスのところに四頭の馬がいます。まるで村の女たちが集まって噂話をしているみたいだ」

彼女は笑った。「あなたのご家族は代々馬を育ててきたの?」フェンスに向かいながら尋ねる。

「ええ、このあたりの人が知るかぎりの昔から」トレビロンは答えた。「つまり、かなり昔からということです」

レディ・フィービーが顔を向けてきた。弱い風に頬がピンクに染まっている。トレビロンは彼女にキスをして、人生の喜びをふたたび味わいたくてたまらなくなった。

「それなのに、あなたは軍人になることを選んだのね。どうして？」

彼は顔をそむけた。「当時のわたしはそうするしかなかったんです」

「どういうこと？」

「これはベス」最年長の馬のほうに手を伸ばした。「もう一五歳近いはずです。どうやらわたしのことを覚えているらしい」

実際、馬はうれしそうにトレビロンの上着の袖に口を寄せていた。ベスが若かった頃――そして自分も若かった頃――よくリンゴやニンジンを持ってきてやったものだ。当時の記憶が押し寄せてきて、彼は圧倒されそうになった。あの決定的な過ちを犯したとき、わたしはどれほど多くを失ったことか。

過ちを犯して、みなをひどく失望させたとき……。

「どれがベスなの？」レディ・フィービーの声に、トレビロンは暗い物思いから引き戻された。

彼女の手を取り、自分たちが近づいていることを牝馬にわからせるよう、ゆっくりと前に引っ張った。「これがベスです。体は白いが脚は黒です」レディ・フィービーが馬のやわらかな鼻面に触れるのを待ってから、トレビロンは続けた。「ベスの隣にはかわいい牝馬がいます。ベスより少し小柄で全体が白い。名前は知りませんが、わたしの思い違いでなければ妊娠していますね」ふたたびゆっくりと彼女の手を二頭目に近づける。だが、馬は鼻を鳴らしてあとずさりした。「そして少々臆病らしい」

「それはそうでしょう」レディ・フィービーが静かに言った。「わたしたちのことを知らないんだもの」

「そうですね」三頭目に彼女の手を近づける。馬はすぐに首を伸ばしてにおいをかいだ。レディ・フィービーがくすくす笑う。「こちらは恥ずかしがり屋ではないみたい」

「そのようです」トレビロンはかすかな笑みを浮かべながら、馬の鼻を撫でる彼女を見つめた。「これはプリシー。わたしが最後に会ったときは二歳でした。いま、母親になろうとしています。まっすぐな背中と力強い脚の持ち主ですよ」

「四頭目は？」

「名前は知りません。首の曲線がきれいで、小さな頭が王女のように品がいい」トレビロンは小さく笑った。「プリシーと仲がいいようですね。プリシーが首をすり寄せています」

「ひそひそ話をしている姉妹みたいね」

「ええ。少し恥ずかしがり屋らしい。フェンスから離れて立っています。こちらが動かずにいれば……」

そう言いながらレディ・フィービーの背後に立ち、彼女の左手を取った。彼女の指に指を絡め、手のひらを上に向けさせて、美しい牝馬のほうに差し出す。

ふたりは黙っていた。トレビロンが息を吸うたびに、胸と腹部が彼女の背中をかすめる。レディ・フィービーの頭のてっぺんは、彼の顎の下までしか届かなかった。トレビロンは右手を彼女のヒップのそばのフェンスにつき、その手に彼女が自分の右手を重ねる。あたたかくやわらかい手に、トレビロンは彼女が労働をしないことを改めて思い知った。レディ・フィービーは貴族であり、庶民の出である自分とはかけ離れた世界の人間なのだ。けれども草を踏む馬の足音しか聞こえない静かな放牧場では、ふたりはただの男と女だった。なんと単純なことだろう。

そして複雑だ。

ようやく馬が動いた。興味深げに首を伸ばし、レディ・フィービーの手のひらに息を吹きかけてから、おとなしく彼女に撫でられた。

「ありがとう」彼女がささやく。トレビロンはそれを馬に話しかけているのだと思った。だが、レディ・フィービーは彼に顔を向けた。

「なんのことです?」低い声で尋ねる。

「ここに連れてきてくれたこと。そしてあなたの馬を見せてくれたことよ」

「父の馬ですよ」反射的に訂正する。「わたしのものではありません」

レディ・フィービーはかぶりを振って笑みを浮かべた。「本当にすてきなところだわ。荒野を歩かない? こんな西まで来たことはなかったから、荒野ははじめてなの」

トレビロンはため息をついて彼女の腕を取り、家のほうに向かせた。「荒野は美しいが歩きにくい。地面が平らではないですからね」

「馬はそこで草を食べるじゃない」レディ・フィービーがふっくらした唇を頑固にすぼめて言う。

「馬は四本足だし、荒野に慣れていますから。あなたにとっては安全ではありませんよ」

彼の腕をつかんでいるレディ・フィービーの指に力がこもった。「たぶん、安全でいることに飽きてしまったのよ」

「ですが、わたしの仕事は――」

レディ・フィービーは立ち止まり、トレビロンを引っ張ってその足も止めさせた。

彼は、見えない目の上で眉をひそめているレディ・フィービーを見おろした。

「もうあなたの仕事の対象でいたくないの。いまここで、わたしを守る任務を解くわ。自分を雇っているのはマキシマスだとか言いだす前に言っておくけれど、あなたは自らその仕事を辞めたのよ。あなたはわたしの護衛ではないの。わたしが誘拐される前からね。あなたがここにわたしを連れてきたのは仕事としてではないし、わたしはもううんざりして――」

その言葉を、トレビロンは唇を重ねてさえぎった。

杖が地面に落ちるのもかまわずにレディ・フィービーを引き寄せる。キスの勢いに、彼女は首をのけぞらせた。愛らしい唇がトレビロンの唇の下で開き、彼は激しい衝動を覚えて舌を差し入れた。レディ・フィービーを味わいながら、しっかりと抱きしめる。地面に押し倒して、彼女の中に身を沈めたい。彼女がここで与えてくれる以上のものが欲しかった。

レディ・フィービーが服従するようにため息をつくと、彼はその唇に向かってささやいた。

「わたしはあなたに誘惑されることに、もううんざりです」

「もう誘惑していないわ」レディ・フィービーの濡れた唇がトレビロンの唇をかすめる。

懲らしめるように彼女の下唇を軽く嚙んでから言った。「本当に？」

「ええ、あなたはすでに誘惑に負けているもの」

彼はうめいてふたたび唇を重ね、レディ・フィービーのやわらかさに、そして彼女の情熱にわれを忘れた。

そのとき咳払いが聞こえ、トレビロンは顔をあげた。

父がこちらをにらんでいた。

その晩、アグネスと一緒に夕食へ向かうフィービーは大いに満足していた。午後にアグネスとベティの手を借りて、ゆっくり入浴することができた。入浴は体がきれいになるうえに、ミスター・トレビロンを避けて自室にこもる言い訳にもなった。放牧場で恥じらいも忘れてジョナサンとキスをしているのを見られたのが、ひどくきまり悪かった。

フィービーが湯気の立つ風呂にゆっくりと浸かっているあいだに、一着しかないドレスをベティがスポンジできれいにしてブラシをかけてくれた。それとドリーから借りた清潔なシュミーズのおかげで、人前に出ても見苦しくなくなった気がする。

そんなわけで、ジョナサンとふたたび顔を合わせるのが楽しみだった。アグネスとトビーと一緒に食堂へ向かいながら怒鳴り声を聞くまでは。またたわ。

「おじいさまは食事のたびに怒鳴るの？」なんでも教えてくれるアグネスに尋ねた。

「これまではあんなことなかったのよ」少女がため息をつく。「ジョナサンおじさんは？」

「なかったと思うわ」フィービーは首をかしげた。ふたりは隣人のことで言い争っているようだ。どういうことだろう？　「声がそっくりね」

「ほんと」アグネスが力をこめて言う。「やめてくれるといいんだけど。ママは怒鳴りあいが苦手なの」

ドリーのことに頭がまわらなかったことに対して、フィービーは罪悪感を覚えた。家庭内の不和はアグネスの母親を混乱させているに違いない。そう思っているうちに新たな考えが浮かんできた。アグネスの父親は誰なのだろう？　その話題は一度も出ていない。

何かのぶつかる音に、フィービーの意識は目の前の問題に引き戻された。

「あのふたりを止めないと」心を決めて言う。

アグネスをかたわらに伴い、フィービーは食堂に入った。

そのとたん男たちは怒鳴るのをやめたが、ふたりの荒い息遣いから、まだ興奮しているのがわかる。

「アグネス、お母さんはどこにいるの？」フィービーは尋ねた。

「もうテーブルについてるわ」アグネスが答え、テーブルの向こう端から聞こえてきた不安げなつぶやきが少女の言葉を裏づけた。

フィービーは顎をあげた。ドリーを不安がらせるなんて、あのふたりは恥を知るべきだわ！「じゃあ、お母さんの横に座りましょう」

手を引かれるままに進むと、すでにジョナサンが椅子を引いて待っていた。

「あなたの席はドリーとわたしのあいだです」彼が告げた。

「あら、それはすてきだこと」とげとげしい口調でそう言ってから、椅子に座る。

何かが足に触れた。テーブルの下にもぐり込んでいたトビーが寄りかかっているのだ。

「今日は何をいただけるの?」フィービーはわざと明るく尋ねた。

そしていつものようにテーブルの端を探ると、手が右にいるドリーの手に触れた。その大きくてやわらかな手はかすかに震えている。フィービーは安心させるように撫でた。

「ローストビーフに――」ミスター・トレビロンの声が上座から響いてきた。「ゆで野菜、それからドリーの焼いたパンだ」

「わたし、パンを焼くの」フィービーの隣で、ドリーが小さな声で言った。

そういえば、彼女からはイーストのにおいがほんのりと漂っている。

「そうなの? いいわね。わたしはパンを焼いたことがないの」

「わたしたちが食べるパンは全部ママが焼くのよ」アグネスが口をはさんだ。「ものすごく上手なの」

「小さいケーキを焼くこともあるわ」ドリーがゆっくりと言う。「たいていはパンだけど」

「作り方を教えてほしいわ」フィービーは言った。

「ビールもありますよ」ジョナサンが耳元でささやいた。「ビターエールです」

「なぜ彼女にビールを飲ませるんだ?」ミスター・トレビロンがいらだたしげに尋ねる。

「レディはワインを飲むものだろう」

「わたしはビールが好きなんです」フィービーは告げた。

「そうなんですか？」ジョナサンが彼女にだけ聞こえるようにきいた。

「ええ、間違いなく好きだわ」フィービーはささやき返した。

「頑固ですね」それから彼は大きな声で言った。「ビールが気に入らなければ、あとでワインを飲めばいい」

ミスター・トレビロンが何やらつぶやいた。〝ばかめが〟と言ったように聞こえる。

「ジョナサンに馬を見せてもらいました」フィービーは自分の前の皿に手を触れながら言った。「楽しかったわ。きれいな馬ばかりですね」

「どうしてきれいだとわかるのか、きいてもいいか？」ミスター・トレビロンがぴしゃりと言う。

ジョナサンの皿がかたりと音をたて、フィービーは自分がいますぐ何か言わなければ夕食が台なしになると察した。

「感じられるからです。目が見えないからといって、知性や感覚が鈍るわけではないんですよ」手を左に伸ばしてジョナサンの手を探す。彼は拳を握りしめていた。フィービーはその手を包んだ。「馬の名前は誰がつけたんですか？　ギネビアというのは、想像力に富んでいてすてきな名前ですね」

「わたしよ」アグネスがひどく小さな声で言った。

「あなたが？」ミスター・トレビロンが不機嫌そうなうなり声をもらしたが、フィービーは無理に笑顔を保った。ここで彼の怒りを買ってもいいことはない。「何頭の名前をつけたの？」

「ほとんど全部」これはアグネスの好きな話題らしく、緊張の解けた声だった。「子馬が生まれるとわたしが名前をつけるの。牡馬《ぼば》を買ったときに新しい名前をつけることもあるわ。でも、種馬は違うわよ。オクタビオンっていうの。わざわざつけ直さなくても、すてきな名前でしょ？」

もう無理をしなくても笑顔を保つことができた。「ほかにはどんな名前をつけたの？」

「ええと……まずギネビアでしょう。おじいちゃんが買ったときはチョークっていう名前だったの。変な名前よね。それからシーガル、マーメイド、パール、スカイ、マーリン。マーリンは先月、マーカム伯爵の下の息子さんが買っていったのよ」

「なかなかいい値で売れた」フィービーがこの部屋に入ってからはじめて、ミスター・トレビロンが上機嫌な声になった。「マーリンは美しい馬だ」

「ジョナサンおじさんの馬もわたしが名づけたの」アグネスがふたたび恥ずかしそうな声になった。「ロンドンにいる馬よ」

カウスリップだわ、とフィービーは思い出した。ジョナサンはカウスリップの身に起きた不幸を姪に話しただろうか？

咳払いをしてから言う。「これから生まれる馬もあなたが名前をつけるの？」

「ええ、おじいちゃんがつけさせてくれるなら」

「ああ、名づけはおまえがやりなさい」ぶっきらぼうな声だが、孫娘のことはかわいくて仕方がないのだろう。「わしがいなくなれば、すべておまえのものになるんだからな」

フィービーの手の下の拳に力が入った。「でも、ジョナサンが――」

「ジョニーは、われわれが彼を一番必要としているときに自分の意志で出ていった」ミスター・トレビロンがこわばった声で言った。

「わたしが出ていかなければならなかった理由は、父さんもよく知っているはずだ」ジョナサンの声は低く、危険な響きを帯びている。「わたしの首には懸賞金がかかっていた。出ていくように言ったのは父さんで――」

「一〇年以上も家に近づくなとは言ってない！」

「父さんはいつだって危険だと手紙に書いてきた。フェアはまだわたしを探していると」父親の声が次第に高くなるのに反して、彼のほうは低く、抑えた口調に変わっていた。「稼いだ金は送った。わたしは――」

「脚が不自由になって帰ってきたじゃないか！」きつい言葉だが、その声には苦悩が隠れていた。「そんな体のやつに何ができるというんだ？　言ってみろ、坊ず」

「待って」フィービーは思わず叫んだ。ジョナサンがどれだけ脚のことを気にしているかはよく知っている。いくら父親とはいえ……。

ジョナサンの椅子が音をたててうしろに引かれた。「その呼び方はやめてくれ。わたしは一〇年以上前から、もう〝坊ず〟じゃない」フィービーの手の下から拳を引き抜きながら、彼は立ちあがった。

部屋を出ていくブーツの音がした。

フィービーの隣でドリーがすすり泣き、テーブルの下ではトビーが震えながら小さな体を彼女の膝に押しつけていた。

ジョナサンのあとを追いたかった。フィービーが兄と言い争って部屋から飛び出したとき、彼はあとを追ってきてくれた。でもあのとき飛び出すことができたのは、勝手知ったる自分の家だったからだ。

ここではまだフィービーは客人であり、家の構造や内部の距離感を覚えようとしているところだった。ジョナサンを追うことはできない。どうして彼の首に懸賞金がかかっていたのか、尋ねることもできない。慰めることも、口論することも、彼と愛を交わすこともできない。なぜなら、わたしは目が見えないから。

いまも、これからも。

13

最後の巨人、アゴグは海沿いの崖に住んでいました。弟たちの三倍醜く、一〇倍卑劣でした。広い肩の左右には、それぞれひとつの目と一本の長い牙を持つ顔がついています。髪が雲をかすめるほど背が高く、歩幅はおよそ五〇キロメートル。カシの木のこん棒を持ち歩き、その棒ひと振りで一気に一〇〇人を殺せます……。

『ケルピー』

トレビロンがレディ・フィービーの寝室のドアを押し開けたのは、夜が明けようとする頃だった。ろうそくを高く掲げてベッドに近づき、しばらくのあいだ、ただ彼女を見つめていた。

枕に広がる茶色の髪はシルクのようだ。ふっくらした唇はわずかに開いていて、片手は顎の下におさまっている。

いまや、息をするだけで自分を惹きつける彼女の魅力を否定できなくなっていた。

完全にレディ・フィービーのとりこだ。だが、コーンウォールでのこの時間がいつまでも続かないことはわかっている。誘拐犯は見つかるだろうし、ウェークフィールド公爵は妹の帰宅を望むだろう。そうなれば当然、ロンドンに帰らなければならない。

そのとき、わたしは彼女から離れることができるのだろうか？

トレビロンは首を横に振り、当面の任務に思いを戻した。

「フィービー」そう呼びかけて、ピンク色の頬をそっと撫でた。「起きてください」

彼女は身じろぎをして眠そうに何やらつぶやいた。はしばみ色の見えない目が開き、まっすぐにろうそくを見つめる。「ジョナサン？」

「来てください、ギネビアが産気づいています。立ち会いたいのではと思い、知らせに来ました」

「まあ！」レディ・フィービーが起きあがった。その拍子に見事な胸が見えた。「着替える時間はある？」

トレビロンは彼女の体から視線を引きはがして咳払いをした。「ええ。廊下で待っていますよ」

部屋から出るとドアのそばの壁にもたれかかり、レディ・フィービーが着替えをするかすかな音に耳を傾けた。衣ずれの音や、つぶやいたり小さく叫んだりする声が聞こえてくる。

ここはわたしの生まれ育った家だ。ここを出ていく日が来るとは思ってもいなかった――すべてが変わってしまった、あの一二年前の出来事が起きるまでは。不思議なものだ。あの恐ろしい過ちを犯さなかったら、人生はどうなっていただろう？　コーンウォールを出ることはなかったはずだし、竜騎兵連隊に入って、部下の動かし方を学ぶこともなかったに違いない。

そしてレディ・フィーピーと出会うことも。彼女と出会ったことは後悔していない。

しばらくするとドアが開き、彼女が顔を出した。「ジョナサン？」

「ここです」壁から離れ、彼女の腕に触れて自分の居場所を知らせた。「わたしの腕に手をかけてください。左手にろうそくを持っています」

ふたりは濃い色の羽目板が張られた廊下をゆっくり進み、階段へ向かった。階段は飾り気がないが、木部は常にベティの手でぴかぴかに磨かれている。一階に着くと、厨房のドアから外に出て厩舎へ向かった。

「鳥の声が聞こえるわ」歩きながら、レディ・フィーピーが言った。

「夜が明けるところです」トレビロンは東の方角を見た。「地平線がピンクがかっています」

「そう」彼女は顔を空に向け、空気をかいだ。「海と、荒野のヒースのにおいがするわ。今日はいいお天気になるかしら？」

トレビロンはレディ・フィーピーを見た。「おそらく」

彼女は微笑み、ふたりは厩舎に着いた。ギネビアは奥の一番大きな馬房にいて、その扉の外から五人が見守っていた。トレビロンは静かにレディ・フィーピーを馬房まで連れていった。

ふたりが近づくと、アグネスが振り返って小走りで寄ってきた。いつものようにはにかんだ目でトレビロンを見てから、レディ・フィービーにささやく。「おじいちゃんが、ギネビアのために静かにしていなさいって。トビーは吠えちゃうから、かわいそうだけどわたしの部屋に閉じ込めてあるの」

レディ・フィービーは少女のほうに手を伸ばした。「あとでトビーにごほうびをあげましょうね」

アグネスはうなずき、彼女の手を引っ張った。「見て……あっ！」

レディ・フィービーが微笑む。「いいのよ。わたしの代わりに見てちょうだい」

トレビロンは姪がレディ・フィービーを馬房に連れていくのを見つめた。どういうわけか、彼女はアグネスの信頼を勝ち得たようだ。アグネスが字を読めるようになってからずっと手紙を送り続けているわたしのほうは、いまだに警戒されているというのに。トレビロンはため息をついてふたりを追った。父とオーウェンが柵の前に立ち、リードはトムと一緒に少しうしろにさがっている。父はオーウェンと同い年で、彼よりずっと背が高い。ふだんは白いかつらをつけているが、早朝のいまはつけておらず、短い髪は白くなっていた。

トレビロンがこの家を出てロンドンへ向かったとき、その髪はまだ灰色だった。

オーウェンがこちらを見あげて、柵の前の場所を空けた。馬は新しい麦わらの上に横たわり、陣痛に苦しんでいた。腹は汗で光っている。

「どんな様子だ？」トレビロンは尋ねた。

「長くはかかりませんよ」オーウェンが自信ありげに答えた。これまでに何十頭もの出産を手助けしてきたのだ。「初産ですが強い馬ですからね。無事に産むでしょう」

アグネスはレディ・フィービーに状況を説明しており、彼女はよく聞こえるよう柵に顔を押しつけている。トレビロンは父が目の端でふたりを見ているのに気づいた。

問いかけるようにオーウェンを見ると、老人はレディ・フィービーに視線を移してうなずいた。

トレビロンは女性たちに近づいた。「ギネビアに触りたいですか？」レディ・フィービーに尋ねる。

彼女はこちらに顔を向けた。「いいの？」

彼は微笑んだ。「ギネビアは気にしないでしょう。扉のすぐそばにいます」

ゆっくりと扉を開きながらレディ・フィービーの手を取り、入り口にしゃがんだ。ギネビアはふたりのほうに目を向けたが、自分の体がいまやらなければならないことに気を取られているようだ。

「ここです」馬のふくれあがった腹部にレディ・フィービーの手をのせる。

彼女の目が丸くなった。「中に子馬がいるのがわかるわ……それに陣痛も感じられる。ああ、ギネビアはなんて強いの。そして美しいわ」

馬が急に体を持ちあげ、トレビロンはレディ・フィービーを引っ張った。

彼女に腕を巻きつけて耳元でささやく。「いま、全身の力を使って赤ん坊を押し出そうとしています。あそこに――」

次の瞬間、全身びしょ濡れて震えている子馬がそこにいた。

「ああ！」レディ・フィービーが彼の手を握った。「生まれたの？　生きている？」

「ええ、生まれました。ちゃんと生きていますよ」食いつくような彼女の問いかけに思わず微笑みながら答える。

「雌ですね」オーウェンが言った。「元気できれいな馬だ！　さあ、なんて名前にします、ミス・アグネス？」

「そうね……」アグネスは眉間にしわを寄せて考えた。「ラーク！　いい名前だと思わない、おじいちゃん？」

「おてんば娘にぴったりの名前だ」

「どんな馬なの？」レディ・フィービーがきいた。

「とても繊細です」トレビロンは子馬を観察しながら答えた。「脚に対して膝がとても大きく見えます。いまは全身濃いグレーですが、成長するにつれて母馬みたいに白くなるでしょう」

レディ・フィービーが満足げに息をつく。「すてきだわ」

「ええ」トレビロンはレディ・フィービーに顔を近づけてささやいた。子馬がよろよろと立ちあがって、母馬に近づいていく。「そして早くも母親のおっぱいを見つけました。それで思い出しましたが、われわれも朝食をとりに戻らないと」

「おなかがぺこぺこよ」アグネスが言う。「それにトビーが寂しがってるわ」

「じゃあ、中に戻ろう」トレビロンの父親が低い声で言った。

アグネスがレディ・フィービーの腕を取り、ふたりはおしゃべりをしながら家に向かって歩きはじめた。

気づくとトレビロンは、彼女たちの数歩うしろを父親と並んで歩いていた。父は脚を引きずる自分に歩調を合わせている。

「いい女性だな」

トレビロンは驚いて父を見た。これまでレディ・フィービーに対しては無関心か、かすかな軽蔑しか見せていなかったのに。

息子の驚きを察知したかのように、父が顎をあげた。「わしだって、それに気づかないほどばかじゃない。彼女は目が見えないが、いい人間だ。アグネスにもドリーにもやさしい。馬にもだ」

「ああ」

「母さんの指輪を彼女がつけているのはそのためか？」

しまった。レディ・フィービーに指輪を返してくれと頼むのを忘れていた。

「夫婦のふりをするほうが旅をしやすかったんだ。そのために結婚指輪が必要だった」

「母さんの指輪でなければだめだったのか？」

「ほかに持っていなかったから」自分でも説明になっていないと思いながら言う。本当は、母の指輪をレディ・フィービーの指にはめるのがうれしかった。そして彼女の指にはまっているのを見るたびに、さらにあの指輪が好きになっていった。

「母さんもいい女性だった」父の言葉に、トレビロンは体をこわばらせた。「明るくて若かった。若すぎたぐらいだ。だが、いい女性だった。ただ、わしにはふさわしくなかっただけだ」父が足を止めてこちらを見る。風雨と年齢でしわが増えた顔の中の目は、息子と同じ明るいブルーだった。「レディ・フィービーもいい女性だが、おまえにはふさわしくない」

しばらく父親を見つめた。父は自分の言葉を心の底から信じている。

それはトレビロンも同じだった。

「わかっている」

フィービーは座って、ドリーがパン生地をこねる音に耳を傾けていた。厨房には小麦粉とイーストとベティがいれてくれた紅茶のいいにおいが漂っている。ドリーは、パン生地を持ちあげては大きな音とともにテーブルに打ちつけるという作業を何度も繰り返していた。

「ドリー、どうして生地を投げるの？」フィービーは尋ねた。

ウェークフィールド邸には三人の料理人――うちひとりはパン焼き専門だ――がいるが、フィービー自身は厨房に行ったことはほとんどない。パンというものがどうやって作られるのか見当もつかない。

「こねるため」ドリーが答えた。

野菜を切っていたベティが言う。「こうやって叩きつけておくと、よく発酵するんですよ」

「面白いのね」フィービーは言った。「ドリー、ジョナサンはあなたより年上なの？　それとも下？」

「わたしが上よ」ドリーは誇らしげだった。「ジョナサンはわたしの弟。本を読んでくれるの。でも、もう読んでくれない」

「ロンドンから帰ってきたから、きっとまた読んでくれるわ」

「それから手紙も」ドリーが言い足した。「ジョナサンの手紙、取ってあるの」

「手紙？」

「よく書いていらしたんですよ」ベティが説明する。「ロンドンから。それにミス・ドリーとミス・アグネスにちょっとしたプレゼントも」

不思議だわ。ジョナサンはずっと秘密を抱えて生きていたのに、わたしはまったく気づかなかった。尋ねようとも思わなかった。けれども考えてみれば、たいていの人は何か秘密を抱えている。とくに身近な人に対しては。

「フィービー！」アグネスがトビーを連れて、騒々しく厨房に駆け込んできた。「ジョナサンおじさんが、あなたを見つけてこいって」

「見つけてこい？」おかしくてきき返す。「まるで置き忘れられた手袋にでもなった気分だわ」

アグネスが笑う。「行きましょうよ」

「どうしてもと言うなら」フィービーは紅茶を飲み干すと、ドリーとベティに挨拶してから、アグネスに手を引かれて厨房を出た。

「どこへ行くの？」

「内緒」アグネスの声は浮かれている。ふたりと並んだトビーが、少女の楽しげな様子に引き込まれたように吠えた。

外に出ると、フィービーは顔に太陽の光を感じた。ふたりが向かっているのは廐舎の方向だ。ジョナサンはもう一度ラークを見せてくれようとしているのかしら？

そのとき、馬のいななきが聞こえた。

アグネスがくすくす笑う。

「なんなの？」フィービーは尋ねた。

「馬にお乗りになりたいかと思いましてね」すぐそばでジョナサンが言った。「誰かに追われることなく。わたしと一緒に乗らなければなりませんが、それでもいいですか？」

「ええ、もちろん。すてきなお誘いだわ」フィービーは楽しみで仕方がなかった。馬に乗ることも、ジョナサンとまた寄り添えることも。

フィービーの手を取った彼の手は、大きくてあたたかかった。「これはリーガンです。わたしたちが乗るあいだ、オーウェンがおもがいを持っていてくれます」

「なめらかに歩く馬ですよ、リーガンは」オーウェンが言った。

「それに、うちの馬ではとくに大きいほうです」ジョナサンがさらに言う。「ふたりでも楽に乗せられるでしょう。さあ、ここに踏み段があります」

フィービーは踏み段を手で探ってその上に立ち、あぶみに足をかけてから勢いをつけて馬の背に乗った。リーガンが頭を振って一歩さがる。フィービーはその首を叩いた。

ジョナサンがうしろにまたがるのが感じられた。「もう大丈夫だ、オーウェン。ありがとう」

「どうってことありませんよ」オーウェンが応える。

そして馬は歩きはじめた。最初は並み足だった。ジョナサンはフィービーを腕でしっかりと抱いている。体の下に馬を、うしろに彼を感じながら進むのは気持ちがよかった。

「どこへ向かっているの？」

「どこでもあなたの行きたいところへ」ジョナサンが答える。「もっとも、あなたが好きそうな場所を知っているんですが」

「じゃあ、まかせるわ」ジョナサンの首に頭を預け、馬のにおいと、サンダルウッドとベルガモットと彼のにおい――まさにジョナサンそのもののにおい――をかいだ。

しばらくはただ乗馬を楽しんでいたが、そのうち彼にいろいろとききたいことがあったのを思い出した。

「ジョナサン？」

「なんです？」ジョナサンはくつろいだ様子で幸せそうだった。自分を悩ませている問題をいまここで持ち出すべきなのか、フィービーは迷った。

でも、いまでなければ、いつきけばいいの？

「ゆうべ、自分の首に懸賞金がかかっていたと言っていたのはどうして?」静かに尋ねた。「なぜあなたはコーンウォールにいると危険なの?」

とたんにジョナサンの腕がこわばるのがわかった。「その答えを本当に――」

「聞きたいわ」彼の腕の中で体をひねり、顔のほうを向いて言う。「あなたとお父さまのあいだには謎や怒りや悲しみが渦巻いている。わたしがあなたのことやあなたの過去、そして何があなたの人生を変えたのかを知りたくないと思う?」

「聞かないほうがいいと思います」

フィービーはゆっくり息を吸って覚悟を決めた。「それでも知りたいの」

ジョナサンがため息をつく。「わかりました。わたしは昔、ある男を殴って半殺しにしたんです。ジェフリー・フェアという男で、父親は治安判事です。フェア卿はわたしの逮捕を請求しました。わたしは父に促されて、町から、コーンウォール自体から逃げました。そして竜騎兵連隊に加わったんです」

彼女は眉根を寄せて考え込んだ。「どうして? その人とのあいだに何があったの?」

「わたしが腹を立てたんです」ジョナサンがゆっくりと答える。

フィービーは怒りを覚えた。「そんなの、信じられないわ。いくら若かったにしろ、あなたが理由もなしに暴力を振るうわけがないもの」

「そんなにわたしを信用しないほうがいいですよ、お嬢さま」

彼に〝フィービー〟ではなく〝お嬢さま〟と呼ばれるのが、次第に不快になりつつあった。

「でも、信用しているの」

ジョナサンは応えなかったが、フィービーを抱く腕に力がこもった。

ふと、新たな心配がわきおこった。「フェア卿はいまもあなたを追っているの？」

「ええ、間違いなく」

「だったら、すぐにここを出ないと。ジョナサン、あなたの身が危険なら、わたしたちは最初からここへ来るべきではなかったのよ」

「危険ではありません」彼はいらだった調子で言った。「フェア卿は、わたしがここにいることを知りませんから」

「もし知ったら？」

「知ることはありません。ここはわたしの思いつくかぎり、あなたにとってもっとも安全な場所でした。わたしたちは世界の果て——少なくともイングランドの果てまで来ているんですよ」

ジョナサンを揺さぶってやりたい。心の底から。逮捕されたらどうするつもりなのかしら？　アグネスとミスター・トレビロンはどうなるの？　わたしのために彼がそんな犠牲を払っていると思うと耐えられない。

けれどもジョナサンは、一度決めたことは絶対に変えない。もしミスター・トレビロンかアグネスの協力があれば、彼も考え直すかもしれないけれど。

フィービーはかぶりを振った。

「言い争いはやめましょう」しばらくしてからジョナサンが言った。「駆け足をしてみますか?」

胸がはずんだ。「できる?」

答える代わりに、ジョナサンはフィービーをしっかりと胸に引き寄せると少し前かがみになり、リーガンを自由に走らせた。

風の中を走る馬にまたがり、フィービーは歓声をあげた。うしろでジョナサンの体が揺れる。馬の筋肉が大きく上下していた。自由になった気分だ。これこそが人生そのものだと感じられる。

ジョナサンがリーガンの速度を落とした。フィービーは海の音が聞こえてくるのに気づいた。

「わたしたち、どこにいるの?」駆け足のせいで、まだ心臓がどきどきしている。

「海岸があります」ジョナサンが彼女の耳に向かって言った。「そこまで歩いてみませんか?」

「昔、よくここに来たの?」馬が坂を下りはじると、フィービーはきいた。「景色がきれいなんでしょうね」

「ええ」彼が短く答える。「子どもの頃はよく来ました。夜になると、波間に人魚が泳いでいるのが見えると言われているんですよ」

「見たことがあるの?」

「いいえ、真剣に探しましたけどね。波間に見えたのはむしろ、フランス産のブランデーを持ち込もうとする密輸入者でした」

「密輸入者ですって？」

ジョナサンが笑った。「このあたりには結構いるんです。もしわたしの連隊がコーンウォールに配属されていたら、わたしは毎晩、波の中で彼らを追いかけていたでしょう」

地面はすでに平らになっていた。打ち寄せる波の音とにおいがする。海のそばまで来たのは幼い頃以来だ。

目が見えなくなってからは一度も来ていない。

フィービーは息を整えた。「おりられる？」

「もちろん」ジョナサンはリーガンを止まらせ、地面におりた。彼の手がフィービーのウエストに触れた。「さあ」

フィービーは腕の中に滑りおりた。しばらくのあいだ、ジョナサンは力強くあたたかい胸にフィービーを抱いていた。海からやさしい風が吹いてくる。塩水と魚と自然のままの海のにおいがした。

「ここは砂浜です」彼が言った。「靴を脱いで裸足で歩いてみますか？」

「ええ」フィービーはささやいた。なぜ小声で話しているのか自分でもわからない。体がかすかに震えている。

ジョナサンに導かれて大きな岩まで歩くと、フィービーはそこに座って靴とストッキングを脱いだ。

スカートを持ちあげ、つま先でおそるおそる砂に触れてみた。冷たくて乾いている。ふたりが座っているところは日陰になっているようだ。

「水の中を歩けるかしら？」

「ええ、今日は波が低いですからね」ジョナサンの声がすぐそばから聞こえた。彼はためらってから続けた。「わたしの腕につかまりますか？」

「いいえ」真意を察してくれるのを期待して、彼のほうへ顔を向ける。「方向だけ教えて。それとも一緒に歩いてくれる？」

「もちろん。すぐ隣を歩きますよ」

「あなたも靴と靴下を脱いだ？」好奇心に駆られて尋ねた。ふだんのジョナサンはとても堅苦しくて改まっている。

とくにフィービーの前では。

「当然でしょう」笑いを含んだ、少年っぽい声だった。「海岸ではそれが当たり前ですからね。さあ、こちらです」

フィービーは砂を踏みしめて歩いた。ドレスの裾が風ではためいて脚に当たる。水際に近づくと波の音が大きくなり、まるで雷鳴がとどろいているようだった。ここの砂は湿っていて、あたたかくやわらかい。奇妙だが、面白い感触だった。

不意に冷たい波が足を濡らした。

「きゃっ！」フィービーは叫んだ。

しばらくそこに立ち尽くし、寄せては返す波の動きを足で感じる。さらに一歩進んだ。さらにやわらかくなった砂に足が沈み込み、波が甲を濡らしてから引いていった。

フィービーは声をあげ、息をはずませて笑った。背中には太陽の光が当たり、隣にはジョナサンがいる。顔を空に向け、また笑い声をあげた。波は姉妹の手のようにあたたかく、生き生きとして親しげだった。

そして永遠に続くように思われた。

頭がどうかしているように見えるかもしれないが、気にならなかった。まったく気にならない。

そのあいだジョナサンは無言で、フィービーが彼を必要とするときに備えて立っていた。空までのぼれそうな気がした。こんなに自由になれたのは本当に久しぶりだった。

トレビロンは、海の中に立って足首を波に洗われているレディ・フィービーを見つめた。スカートを膝まで持ちあげ、陽光の中で顔を輝かせて笑っている。この光景を絵にしたかった。記憶の中にいつまでもとどめておきたい。

いつかどこかの時点で、わたしは橋を渡った。背後で橋が崩れ落ち、あと戻りはできなくなった。この世の何よりも、レディ・フィービー・バッテンのことが気にかかる。家族よりも。自分の名誉よりも。

そして必要とあらば自分の自由よりも。レディ・フィービーに喜びをもたらすことには金に代えられない価値がある。疑いも恐れもなく、はっきりと言える――彼女のためなら、わたしは人を殺《あや》めることさえいとわない。

そして彼女のためなら、自らの命も投げ出すだろう。

そう意識したら心が休まった。陳腐な理由を並べて、この思いを否定することはできる。わたしは年を取りすぎている、彼女は若すぎる、ふたりの身分が違いすぎる……。だが、そんなことは問題ではない。心が頭に対して反乱を起こし、もうどうすることもできない。わたしはフィービー・バッテンを愛している。いまも、いつまでも。

それが声となって届いたかのように、彼女が振り返った。「海岸に貝はある？」

「ええ、いくつかは」腰を落として小さな貝殻をいくつか拾い、フィービーに近づいた。

「手を出してください」

フィービーは見えない目を凝らしながら手を差し出した。口元にはまだ笑みが浮かんでいる。風のおかげで頬がピンクに染まり、髪がほつれていた。

生まれてこのかた、こんなに美しいものは見たことがない。

トレビロンはフィービーの手を取り、女神に捧げるように手のひらに貝殻をのせた。

彼女はスカートを放し、もう一方の指先で貝殻に触れた。「どんな貝なの？」

貝殻を持つフィービーの手を片手で下から支え、もう一方の手の指を、貝殻に触れている彼女の指に絡めた。「これは――」小さくてなめらかな貝殻に、ふたりの人差し指で触れながら言う。「外側が濃いブルーで、内側は薄いブルーグレー。こちらは――」うねのある二枚貝に移った。「可憐《かれん》なピンク色です」

彼女の頬の色そのものだ。しかし、それは口に出さなかった。

フィービーがトレビロンのすぐそばで顔をあげた。風で揺れる髪が豊かな唇にかかり、彼女はトレビロンだけに向かって微笑んだ。

その微笑みを、ずっと胸の中にしまっておきたかった。

けれどもそうする代わりに、彼は咳払いをした。「バスケットに食べ物を入れてきました。ベティが用意してくれたんです」

フィービーの顔が輝いた。「まあ、すてき！」

「さあ、こちらへ」彼女の空いているほうの手を取り、水際から離れて、わずかに生えた草をリーガンが食べているところまで戻った。鞍のうしろからバスケットと古い毛布をはずし、乾いた砂の上に運ぶ。「ここなら座れます」

トレビロンが毛布を広げ、彼女はその上に座った。

「スカートが濡れてしまったわ」

彼はフィービーを見た。濡れたスカートの裾がむき出しの足を隠している。

「少しめくりあげればいい。ここにはリーガンしかいないし、あなたがそんなことをしてもリーガンが気にするとは思えませんからね」

「でも、誰か来たらどうするの？」

トレビロンは肩をすくめた。「ここに人が来る理由などありませんよ。わたしたちみたいにピクニックをするのでもないかぎりは」

フィービーは微笑むと、スカートを引っ張りあげて美しい脚を膝まであらわにした。トレビロンは視線を引きはがし、バスケットを開けた。「ベティがパンとチーズとリンゴ、それにワインを入れてくれました」フィービーを見あげる。「ビールを飲み慣れたいまでは、がっかりするかもしれませんが」

「もう」フィービーは貝殻を差し出した。「これをどこか安全なところに入れておいてもらえる？」

ありふれた貝殻を真珠のように丁寧にしまっている自分にトレビロンは気づいた。

フィービーのために陶器のカップにワインを注ぎながら、ふと、彼女はこれまでこんな質素なカップを使ったことがあるのだろうかと思う。しかしフィービーは気にするそぶりもなくワインを飲みながら、トレビロンが渡したチーズを上品に食べていた。

突然、いつになくまじめな顔で振り返る。「教えて。ドリーは昔から、ああいう感じなの？」

「知的障害のことですか？　ええ、少なくともそう聞いています。生まれたときは難産で、最初はすぐに死ぬと思われたらしい。でも、彼女は死ななかった。病弱でしたが、とにかく生き延びたんです」パンをちぎったものの、食べずにただ見つめた。「ドリーはとても愛情深い。わたしのほうが四歳下なのに、子どもの頃からわたしのあとをついてまわっていました。物心ついた頃から、わたしはドリーに対する責任を負っていたんです」

「どういうこと？」

「つまり……」パンをひと口食べてから答える。「あなたも知ってのとおり、母はわたしが四歳のときに亡くなったので、あとは父しかいませんでした。でも、父は馬の世話をしなければならない。使用人はいましたーーベティはわたしが一〇歳ぐらいのときに来たんです。それでもドリーを見守るのはわたしの仕事だと、父に言い渡されました。ドリーが火傷を負ったり、荒野で迷子になったりしないよう見張るのだと」

フィービーは眉根を寄せた。「一〇歳の子にはずいぶん責任が重いわね」

トレビロンは肩をすくめた。「父は自分がしていることをわかっていました。自分が働いているあいだ、誰かがドリーを見ていなければならない。父はわたしを信頼していたんです」思わず顔をしかめる。「やがてふたりとも大きくなってくると、わたしは別の危害からもドリーを守らなければならなくなりました」

フィービーがけげんな顔になった。「別の危害って？」

はたと気づいて、トレビロンは彼女を見た。「ドリーはとても美しいんです。いまはもちろん白髪もありますが、もとは黒髪で、目は父と同じブルーです。若い頃は……」そこで鋭く息を吸う。あの日のことがよみがえってきた。恐怖におののきながらドリーの身を案じたこと。ようやく見つけたときは、彼女の服も髪も乱れていたこと。かわいらしい顔に戸惑いが浮かんでいたこと。自らの怒り。そして父に話さなければならなかったときの情けなさ。

「ドリーはジェフリー・フェアに連れ去られました。そう言えばじゅうぶんでしょう。わたしは自分の責任を果たせなかったのです。完全な失敗でした」

「ジョナサン」動揺がうかがえる声だった。「それで……それでアグネスが生まれたの?」

「そうです。申し訳ありません」トレビロンは思わず謝った。「こんないやな話を持ち出すべきではなかった」

フィービーは頭を傾けた。「謝らないといけないのは、思い出させてしまったわたしのほうだわ」

その言葉に、トレビロンは何も言えなかった。

フィービーがため息をつく。「アグネスはどんな外見なのか教えて」

「きれいな子です。髪は黒で、母親やトレビロン家のみなと似ていますが、目だけは違う。グリーンなんです」彼は空を旋回するカモメに向かって、パンのかけらを乱暴に投げた。

「あなたはグリーンではないんでしょう?」フィービーはすぐそばに寄ってきていた。「あなたの目はブルーよね」

トレビロンは思わず手を止め、さらに身を寄せようとする彼女を見つめた。

「ええ。なぜわかるんです?」

「ヘロとアーティミスがあなたの外見を教えてくれたの」フィービーはかすかに微笑んでいる。「興味があったから、きいたのよ」

トレビロンは目をしばたたいた。ウェークフィールド公爵夫人とレディ・ヘロはどんなふうにわたしのことを説明したのだろう？　そして彼女はいつからわたしに興味を持っていたんだ？

フィービーはトレビロンの前でひざまずき、片手を伸ばした。その手が彼の頬に触れる。「ブルーの目」フィービーはつぶやくように言った。頬に触れた指を広げ、チョウのように軽く下に向かって滑らせる。「高い頬骨」人差し指が鼻筋を見つけ、下になぞった。「まっすぐな鼻」口まで達すると、唇を横になぞる。

ふたりは息を殺した。

「大きな口」そうささやき、顔を上に向けて言う。「やわらかくて美しい唇」

フィービーはわたしにふさわしくない。父はそう言ったし、自分でもそのとおりだと思う。けれどもいま、わかっていることがひとつだけある。永遠に彼女を自分のものにすることはできないが、それでもかまわない。この瞬間だけはわたしのものだから。いずれ彼女が背を向けたら、そのときはこの思い出を大事にすればいい。

いつまでも。

トレビロンは身を乗り出して、フィービーにキスをした。

14

コリネウスは剣を引き、馬の脇腹を蹴って全速力で走らせ、アゴグに向かっていきました。アゴグはこん棒を振りましたが、馬は割れたひづめを光らせながら、それを飛び越えました。そのあとは戦いが続き、その激しさはここでは語れないほどでした！　アゴグは何度もこん棒を振りまわし、そのたびに崖に大きな穴が開きました。馬のひづめからは火花が散り、コリネウスの雄叫びは空気を切り裂きました……。

『ケルピー』

ジョナサンの唇が触れると、フィービーの体を震えが走った。熱く、確信に満ちたキスだった。彼はなんのためらいも見せずにフィービーを腕の中に抱き寄せた。その瞬間、フィービーは何かが変わっていることに気づいた。

今回、彼は途中でやめないだろう。

そう思うと身震いがした。

頭上でカモメが鳴いた。波は相変わらず海岸に打ちつけている。ジョナサンの唇と自分の唇が塩辛かった。指を広げてジョナサンの顔に触れる。彼を自分の中に完全に吸収したかった。うしろで束ねた髪、耳の曲線、口の中に差し入れられたベルベットのようになめらかな舌。さらに強くジョナサンを引き寄せる。

やがて体を離し、フィービーはあえぎながら言った。「髪をほどいて。あなたの髪に触れたいの」

ジョナサンの腕が動いて筋肉が盛りあがった。衣ずれの音とともに上着とベストを脱いでから、彼は髪をほどくために腕をあげた。フィービーは彼の手を追い、髪がほどけるのを自分の手で感じた。かたく三つ編みにしてあった髪は指の下で波打っている。フィービーはそれを前に引いて撫でながら、ジョナサンがこめかめにキスをし、唇を頬から下へと移動させ、顎の輪郭をなぞるのにまかせた。

ふたたび体が震えた。

「寒いですか?」ジョナサンがかすれた声で尋ねる。

「いいえ」あえぎながら答えた。「ちっとも」

まだ首から下にも行っていないのに、あなたに触れられるといてもたってもいられなくなる、なんて言えるはずがない。

でも、ジョナサンはわかっているようだ。低く笑うと、ボディスにたくし込んであったスカーフを引っ張り出した。スカーフはささやくような音をたて、胸の上部を滑った。

不意に彼が頭をさげ、鎖骨に熱く濡れた口をつけた。

フィービーはあえぎ、彼の頭をつかんで自分の体を支えた。世界がぐるぐるまわりだしそうだ。

ジョナサンが頭をあげ、フィービーの口の端にキスをした。「やめてほしいなら、いますぐそう言ってください」

フィービーが自分の唇を湿らせると、ジョナサンがその舌にキスをした。

「いいえ……」つばをのみ込む。「いいえ、やめてほしくないわ」

「では、やめません」彼が低く親密な声で言う。

指がボディスの前面に移動し、器用にひもを引っ張った。

脱がせているのだ。

「あげて」ジョナサンがささやき、フィービーは脱がせやすいように両腕をあげた。彼は続いてコルセットもはずした。

そして手を止めた。

フィービーは待った。息が震える。「どうしたの?」

ようやく聞こえるほどの小さな声で、ジョナサンがうめいた。「あなたが毎晩このシュミーズ一枚でいたおかげで、わたしがどんな思いをしていたかわかりますか?」

指がシュミーズの縁をなぞる。ふだんフィービーが着るものと比べればはるかに質の劣る、簡素なシュミーズだった。胸元は縫い目で模様を作ってあるだけで、レースなどの細工はない。

それなのに、そのシュミーズを彼の指がなぞると、まるでシルクと金糸で織られたものを着ているような気分になった。肌が敏感になり、胸が大きくふくらんだ気がする。

「胸の頂が見える。知っていましたか？」怒っているみたいな声だ。

でも、そうではないとフィービーにはわかった。

「ええ」夜の女のように大胆に答える。「知っているわ」

ジョナサンが低くうなるような声をもらした。笑っているようだ。「濃いピンク色をしている。きれいで丸くて、わたしが見るときはいつもとがっている。まるでわたしに注目してほしいみたいに。わたしの口を求めるみたいに。いまもそうだ」

フィービーはうめき声をのみ込んだ。

ジョナサンは胸のふくらみを、先端に触れないようにしてゆっくりと手で包んだ。

「本当に求めているのか？　わたしの口を。悲鳴をあげるまで吸ってほしいのか？」

ああ、神さま。

「え……ええ」金切り声に近かったが、ジョナサンが自分の言葉どおりに動きはじめたため、そんなことはどうでもよくなった。

彼はフィービーの胸に口をつけ、薄いシュミーズの上から熱い口の中に乳首を吸い込んだ。

これまで味わったことのない感覚に、彼女は体をのけぞらせた。痛いほどの欲望を覚える。フィービーがあえぐと、ジョナサンは背中を手で支えてくれた。そうしながら、フィービーにさらにわれを忘れさせていく。

ジョナサンは唇と舌を使ってやさしく吸った。そしていったん離れたかと思うと、フィービーが言葉を発する前に、反対側の胸に移ってふたたび口づけた。シュミーズの生地が濡れ、そこに風が吹くと先端がとがって、フィービーは思わずジョナサンに胸を押しつけた。

「しいっ」そう言われて、フィービーは自分がうめき声をあげていたことに気づいた。「わたしにまかせて」

ジョナサンはシュミーズを留めているリボンを引っ張って結び目を解いた。シュミーズを開いて引きおろす。胸からウエストまでがむき出しになって海風にさらされた。

「なんてきれいなんだ」ジョナサンがつぶやき、胸のあいだにキスをした。でも、本当に触れてほしいところはそこではない。「美しい」彼は鎖骨に向かって舌を走らせた。

わたしを狂わせようとしているの？

「ああ、お願いだから」レディらしくない、欲望があらわになった声だった。「ジョナサン！」

「なんだい、お嬢さま？」彼はわざと何食わぬ口調で尋ねた。「どうしてほしいんだ？」

「わかっているでしょう」

からかうように指で胸の脇をなぞり、先端には触れずに言う。「これか？」

「い……いいえ。その……」

「なんだ？」耳元でささやく熱い吐息に、フィービーの体は震えた。「言ってくれ、フィービー。わたしにどうしてほしいのか言うんだ」

「お願い」うめくように応える。「わたしに触れて」

「どうやって？」鋭く威厳に満ちた言い方だった。

「口で」フィービーはささやいた。「胸の先端を吸って」

すぐにジョナサンは口の中に頂を含んだ。あいだにシュミーズをはさまないほうがずっといい。舌が肌に直接触れて、からかうように動いている。フィービーは興奮のあまり身もだえした。

「きみはとても美しい」ジョナサンがささやいた。「胸はわたしの口づけで濡れて赤くなっている。夜までずっと続けようか。きみをここで抱いたまま、味わい続けるんだ」

その言葉に、フィービーは背中をのけぞらせて胸を突き出した。じらし、誘惑しているのはジョナサンのほうなのに、ひそかに悪態をついているのが聞こえる。

自制心を働かせているように見せたがっているけれど、うまくはいっていない。

フィービーはひそかに微笑み、過敏になった胸の先端に注意を戻すジョナサンの頭や髪に手を走らせた。彼はまだシャツを着ているので、フィービーは無言で問いかけるようにそれを引っ張った。

つかのまジョナサンは彼女から離れ、戻ってきたときには上半身裸になっていた。あたたかい肌がなんと心地いいことか。フィービーはできるだけ彼に触れたくて、手のひらを広げて体を撫でた。力強い首。たくましい肩。盛りあがった上腕の筋肉。彼女が大好きな毛のある胸。そこに指を走らせて突起に触れ、親指でさすった。

ジョナサンが再び彼女の胸の先端に舌を走らせる。わたしも同じことを彼にできる？　彼もわたしと同じようにこれが好きかしら？　フィービーは我慢できなくなって首をのけぞらせ、無防備な喉をさらした。まるで魔法にかかったかのように、ジョナサンの愛の行為に惑わされていた。

「ジョナサン」うめきながら、彼のウエストに手をまわして引き寄せる。「わたし……わたし……」

「何が望みだ？　言ってくれたらかなえてあげよう」

「これを脱いで」思いきって言い、ブリーチを引っ張った。「あなたのすべてに触れさせて」

こんなふしだらなことをするなんて恥じるべきだわ。男性に、裸になってその体を楽しませてほしいと言うなんて。だが、恥じらいはなかった。ジョナサンが受け入れてくれるなら、彼のすべてを明らかにしたい。男性というのが本当はどういうものなのかを知りたい。

ジョナサンが体を離した。彼の動きをこの目で見られればいいのに！　ブリーチのボタンをはずし、腿を滑らせるところを。下着姿の彼を見てみたい。

そして下着を脱いだあとの彼も。

右手が使えなくなってもいいから、太陽の下で全裸になっているジョナサン・トレビロンを見たい。たった一度でいい。一度ちらりと見るだけで、その光景を一生心の中で大切にしていける。

けれど、それは無理な話だった。

ジョナサンが戻ってきたとき、そのあたたかくなめらかな肌と、海と空とサンダルウッドとベルガモットのにおいに、フィービーはすぐさま手で触れたいのをこらえた。

「あなたに……」口の中が乾き、つばをのみ込んだ。「あなたに触れてもいい？」

「好きなところに触れてくれ」ジョナサンがキスをしながら言った。

フィービーは彼に触れた。引きしまった筋肉質のヒップに。彼女の脚を開かせようとしているかたい腿に。脚のすね毛に。

フィービーは声を出して笑った。男性に触れたのはこれがはじめてだ。自分の脚のあいだに腰を割り込ませて、愛の営みをしようとしている男性に触れたのは。

「ドレスを脱がせて」ジョナサンの広い胸を押しながら言う。「あなたと一緒に裸になりたいわ」

するとと彼がいなくなった。ただ、いなくなった。目が見えないというのはそういうことだ。大きな喪失感。音は聞こえるし、近くのものは感知できる。でも見ることができず、触れることもできない場合、何もないのと同じだ。

目が見えないというのは、とても寂しいことなのだ。

けれどもそのとき、ジョナサンの大きな手がふたたびフィービーに触れて、しっかりとつかまえた。これでひとりではなくなった。もう寂しくない。ジョナサンが一緒にいれば。

フィービーが身をよじってなんとかドレスを脱ぐのに、ジョナサンは手を貸してくれた。

そして彼女はジョナサンと同じく全裸になり、太陽のもと、コーンウォールの海岸に敷いた毛布の上に横たわった。

かたくて男らしい彼の体がフィービーに覆いかぶさる。ここにいるのはふたりとカモメと、どこかで草を食《は》んでいるリーガンだけだ。

「中に入って」彼女は待ちきれずに言った。「わたしの中に」

ジョナサンは笑い、ふたりの体のあいだに手を滑らせた。フィービーには彼が——彼の高まりが——感じられた。男性である証。太くてかたく、思っていたより大きい。それを秘めやかな場所へ導くのに、ジョナサンが手を使ったのが彼女には意外だった。どういうわけか、手で持たなくてもできるものだと思っていた。馬だって、そうなのだから。

彼はフィービーの中に身を沈めようとしたが、入り口がまだ狭すぎるのが彼女にはわかった。少し痛みを感じて、身をこわばらせる。ジョナサンはやめてしまうかもしれない。無理だと言って、あきらめるかもしれない。

けれども彼はさらに強く押し入ってきて、痛みが増した。

そして……ジョナサンはフィービーの中にいた。

フィービーは息をのんだ。なんとも奇妙な感覚だった。ジョナサンは乱暴と言ってもいいような力で貫いた。これはやさしい行為ではない。厳かな行為。動物的な交わりだ。

ジョナサンがうめいて少しだけ腰を引いた。汗と性のにおいが感じられた瞬間、彼はふたたび押し入り、フィービーの中で動いた。彼女はジョナサンのヒップをつかみ、彼のこわばりを感じた。何か、手の届かない光り輝く極上のものが欲しかった。欲しくてたまらない。

ジョナサンがフィービーの口をとらえ、舌を差し入れた。ふたりで飲んだワインの味と、彼の本能的な欲望の味がした。自分も動くべきなのか腰を引くべきなのかわからないまま、彼女は背中をのけぞらせた。脚を広げて膝を立て、ジョナサンが動きやすくする。彼はゆっくりとした一定の速度で動き続け、そのリズムがフィービーを高みへと促した。

「お願い」すすり泣くように言う。「お願い」何をお願いしたいのかもわからない。

ジョナサンがうめいた。体は汗で光っている。彼はフィービーの頬に頬をすり寄せた。彼の体に魂の発作のような震えが走るのが感じられる。

高まりをフィービーの中にうずめたまま、彼が動きを止めた。彼女はあえぎながら、ジョナサンの背骨を指でなぞった。

不意に彼が体を離して仰向けになった。これで終わりなのかしら？

脚のあいだがひどく湿っている。

そのとき、ジョナサンが奇妙なことをした。

フィービーの腹部にあたたかい手のひらを当てたまま、キスをしたのだ。ジョナサンの口が彼女の唇をついばむようにつつき、舐める。

フィービーはもぞもぞと脚を動かした。宿屋のベッドで感じたものを味わいたかった。あの甘美な爆発のような感覚を。

そんな欲求を悟ったかのように、ジョナサンの手が下に向かって移動した。湿った巻き毛の奥の、ついさっき貫いた場所まで。

「なに？」かすれる声で、フィービーは言った。

「考えるな」彼がキスをしながら言う。「ただ感じればいい」

太い指が小さな突起を探り当てた。とても小さいけれど、間違いなく体の中心だ。そこに全身の血液が流れ込み、そこから全身が脈打つ。ジョナサンがその突起に触れると、フィービーは無防備になった気がして身震いした。欲望で体がほてる。

ジョナサンが抱きしめてきた。

ふたたび唇を重ねて舌を差し入れながら、彼は指を動かしてフィービーの秘所をもてあそんだ。あまりの快感に、フィービーはいまにも爆発しそうになった。

そして絶頂が訪れた。

それは海岸に打ち寄せる波のようにフィービーを襲い、これまでうちに秘めてきたすべてのものを洗い流した。

この瞬間、彼女は完全にジョナサンのものだった。だが、それだけではない。

彼のほうもまた、フィービーのものだった。


イブ・ディンウッディは座ったまま、バルがくれた白い鳩を見つめていた。鳩も見つめ返してくる。彼からはこれまでも無用で突拍子もないものをもらってきたけれど、鳩はその中でも一番無用な贈り物だった。さえずりすらしないのだから。

「名前をつけたほうがいいんじゃないですか？」ジャン・マリーがドアのところから言った。

「名前をつけてしまうと、夕食用に料理してとテスに頼めなくなるわ」イブは憮然として答えた。

「どちらにせよ食べるつもりなどないでしょう？」

おそらくジャン・マリーの言うとおりだろう。

かわいらしくクークーと鳴いて籠の床に落ちた餌をついばむ鳩に、イブは眉をひそめた。

「食べるわ」つぶやくように言う。「彼にわからせるためにね」

「あなたがあの鳩を食べても、あの方はなんとも思いませんよ」ジャン・マリーがやんわりと指摘した。

ひとことで言えば、それがバルの問題点だった。他人の意見など、いや、そもそも他人のこと自体を気にかけない。イブのことも気にかけているのかどうかわからない。何しろ、いかにも邪悪そうな計画に巻き込み、こちらが真正面から意見しようとしたら嘘をついたのだから。暖炉の明かりの中でトルコ菓子を差し出して自分は何も知らないと言ったときは、潔白に見えた。

イブは苦笑した。バルのことだから、そんなのは想定内だ。

誰かが玄関のドアをノックした。

ジャン・マリーが眉をあげてイブを見る。

彼女は肩をすくめた。

ジャン・マリーは玄関へ向かい、すぐに戻ってきた。その顔はいかにも執事然としている。

「ミスター・マルコム・マクレイシュがお会いしたいそうです」

予想外の訪問だった。「お通しして」

居間に入ってきたミスター・マクレイシュは陽気な笑みを絶やさないようにしているが、その顔は引きつっていた。明るい茶色のスーツを着て、黒い三角帽を手にしている。

「ミス・ディンウッディ、お会いくださってありがとうございます」

イブはうなずいた。「どういたしまして、ミスター・マクレイシュ。午後を一緒に過ごすお相手がいるのはうれしいですわ。おかけになりません?」薔薇色のシルク張りの椅子を指し示す。

彼は椅子に浅く腰かけると、ドアの脇の定位置に立っているジャン・マリーを用心深く見た。「その……ええと……あなたとお話ししたいのですが」

イブは微笑んだ。

ミスター・マクレイシュが咳払いをする。「ふたりきりで」

イブは考えた。ふだん、バルとジャン・マリーを除けば男性とふたりきりになるのは好まない。だが、好奇心が刺激された。

イブがジャン・マリーに向かってうなずくと、彼は何も言わずに部屋を出てドアを閉めた。けれども、ドアのすぐ向こうで待機しているのは間違いなかった。

イブはミスター・マクレイシュを見て両手を広げた。「それで?」

「モンゴメリー公爵のことです」ミスター・マクレイシュは出し抜けに言った。「あなたは公爵と特別な関係でいらっしゃる」

肯定も否定もせず、イブはただ相手を見つめた。

反応がないことが、余計に彼を落ち着かなくさせたらしい。「つまり、あなたは公爵の秘密をご存じなのではないでしょうか？　あの人はぼくを脅迫しているんです」

さすがの彼女も動揺した。「バルはしょっちゅう人を脅迫します。趣味と言ってもいいんじゃないかしら」

ミスター・マクレイシュが大声で笑う。「脅迫を、まるで狩猟犬の繁殖やかぎ煙草入れの蒐集みたいにおっしゃるのですね」

「ふざけるつもりはないんですの」穏やかに応えた。「わたしは彼の趣味を認めてはいません。人を傷つけるものですもの」

「ええ、そのとおりです。ぼくのために、公爵に話をしていただけませんか？　ぼくのことを放っておくようにと」

「わたしでは公爵を動かすことはできませんわ。自分の思うままに行動する人ですから。以前からそうです」籠の中で眠っている鳩のほうを見ながら言う。

ミスター・マクレイシュは目を閉じた。「では、ぼくはもうどうしようもありません」

イブは唇をかたく引き結んだ。「ただ無視することはできませんの？　どんな弱みを握られているのか知りませんけれど、彼に縛られるより自由でいるほうがよくありません？」

彼は首を横に振った。窓から差し込む陽光が赤い髪を輝かせると同時に、目尻のしわをあらわにする。

「できません。ほかにも関わっている人がいますから」

同情のこもった目で相手を見つめながら、イブは先を待った。

しばらく迷った末に、ミスター・マクレイシュは口を開いた。「ぼくは……結婚している人と軽率な関係になり、手紙が……手紙が公爵の手に渡ってしまったのです」

「それは運が悪かったわね。でもお相手のレディに警告すれば、彼女は――」

彼が首を横に振る。「女性ではありません」

「ああ」イブは額にしわを寄せた。男性同士の恋愛は醜聞になるだけでなく、死刑に値する罪となる。「それはお気の毒に」

「ええ」彼の唇が悲しげにゆがんだ。「モンゴメリーはぼくに、その……間違ったことをさせようとしているんです」

バルに何を強制されているのかわからなかったが、ミスター・マクレイシュがひどく取り乱しているのはわかった。

これがはじめてではないけれど、イブはひそかにモンゴメリー公爵バレンタイン・ネイピアを呪った。

思わず身を乗り出して言う。「外国に行かれるといいわ。植民地かどこかに。彼は公爵だけれど、無限の力を持っているわけじゃない。遠く離れてしまえば、彼だってあなたに手を触れることはできないはずよ」

「ぼくの……友人は？」ミスター・マクレイシュが苦い笑みを浮かべた。「彼はどこかに離れることができません。家族がいますから。奥さんが。もしモンゴメリーがあの手紙を公にしたら……」かぶりを振る。

「あなたはお友だちのために魂を差し出すおつもり？　手紙が決して公にならないようにすることは名誉の問題だと」

「ええ」彼は静かに笑った。「手紙が決して公にならないようにすることは名誉の問題だと思っていましたが、モンゴメリーがぼくにやらせようとしているのは実に卑劣なことです。それに同意したら、ぼくの名誉はもっと損なわれるかもしれない」

「お気の毒に」心から言った。「彼に話してみるわ。約束します。でも、どうかがっかりなさらないで。わたしの言葉など取りあわないかもしれないから」

ミスター・マクレイシュはうなずいて立ちあがった。「ありがとうございます、ミス・ディンウッディ。話を聞いてくださり、率直に言ってくださって」彼は帽子をこねくりまわしながら、しばらくためらった。「失礼ですが、モンゴメリーはあなたのことはどんな理由で脅迫しているんですか？」

「脅迫する必要はないんです。彼はわたしに対しては、もっとずっと大きな力を持っていますから」イブは少し悲しげに微笑んでみせた。「愛という力を」

トレビロンは毛布に仰向けになり、太陽に向けた目を閉じた。裸の肩にフィービーの頭がのっている。もうすぐ起きあがって、自分がしたことに向きあい、決断を下さなければならない。しかしもう少しだけ、ここでこうして楽しみたかった。

フィービーはトレビロンの胸毛をもてあそんでいる。「これまで何回こういうことをしたの？」

彼は少し警戒して片目を開けた。「紳士はそういうことは話さないものだ」

「正確な回数を知りたいわけではないの」彼女は鼻にしわを寄せた。「ただ……すごく多いの？」

「わたしのことを女たらしだと思っているのか？」おかしくなって尋ねた。

「いいえ。でも……」フィービーがため息をつく。「とても上手だから」

「それはどうも」用心深く応えた。わたしがはじめてだったらよかったと思っているのだろうか？　ひねくれたところなどない、純真な童貞だったらよかったと？

「わたしがもっと経験豊富なほうがよかった？」トレビロンの心を読んだようにフィービーがきいた。

トレビロンは寝返りを打ち、彼女と向きあった。「わたしはきみを愛したいんだ。経験の有無など関係ない」フィービーの眉間にしわが寄るのを見ながら、しばらくためらう。「はじめてロンドンに来た若い頃のわたしなら、女性の胸の大きさとか、赤毛かどうかといったことを気にしたかもしれない。あの頃の相手はほとんどが売春婦だったし、その場合、相手の人柄よりもその職業のほうがわたしにとって大事だったと思う。だがいまは年齢を重ね、相手の外見に引かれてベッドをともにすることにはもう興味がなくなった。わたしが欲しいのはきみだ、フィービー。ほかの誰でもない。わたしたちがここでしたことは、きみとわたしのあいだだけのことだ。その前に起きたこと、あとに起きるであろうことは関係ない。いまはきみとわたしのふたりだけで、大事なのはふたりが何を求めているかだ」

フィービーの口の片端があがった。「以前はあなたのことを賢い人だと思っていなかったのよ。だって〝かしこまりました、お嬢さま〟とか〝あなたのお望みどおりに〟とか、そんな短い言葉しか口にしなかったんですもの。あなたはとてもまじめだったわ」

トレビロンは顔を近づけて彼女にキスをした、「そしていま、きみのおかげで軽薄な男になった」

「軽薄とまではいかないけれど、あなたの笑い声は聞けたわね」フィービーが微笑む。「あなたの笑い声が好きよ」

「そう言われると照れるな」ふたたびキスをしながら言う。彼女とのキスには酒のように中毒性がある。だが、太陽は空を動いている。「体を洗って服を着よう。そうしないと、われわれを探しに捜索隊が来てしまう」

それを聞くと、フィービーは小さく悲鳴をあげて体を起こした。

トレビロンは水際まで歩いてハンカチを濡らし、彼女の腿を拭いた。白いハンカチにひと筋ピンク色の血がつく程度の、わずかな出血があった。守るべき女性の純潔を自ら奪ったことを恥じるべきなのだろう。

しかし、感じるのは誇りだけだった。フィービーに言ったことは本心だ。いま、このひとけのない海岸で、彼女はもうイングランド随一の権力者の妹ではない。そしてトレビロンも、誤った決断によって傷を負った男ではなかった、ただのフィービーとジョナサン。恋人同士のふたりでしかない。

いつまでもそうであればいいのだが。

けれども時間は進んでいるし、ずっとふたりきりでいられるわけではない。

ふたりは服を着てバスケットを鞍に戻した。トレビロンはフィービーに手を貸し、岩を踏み段代わりにしてリーガンに乗らせた。

帰り道はゆったりとした平和な時間だった。ふたりともあまり話さず、彼女はトレビロンの肩に頭を預けてうとうとしていた。

やがて父親の家が見えてきた。外で父がオーウェンと話しているのが見える。トレビロンはふたりに向かって手をあげたが、父はそれには応えずにオーウェンに何か言い、こちらに顔を向けて近づくのを待った。オーウェンは廏舎の中に消えていった。

父は険しい顔をしていた。風雨にさらされた頰に刻まれたしわは、ふだんよりもさらに深く見える。

「どうしたんだ?」トレビロンは馬を止めながら尋ねた。

父はおもがいをつかむと彼を見あげ、歯を食いしばるようにして言った。

「ジェフリー・フェアが帰ってきた。そしてアグネスがいなくなったのだ」

15

アゴグとコリネウスと馬は二四時間のあいだ休みなく戦い続けましたが、ついに馬がとどめを刺しました。巨人の両目に両足のひづめを同時に突っ込んだのです。アゴグはなだれのように崩れ落ち、その下敷きになったものはすべて真っ平らにつぶれました。「われわれはこの新しい土地を勝ち取った！」コリネウスは勝利の喜びに満ちて叫びました。

ですが、彼がそうするあいだに、海の乙女の歌は次第に大きくなり、ものすごい迫力で迫ってくるのでした……。

『ケルピー』

「アグネスは馬に乗っていった」ミスター・トレビロンは老いた声で言った。「フェアが帰ってきたことをトムとオーウェンが話しあっているのを聞いたのだろう。あのくそ野郎に会いに行ったのだとしたら……」

フィービーの背筋を恐怖が駆け抜けた。アグネスの身に何かあったらと思う恐怖と、ジョナサンが何をするかという恐怖だった。

彼の首には懸賞金がかかっているのだ。

「家にいるんだ」ジョナサンが急に無感情な声になって言った。やさしく愛を交わしたときの、明るくて笑いに満ちた彼は消えていた。「さあ」

彼はリーガンからおりると、フィービーが何か言う前にウエストに手をまわして馬からおろした。

「ジョナサン……」なんとか彼を引き止める言葉を考えようとした。でも、何が言えるというの？ アグネスが父親に会いに行ったのなら、誰かが連れ帰らなければならない。

「おまえはだめだ、ジョニー！」ミスター・トレビロンが割れた声で叫んだ。「つかまってしまう」

「いや、わたしが行く」ジョナサンが吐き出すように言った。「彼女を頼む」

そして、リーガンが走り去る音がフィービーの耳に届いた。

「行ってしまったの？」不意に怖くなって、彼女は手を伸ばした。「わたしを置いて行ってしまったの？」

「ああ、だが帰ってくる」自分でも信じていないような声で、ミスター・トレビロンが答えた。

なんてこと。ジョナサンが逮捕されたらどうしよう？

「彼を追いましょう」フィービーは訴えた。

「無駄だ。馬に乗ったジョニーには誰も追いつけない」

「でも……」誰かの手が彼女の手を取った。男性の手だ。しわだらけで、手のひらにたこができている。誰かに見守られるのはいやだった。気難しいミスター・トレビロンなら、なおさらだ。

「来なさい、お嬢さん」ミスター・トレビロンの疲れきった声に反抗することはできなかった。

フィービーは彼の腕を取り、導かれるままに庭から家の中へ入った。

「しばらくここに座ろう」ミスター・トレビロンは廊下を通って、一番奥までフィービーを連れていった。

フィービーがこれまで足を踏み入れたことのない場所だ。「ここはなんですか？」

「書斎だ」ミスター・トレビロンが短く答える。

彼女は眉をあげた。「書斎があるのですか？」

「ああ」

腰の右側にひどくかたいものが当たった。

「そこに椅子がある」

「どうも」冷ややかに言って座った。「アグネスとジェフリー・フェアが一緒にいるところを見つけたら、ジョナサンは何をするかしら？」

書斎は革とほこりのにおいがして気持ちが安らいだ。

だが、もちろんミスター・トレビロンに対しては安らがない。

「あんたには関係ないことだ、お嬢さん」彼はぴしゃりと言った。どうやら部屋の向こう端を歩きまわっているようだ。

あまり座り心地のよくない椅子の上で、フィービーはもぞもぞと体を動かした。午後のあの行為のあとだけに、少し痛みがある。そのうえ、その恋人は自分を放り出して、牢獄かそれ以上に恐ろしい場所へと向かってしまった。ミスター・トレビロンのいつもの無愛想に耐える気にはとてもなれない。

「関係はあります。わたしの問題です。わたしはアグネスにもあなたの息子さんにも深い愛情を持っています。彼に関わることは、わたしにも関わることです」

「その話なら――」ミスター・トレビロンがうなるような声で言う。「わしは認めないぞ、息子が――」

「ミスター・トレビロン」公爵家の令嬢らしい口調で言った。ふだんそんな言い方はしないぶん、余計に効果が大きい。「話をすり替えないでいただきたいわ」

気まずい沈黙が流れた。

けれどもそのうち、相手が笑いだした。こちらが戸惑うような笑い声で、まったく楽しそうではない。かすれていて、ずいぶん長いこと声をあげて笑おうとしたことがなかったのがわかる。

とはいえ、とにかく笑い声ではあった。

「威勢のいいお嬢さんだ、まったく」感心しているような口調だ。

「お願いですから、ご存じのことを話してください。でないとオーウェンにききに行かなければならなくなります。彼は困るでしょうね」

「ああ、たしかに」ミスター・トレビロンはため息をついて近づいてきた。「フランスのブランデーを飲んでみるか？　わしには必要らしい」

フィービーはジョナサンから聞いた密輸入者の話を思い出し、どうやって手に入れたものかは尋ねないことにした。「ええ、いただきます」

デキャンターのふたをはずす音が聞こえた。液体を注ぐ音のあと、手にグラスが押しつけられた。

「ゆっくり飲んだほうがいい、ビールやワインとは違うからな」

フィービーはおそるおそるグラスの中身のにおいをかいだ。力強い香りがする。少しだけ飲んでみると、火を飲み込んだような感じがした。

「まあ！」

ミスター・トレビロンが笑う。感じの悪い笑い声ではなかった。「どうだね？」

「一回味わっただけでは判断できません」

「賢明だ」

もうひと口飲んでみた。今回は少し口の中にとどめて味わった。これまで飲んだことのない味がする。

「ドリーがどういう状態なのかは知っているだろう？」ミスター・トレビロンが口を開いた。すぐさまそちらに顔を向けて、フィービーは背筋を伸ばした。「はい。ジョナサンの話だと、生まれたときからそうだったとか。彼は……」なんと言葉にすればいいのかわからずに言いよどんだ。「ジョナサンは、彼女がアグネスを身ごもった経緯を教えてくれました」

短い沈黙が流れた。

「そうか」ミスター・トレビロンは言葉を切り、大きく息を吸った。ふたたび話しはじめた彼の声は落ち着いていた。「ドリーが生まれたときは難産だった。産婆は、赤ん坊がその夜を越せないだろうと考えた。だが、あの子は生き延びた」

フィービーは静かに続きを待った。

ミスター・トレビロンはきっぱりと言った。「あの子が少し大きくなって、決してほかの子のようにはなれないとはっきりしたとき、死んでいたほうがよかったと言った隣人たちや牧師をわしは一蹴した。あのときの牧師の顔を見せてやりたかったよ。あまりに頭に来たから、玄関から追い出してやったんだ。ばかめが」

彼が酒を飲み込むのが聞こえ、フィービーは自分もまたひと口ブランデーを飲んだ。喉を通るときの焼けるような感覚にも慣れてきた。誰になんと言われようとミスター・トレビロンがドリーを愛しているとわかると、無愛想な彼にも同情を覚えた。

「あの子はわしの女房にとって最愛の存在だった」低い声で彼は続けた。「ドリーを産んだあと病気がちになったが、それでもマーサはあの子を愛していた。溺愛していたと言っていい。そして四年後にジョナサンが生まれた。われわれはドリーを家から離さなかった。マーサとベティがいろいろなことを、たとえばパンの焼き方を教えた。あの子は幸せだった。いまも幸せだと、わしは思っている」

確信が持てないかのように、彼はそこで間を置いた。

「わたしもそう思います」フィービーは静かに口を開いた。「今朝ドリーのそばにいましたけれど、彼女は自信たっぷりにパンを作っていました」

「ああ。ドリーは頭のほうはともかくとして、きれいな娘に育った。わしが女房を失ったとき……」ミスター・トレビロンは言葉を切った。「マーサはわしより若かった。知っているか?」

彼女は頭を傾けた。「知りませんでした」

「一〇歳以上も若かったんだ」その声には警告するような響きがあった。「結婚して最初の二年ほど、彼女は不満だらけだった。わしは年を取りすぎていたし、頑固だったからな。わしに人生を奪われたと言っていた。わしのせいで、実際よりも年老いたような気がすると」

「お気の毒に」ジョナサンの両親の結婚がそんなに不幸なものだったとは、思ってもみなかった。

「とにかくマーサが死んだあと、わしはそれまでの倍も忙しくなった。馬の世話があるし、ドリーはときどきパンの材料を買いに町へ行きたがった。ほかの若い娘みたいに買い物をしたがったんだ。ひとりでは危険だから、ジョナサンについていかせた。わしは息子に……」

ごくりとつばをのみ込んで続ける。「おまえはドリーの命を握っている、絶対に背を向けるな、ぼうっとするな。そうジョナサンに言った」

フィービーの背筋を冷たいものが駆け抜けた。この話の行く先を想像すると気がめいった。

「ジョナサンはいくつだったんですか？」

「町へ行くようになったときか？　たぶん一四歳だ。ドリーのほうが四歳上だが、頭の中身はずっと下だった」

「それで、事件が起きたときは？」

「二二歳。もう大人だ」

それならなおのこと、ジョナサンは悔やんだことだろう。「ミスター・フェアというのは？」

「ジェフリー・フェア」ミスター・トレビロンは汚らわしいもののように、その名を吐き捨てた。「フェア男爵の次男だ。フェア卿はこのあたり一帯の鉱山も土地も人も、すべて所有している。金持ちで爵位を持っているから、その息子は何かが足りないという経験をしたことがないのだ。この地域の好きな女性を自分のものにできる。そして、よりによってうちのドリーに目をつけた」

気分が悪くなってつばをのみ込んでから、フィービーはささやいた。「本当にお気の毒だわ」

「やつはドリーに、言うことを聞いたら求婚してやると言ったんだ。あの子を実際に殴ったたり傷つけたりはしなかったのが、不幸中の幸いだった」ミスター・トレビロンの声は震えていた。「それだけが、やつがやらなかったことだ。ジョナサンがドリーを見つけて家まで連れて帰った。わしらがことの次第を尋ねると、親切にしてもらったとドリーは答えた。キャンディをくれた、とな」

何かがテーブルを叩き、フィービーはその音に飛びあがった。

「わしの娘を、ドリーをキャンディで買ったんだ！」悲しみと怒りと傷ついたプライドから出た声だった。「あのくそ野郎め！　あいつを殺してやりたかった。だが、ドリーにはわしが必要だ。そしてフェア卿は権力者だ。わしにできることは何もなかった。それでもジョナサンは……」

「ジョナサンは、その人を殴って半殺しにしたと言っていました」あれだけ責任を重んじる彼のことだ、ひどく苦しんだだろう。

「ああ、その晩、ジェフリー・フェアを見つけて半殺しにした」その声はいかめしいが、かすかな満足感がこもっていた。「ジョナサンはコーンウォールから出ていけとジェフリーに言い、やつはそれに従った。肋骨が折れていたが、翌日には出ていったと聞いている」

フィービーは眉をひそめた。「でも、フェア卿は……」

「フェア卿は治安判事だ。彼はジョナサンの逮捕を求めた。息子はロンドンに逃げ……それから一度も戻らなかった」

フィービーは必死に考えをめぐらせた。「けれどもいま、ふたりとも戻ってきた。ジョナサンも、そのひとでなしのジェフリーも。ジェフリーがアグネスを傷つけると本当に思いますか？」

「それはなんとも言えん。ドリーを襲うまでは、やつがそんなことをする男だとは思っていなかったからな」ミスター・トレビロンはゆっくりと言った。

「ジョナサンとジェフリーのあいだに何が起こるかしら？」

ミスター・トレビロンは重いため息をついた。「さあ、わからんね。だが最後に会ったとき、ジョナサンはやつに言い渡している——もしコーンウォールに足を踏み入れたら殺してやると」

フェア邸は古くさく醜い建物で、冷たい灰色の塀と崩れかけた胸壁が周囲の景色を支配していた。フェア家は遠い昔から、この土地で圧倒的な権力を誇ってきた。その権力にたてつく者はいない。

トレビロン以外には。彼は砂利道を屋敷に向かっていた。一二年前、ジェフリー・フェアのやわらかい顔を血まみれになるまで殴った。あの出来事は、トレビロンが死んだあとも長年にわたってこのあたりの噂として残るだろう。ドリーを誘惑した男に、二度とこの周辺に顔を見せるなと言った。見せたら殺す、と。

だがどうやら、フェアはトレビロンが約束を守る男だと思っていないらしい。

なんと愚かなのだろう。

周囲を見まわしたが、アグネスもトレビロン家の馬も見当たらなかった。トレビロンは玄関前の階段の横で馬からおり、手綱を石の花瓶に縛りつけてから、脚を引きずって階段をのぼった。脚は不自由になったが、道理の通らぬ相手を撃ち殺す腕はたしかなままだ。ジェフリーを本当に殺したいわけではないけれど、あの男をドリーとアグネスのそばにいさせるつもりはない。

階段をのぼっていると、男が角を曲がってやってきた。フェア卿は七〇代、長身で痩せており、髪は白くなっている。ブーツを履いて、つばの広い帽子をかぶり、荒野の散歩から戻ってきたように見える。このあたりの人間はみな、彼が毎日の散歩を楽しみにしていることを知っている。足元をうろうろしている二頭のスパニエルが、トレビロンを見たとたんに吠えだした。

トレビロンは顔を向けた。「息子はどこだ?」

フェア卿は犬を制しながら階段をのぼってきた。「ジョナサン・トレビロン。よく顔を見せられたな。一二年経ったからといって、もうわたしの息子にしたことで逮捕されないなどと思うなよ」

彼は笑った。「したことだけでなく、しようとしていることも確かめてからのほうがいいんじゃないか?」

「父上!」

トレビロンは振り向いた。

ジェフリー・フェアはこの一二年で、いい年の取り方をしていなかった。まだ三〇代前半だが、腹が出て顎の肉が垂れさがっている。彼はしばらくぽかんとトレビロンを見つめていたが、やがて緑色の目を細めた。「きさま！」

「ああ、わたしだ」トレビロンは二丁の拳銃を引き出した。「わたしを覚えているなら、わたしがここにいる理由も覚えているはずだ」

「息子に手を触れたら逮捕するぞ！」フェア卿がうしろから叫んだ。

数人の従僕がジェフリーの背後の玄関口に集まった。近くの廏舎からも人が近づいてくる音がした。

トレビロンは片方の拳銃をあげ、ジェフリーの見開かれた目のあいだにまっすぐ狙いを定めた。「あの子はどこだ？」

ジェフリーの困惑したふりは、なかなか見事だった。「誰のことだ？」

背後から馬のひづめの音が聞こえてきた。

「縛り首にしてやるぞ、トレビロン！」フェア卿がうなった。

「やめて！」アグネスの声だった。

トレビロンはほっとして振り向いた。よかった。アグネスは馬を止めようとしていた。その横をトビーが走っている。

視界の端に、ジェフリーが飛びかかってくるのが映った。

その瞬間、毛むくじゃらの小さなものがトレビロンの脇を走り抜けて階段を駆けあがり、ジェフリーに向かっていった。

ジェフリーは悪態をついてトビーの腹を蹴った。犬は金切り声をあげて石の階段を転がり落ちた。

「きゃあ！」アグネスが叫んだ。「トビー！」

アグネスはフェア邸の階段の下に横たわっている犬に走り寄ると、その脇にひざまずいた。

一瞬、男たち全員は黙ってその光景を見つめた。

フェア卿が当惑したように口を開く。「アグネス」

トレビロンは彼に鋭い視線を向けた。

「アグネス？」ジェフリーが言う。「この小娘の名前を知ってるんですか？　誰なんです？」

「おまえの娘だ」トレビロンはうなるように言った。

ジェフリーは不快そうに口をゆがめた。「父上、さっさとトレビロンを逮捕して、この小娘をうちの敷地から放り出しましょう」

「ちょっと！」アグネスが立ちあがった。顔は涙で濡れているが、同時に怒りで真っ赤になっている。体の両脇で拳を握りしめ、黒い髪を乱しながら、憎悪に満ちた目で自分の父親をにらんだ。「トビーを蹴ったわね！　あんたはでぶでばかな悪魔だわ！」

ジェフリーがあんぐりと口を開けた。「なんだ、このがき――」

「中に入れ」フェア卿が短く息子に命じた。

怒りもあらわに、ジェフリーが父親のほうを向く。

フェア卿は顎で屋敷の玄関を指し示した。「聞こえただろう、中に入るのだ。それとも従僕に無理やり連れて入らせるか？」

ジェフリーは衝撃を受けたようだった。それ以上何も言わず、背を向けて屋敷の中に入っていった。

トレビロンは銃をしまうと、トビーの横でしゃがみ込んでいるアグネスのもとに急いだ。彼女は頬に涙を流しながら顔をあげた。「ジョナサンおじさん、助けてあげて。トビーを死なせないで」

トレビロンが犬の横に膝をつくと同時に、フェア卿も反対側にひざまずいた。目を細めてそちらを見てから、トレビロンは犬に目を移した。トビーは息も絶え絶えに哀れっぽい声を出している。彼はそっと脇腹に触れた。

骨に手を滑らせるトレビロンを犬は見つめた。「どこも折れていないようだ」

フェア卿が笑いだしたので、トレビロンは驚いた。「どうやらトビーはいじけているようだな」

「本当にそう思う、おじいさま？」

トレビロンは目をぱちくりさせた。「アグネス、フェア卿を知っているのか？」

少女はうしろめたさと反抗心の混じった顔になった。「ええ。見た目ほど悪い人じゃないのよ」

「ありがとう」フェア卿は乾いた声で言った。そして警戒するようにトレビロンを見た。

「二年前、荒野を散歩しているときに、こっそり家を抜け出してきたアグネスに会ったのだ」

「アグネス」トレビロンは厳しい顔で姪を見た。「お母さんの身に起きたことは知っているはずだ。ひとりでうちの敷地を出ないよう言われているだろう」

「ええ、ジョナサンおじさん」アグネスはうなだれた。

突然トビーが奇跡的な回復を見せ、立ちあがって女主人の顔を舐めはじめた。

「ほらな」フェア卿が言った。「まったく異常なしだ」

トレビロンは咳払いをした。「アグネス、トビーと一緒に馬のところで待っていてくれ」

少女は顎をあげた。「おじいさまとけんかしないと約束するなら」

トレビロンは目を細めたが、うなずいた。

トビーを連れて馬のところに歩いていくアグネスを、トレビロンとフェア卿は見つめた。

「あの子は祖母の精神を引き継いでいる」フェア卿が静かに言った。

トレビロンは眉をあげて彼を見た。

「亡くなったわたしの妻だよ」フェア卿が咳払いをする。「妻も緑色の瞳をしていた。荒野でわたしと会っていたことで、あの子を罰しないでほしい。はじめて会った瞬間に誰だかわかったよ、あの目でな。また会ってくれと頼まずにはいられなかった」

「あんたの息子はわたしの姉に――アグネスの母親に乱暴した」トレビロンは無愛想に言った。

フェア卿の鼻が広がり、トレビロンは一瞬、姪に嘘をつくはめになるかもしれないと思った。

フェア卿がため息をついた。「ジェフリーはいつもわたしを失望させる。この身分の人間が持つべき道義心というものを持ちあわせていないのだ」

トレビロンは唇を噛みしめたが、何も言わなかった。

ふたたびフェア卿がため息をついた。「わたしは息子がきみの姉にしたことを決して許していない。真実を知ったときは愕然《がくぜん》とした」

「それなのにわたしの逮捕を命じたのか」

フェア卿は鋭い目でトレビロンを見あげた。「きみがジェフリーを殴ったことには変わりない。どんなひどいことをしようと、あいつはわたしの息子なのだ」

「そしてドリーはわたしの姉だ」トレビロンの声は冷静だった。

「そうだな。つまりアグネスはわたしたち両方の血を引いている」フェア卿はしゃがんでトビーを撫でている少女に目をやった。「あの子のためだけでも、きみを逮捕させるのはやめよう」

トレビロンは用心深く相手を見た。こんなに簡単に許されるはずがない。

だが、フェア卿はかぶりを振った。「いいか、トレビロン。わたしはすでにジェフリーを失っている。息子は思い出の品を取りに帰ってきただけだ。最近結婚して、妻の持参金で西インド諸島に農場を買ったらしい。この週末に旅立つ。おそらく二度とイングランドには戻らないだろう。西インド諸島は地球の裏側だ。そこでジェフリーに家族ができても、わたしは会うことはない。だが、すでにここに、ジェフリーの娘がいる」

トレビロンは体をこわばらせた。「あんたの息子はアグネスに対してなんの権利もない。自分の子どもだと認めていないのだから」

フェア卿はうつむいた。「ジェフリーもわたしも、なんの権利も持っていない。それはわかっている。きみやきみの父親には、わたしとあの子を会わせる理由はない。それをわかったうえで頼む。わたしはただ、またあの子に会いたい。そして、あの子の悲しむ顔は見たくないんだ」

「なぜそこまでして――」

フェア卿は顔をあげた。「あの子はわたしと血がつながっていて……わたしはあの子を愛しているからだよ」

その晩ベッドに横になりながら、フィービーは古い家がたてる音に耳を傾けていた。外では風が吹き、よろい戸をがたがたと鳴らしている。どこかで時計が時を告げ、壁や床板がきしむ。まるで部屋の外の廊下を誰かが歩いているみたいに。

上掛けの上で両手をかたく握っていたが、それに気づいて指の力を抜き、上掛けを撫でた。ジョナサンはまだ戻ってこない。けれどもアグネスは、脚を引きずっているトビーと一緒に帰ってきた。少女は元気で、ジョナサンおじさんはフェア卿と友好的に話しあっていたと報告した。

ミスター・トレビロンが勝手に抜け出したアグネスに罰を与えなかったのは、ひとえに孫が無事だったことに安堵したからだろう。実際、夕食は静かに進み、その後は一日の疲れから、みんな早々にベッドへ入った。

だが、フィービーは眠れなかった。ミスター・トレビロンは心配ないと言った。アグネスの報告がなくても、ジョナサンが逮捕されたり、もっとひどいことが起こったりしたら、すぐに知らせが来るはずだ、と。

けれどもフィービーは、最悪の場合を考えずにいられなかった。たぶんフェア卿とジョナサンは、また言い争いをはじめたのだろう。あるいはフェア卿は単に、アグネスがいなくなるのを待ってからジョナサンを逮捕させたのかもしれない。もしかしたらいまこの瞬間、彼はじめじめした牢獄に入れられているか、命がけで戦っているのかも……。

寝室のドアが開いた。廊下から聞こえた音は本当に誰かの足音だったのだ。

「フィービー」ジョナサンのささやき声を聞いて、一気に安堵感が押し寄せた。

「どこに行っていたの？」急いで起きあがりながら尋ねる。「何があったの？　いったい――」

「しいっ」彼は近づきながら言った。「家じゅうを起こしてしまうぞ。わたしがここにいるところをみんなに見られたくないだろう？」

いまはそんなことは気にしないと反論したかったが、ジョナサンが隣に来て、あたたかく欲望に満ちた唇をフィービーの唇に重ねた。

フィービーはジョナサンの首に腕をまわした。彼の顔は夜気で冷たかった。

「何があったの？」小声で問いかける。「すごく心配したのよ」

「その必要はなかった」彼が上着を脱いでいるような音がした。「ジェフリー・フェアは西インド諸島に渡ろうとしている。二度とわれわれの前に現れることはないだろう」

「それはよかったわ」靴が床に落ちる音が聞こえた。

「だが、フェア卿はアグネスを孫として認知したがっている」

「なんですって？」

「どうやらアグネスは――」ジョナサンがいたずらっぽく言った。「二年以上前に荒野でフェア卿と出会い、それ以来、月に一、二度会っていることを言い忘れていたらしい」

「まあ。あなたのお父さまはご存じなの？」

「知らないだろうね」ジョナサンがベッドの端に座った拍子にマットレスが沈んだ。フィービーは端に寄って場所を空けた。「朝になったら、アグネスの口から父に説明させるよ」

ミスター・トレビロンのプライドを思い、フィービーは顔をしかめた。

「お父さまは冷静には聞けないかもしれないわ」

「最初はひどく怒るだろう。だがアグネスが自分でまいた種だし、あの子はもう自分が祖父に隠れてやったことを面と向かって説明できる年齢だ。それに父がいつまでも怒ったままでいるとは思えない」

「お父さまは、これからもアグネスをフェア卿と会わせるかしら？」

「それはわからない。父はフェア卿を好いていないからな」

フィービーは眉をひそめた。「フェア卿はアグネスを傷つけるつもり？」

「いや、その逆だ。ただ、息子の子どもと親しくなりたいと思っているようだった」

「孫娘ね」

「ああ、彼の孫娘だ」ジョナサンはため息をついて上掛けを引きあげ、フィービーの隣に滑り込んだ。ベッドが急に狭くなった。「いまごろになって、あんなことを頼んでくるとは不思議だな」

フィービーが手を伸ばすとジョナサンの腕に触れた。ベッドに肘をついていた。まだシャツを着ている。「たぶん、これまであなたのお父さまにどうやって話を持ちかければいいか、わからなかったのね」

「そうかもしれない。だが今日フェア卿は、アグネスを失うつらさを悟ったのだと思う」ジョナサンの声がこわばった。「あの日わたしがドリーに対する責任をきちんと果たしていれば、こんなことにはならなかった。愚かだったよ」

「まだ若かったのよ」

「二二だ。責任を果たせない年ではない。きみよりも上だ」険のある声だった。

フィービーは彼の手を探り当て、ぎゅっと握った。少しでも慰めたかった。

「退屈だったんだ」疲れた声で、静かにジョナサンは言った。「ドリーは菓子店を見ていた。わたしはちょっとのあいだ姉をそこに残して、本屋に特別に入荷していた馬の飼育法に関する本を見に行った。戻ったときには、ドリーはいなかった。二時間近く探しまわったあげくに見つけたんだ。教会の裏で」

フィービーはジョナサンの腕をさすった。昔のことで傷ついている彼に、なんと声をかければいいのだろう？「そして、あなたは法から逃げるために自らが法を取り締まる側になったのね。それが危険なことだという不安はなかったの？」

彼が肩をすくめるのがわかった。「ジェフリーを殴り、やつがコーンウォールから送り出されるのを見届けたあとは、ほかに選択肢がなかったんだ。その晩のうちにここを出なければならなかったし、わたしは馬のことぐらいしか知らない。竜騎兵は馬に乗るから、自分にぴったりだと思った」

「寂しかったでしょうね。家が恋しかったでしょう？」自分の家から逃げなければならないなんて。

「よく長い手紙を書いたよ、父はめったに返事をくれなかったが」ジョナサンは静かに言った。ろうそくを消して闇を見つめているのかしら？「ドリーは読み書きができないから、返事はなかった。アグネスが字を覚えてからだよ、家から手紙が届くようになったのは」

フィービーは彼の腕に手をかけたまま体を起こした。「何が書いてあったの？」

「いろんなことだ。手紙は毎週のように届いた」あたたかい声に変わっていた。「はじめは綴《つづ》りが間違っていたが、馬のこと、ドリーや父のことが書いてあった。不思議なもので、手紙で読む父は、わたしが覚えている父よりも愛情深かった」

「祖父には孫を溺愛する権利があるのよ」フィービーはジョナサンの腕から広い肩へ、そしてシャツの首元へと指を滑らせ、シャツをゆるめはじめた。クラバットはすでに彼がはずしていた。「あの子はあなたの前だと委縮するわね」

「その理由がわからないんだ。手紙ではなんでも話してくれるのに。自分が刺繍したものまで送ってくれた。しおりにして使っているよ」

「きっとあなたは手紙の中よりも威圧的なのよ。あの子と過ごす時間を持つといいわ」

フィービーは彼の腕をあげさせてシャツを脱がせた。

「なんと言えばいい？」

闇の中ではないという確信があれば、あきれて目をぐるりとまわしてみせるところだ。

「馬やトビーのこと、お父さまのことを話せばいいわ。子どもの頃のドリーのこと、それからお母さまについて覚えていることも。手紙を書くのとそんなに違いはないはずよ。アグネスの話だと、あなたは手紙の書き方を知っているみたいだから」

「当たり前だ」腹を立てたように言う。

「同じようにすればいいのよ」

「ああ、そうだな。きみはわたしをからかっているね、お嬢さま」

「少しだけ」フィービーはジョナサンの胸の突起に口をつけた。

ジョナサンが驚きをのみ込み、それがさざなみとなって体を駆け抜けるのが彼女にもわかった。大きく胸をふくらませませて息を吸っている。これが間違ったことでなければいいのだけれど。女性は恋人の体を味わったりしないのかもしれない。でも、わたしは今日の午後からずっとこうしたかった。

舌が触れたジョナサンの肌はしわが寄っていて、かすかに潮のにおいだけがした。小さな突起のまわりに円を描くように舌を走らせると、彼はふたたび息を吸った。ジョナサンが行ってしまったとき、フィービーはとても怖かった。彼の身も心配だったし、自分のためにも恐ろしかったのだ。ジョナサンを失いたくなかった。彼は仲間であり友人であり恋人だ。制約だらけの生活の中でもっとも大事な人だが、彼のほうがわたしをどう思っているかはわからない。好意と責任感――いやな言葉だ――は持っているだろうけれど、ほかには？ ジョナサンにとって、わたしは仕事として守るべき対象以上のものになったのかしら？ そうなりたい。わたしはジョナサン・トレビロンにあらゆるものを求めている。

残りの人生を彼とともに過ごしたい。

背筋を伸ばしてジョナサンの胸に両手を走らせ、ごわごわした胸毛とその下の丸みを帯びた筋肉に触れた。彼のすべてを知りたいという焦燥感に駆られる。フィービーの手は下のほうへ向かった。ここはまだ探ってみる機会がなかった。

「何を――」かすれた声でジョナサンが言いかけた。

彼女は手を止めた。「あなたに触れたいの。あなたのすべてに。かまわない？」

彼はフィービーの頬を撫でた。大きいけれど、とてもやさしい手だ。

「もちろんだ、フィービー」

そのやさしさが、焦りをやわらげた。微笑んでから探検を再開する。かたい肋骨を過ぎると毛はなくなったが、体の中心に細い線が腹部まで走っている。そのあたりの皮膚は驚くほどやわらかかった。

「どんな色なの、あなたの肌は？」

へその周囲を指先でなぞった。

彼の腹部に力がこもる。「白、かな？」

フィービーはかぶりを振った。「わたしがききたいのは、もともと色白なのか、それとも服の下も少し黒っぽいのかよ」

「どちらかといえば黒っぽいだろうね」愉快そうな声でジョナサンは答えた。「もっとも太陽に決してさらされない部分だから、比較的黒いとしか言いようがないが」

フィービーは小さくうなってから、ブリーチの腰の部分に手を伸ばした。

その手にジョナサンの手がかぶさったが、フィービーは彼を制した。「わたしの手でやりたいの。いいかしら？　お願い」

「そんなに丁寧に言われると断れないな」ジョナサンはかすれた声で言うと手を離した。

フィービーの指は、そこにあるはずのボタンを求めてさまよった。布越しに彼の体に手が触れる。かたい腿、両脚の付け根、その真ん中の男性の証。手が何度かそこをかすめた。やっとのことでボタンを見つけると手早くはずした。

「脱いで」ブリーチを引っ張りながら言う。

彼はベッドから腰を浮かせると、ブリーチと下着を取り去った。

ジョナサンの腿に手を置く。胸ほど濃くはないけれど、そこにも巻き毛が生えていた。手を上に動かすと、傾斜した腰の筋肉にたどりついた。次第に荒くなる彼の息を聞きながら筋肉を下に向かってたどり、茂みに触れる。弾力のある感触にそそられて、そこを愛撫したくなった。

けれど、その下にあるものにはさらにそそられる。

それはなめらかで熱く、フィービーの手のひらにちょうどおさまった。指を走らせて、驚くほどのかたさ、そしてしなやかな皮膚の感触を楽しむ。先端のふくらみのまわりを指でなぞってみた。先端が濡れている。そこを指でさすると、小さな穴が見つかった。

フィービーの手は、いま来た道のりを逆にたどった。高まりはさらに大きくふくらみ、ジョナサンの腹部に当たっている。息を吸うと、静かな部屋の中でめまいがするほど濃厚な麝《じゃ》香《こう》の香りがした。

「痛いの？」フィービーは尋ねた。「こうなったときは」

「かたくなったとき？」低くて穏やかな声だった。「痛くはないよ。だが、欲望を感じる」

フィービーの手が止まる。「何に対する欲望？」

「きみだ。きみだよ」

そしてジョナサンは彼女を引き寄せて唇を重ねた。フィービーは半ば覆いかぶさる形になり、彼の胸に当たって胸のふくらみが押しつぶされた。熱く執拗なキスをしながら、片手で彼の高まりをさする。これが欲望なら、自分も同じものを感じていた。胸の先端の痛みに。体の芯のうずきに。

不意に彼がキスをやめた。「脱いでくれ、フィービー」

ジョナサンの手を借りてシュミーズを脱ぐと、彼女も全裸になった。

「おいで」ジョナサンがフィービーの脚をつかんで言う。「こんなふうに」彼は自分の上に彼女をまたがらせた。秘めやかな場所があらわになる。「きみがよければ、こうやってわたしにのるといい」

「あなたにのる？」思わず笑みがこぼれた。「馬に乗るみたいに？」

「わたしはきみの種馬だ」声には愉快そうな響きがこめられていた。

かつてこの人を、ユーモアのセンスがないと思っていたのが不思議だ。

そしていま、もっとも親密な時間の中で自分だけにこの姿を見せてくれていると思うと、うれしくてたまらない。

「どうすれば――」声が詰まった。喉の、そして目の奥で感情がこみあげる。

「少し腰をあげて」彼はフィービーをひざまずかせた。「そのまま静かに、わたしの上におろしてごらん」

「あなたの上に……」腰をさげ、秘所にジョナサンの高まりが当たるのを感じた。手で探ってみると、彼が自分の手でそれを支えているのがわかった。フィービーはその手に手を絡め、彼のほうに体を押しつけた。

かたいものが入り口を押し広げていく。自らは何もしないで横たわっているジョナサンにまたがって、彼の欲望の証をわたしから受け入れているなんて。みだらだわ。

そう思うと、さらに潤いが増していく。

体を動かして角度を調整し、さらに腰をおろした。彼のものが奥まで滑り込んだ。大きくてかたい、歓迎すべき侵入者だ。

「ああ」フィービーはあえいだ。目に涙が浮かぶ。

「いいかい?」ジョナサンが低い声で言う。片手を彼女のヒップにまわし、円を描くように撫でた。

「わたし、どうしたら……」

「ここに手をつくんだ」彼はフィービーの両手を自分の胸に導き、少し前のめりにさせた。

「さあ、わたしを使ってくれ」

「使う?」ひどく恥ずかしいことに聞こえる。

「わたしを使うんだ。自分が達するまで、わたしにのるんだよ」

そんなにあからさまに言われたら……。フィービーは腰をあげてから、ふたたびおろした。

少し体を動かしてバランスを取り、彼自身が自分の中で動くのを感じながら太腿を締める。

そして上下に動きはじめた。まるで馬を駆るように、少しずつ速く。

うっとりするような感覚だった。彼のこわばりが体の中を上下に動く。ジョナサンの荒い息遣いに、彼を支配しているという喜びを感じる。

自分が完璧になった気がした。無敵になった気が。

「おいで、わたしのアマゾネス」彼はフィービーを引き寄せて、胸の先端を口に含んだ。その小さな一点で感じた歓びと痛みに、フィービーは正気を失った。震えながらジョナサンに腰を押しつけ、完全にわれを忘れた。全身の血管を熱が駆けめぐり、自分が燃えさかる星になったような気分で叫んだ。

ジョナサンがしっかりと彼女を抱きしめる。フィービーは彼の上で体を丸めて枕に顔を押しつけ、絶頂の余韻の中で荒く息をついた。ジョナサンが彼女のヒップを両手で押さえて、思いきり腰を突き出す。

ジョナサンのうめき声に、フィービーはぼんやりと彼の脚のことを思い出した。けれども脚のことを尋ねる前に、まだ腰を動かしている彼の体がこわばった。フィービーはジョナサンを包み込みながら、自分も一緒に感じようと力をこめた。彼の絶頂を感じようと。

彼の歓びを。

ジョナサンのすべてを。

16

馬が振り返ってコリネウスを見ました。馬は疲れきってぼろぼろでした。両脇腹には汗と泡が流れ、優美な脚は血まみれで皮がむけており、かつて誇りに満ちていた頭は低くうなだれ、白いたてがみは灰色になって垂れています。

「いいだろう」コリネウスは言いました。「勇敢な馬よ、おまえは忠実に仕えてくれたから、自由の身にしてやろう。だが、ひとつだけ頼みを聞いてくれ。おまえの名前を教えてくれるか？」……。

『ケルピー』

翌日の朝遅い時間、トレビロンは明るい中庭に立って、父親の馬のうちの一頭の手入れをしていた。雑用は自分がするとリードが言ったが、トレビロンは馬の世話をするのが好きだった。オーウェンが訳知り顔で微笑み、トレビロンに世話をまかせてくれた。いま、オーウェンは少し離れたところで、踏み台に座ってフィービーと話している。

トビーが吠えながら、家から彼女に向かって走っていった。

膝にのるには大きすぎるトビーが必死でフィービーの膝にのぼろうとするのを、トレビロンは見つめた。顔を舐められ、スカートを泥で汚されながら、彼女は笑っている。恋をするとはなんと奇妙なものだろう。三三年間、小柄でやさしくて面白くて激しくて頑固な女性の存在に気づくことすらなく生きてきた自分が、毎日彼女と言い争ったり、議論したり、ときには静かに座ったりして過ごしている。すべては今日につながり、自分にとってフィービーがすべてであるという悟りにつながる。わたしの世界から彼女がいなくなったら、空から太陽もいなくなるだろう。

あの小さな手でわたしに対してどれだけの力をおよぼしたか、フィービーは自分でわかっているのだろうか?

「フィービーが膝にのらせてくれるかどうか、トビーはいつまで経っても覚えようとしないみたい」アグネスが隣に来て言った。その話し方は驚くほど祖父に似ていた。

トレビロンは姪を見た。背丈は彼の肩までしかないが、この調子で伸び続けたら、じきにフィービーを越えるだろう。不意に胸が痛んだ。ここにいて、アグネスが大人の女性に成長するところを見守りたい。

気づくと、アグネスがこちらを見あげていた。「ジョナサンおじさん?」

ぼんやりしていると思ったのだろう。「ああ、なぜだかレディ・フィービーは犬が飛びのってくるのが好きみたいだ」

アグネスは疑うようにトレビロンを見た。「あの人は本当に公爵のお嬢さんなの?」

彼は笑いをこらえた。「間違いない」

「ふうん」まだ疑っているようだ。「おじいちゃんが、おじさんは公爵のお嬢さんとは結婚できないって言ってたわ」

トレビロンは顎をこわばらせて顔をそむけた。ずっと考えないようにしてきた問題だった。

「そのとおりだろうね」

「でも、おじいちゃんはいつも正しいってわけじゃないわよ。ギネビアは雄を産むだろうって言ってたけど、生まれたのはラークだったもの」アグネスはためらってから、切り札を出すかのように肩をそびやかした。「それにフィービーはおじさんのことが好きよ。ものすごく」

その〝好き〟が貴族の結婚にはまったく関係ないということを少女に教える必要はない。夢を壊してはならない。

トビーが膝から転がりおり、フィービーはよろめきながら立ちあがった。

トレビロンは彼女のもとに急ぎ、転ばないよう腕をつかんだ。

「アグネスはここにいる？　もっといろいろ見せてくれるかしら？」

これまでアグネスはふたりに敷地内を案内してくれた。トレビロンにすればよく知っている場所ばかりだが、今朝それを言おうとしたら、フィービーに肘で脇腹をつつかれた。

彼はアグネスに顔を向けた。「ほかには何がある？」

「荒野に岩があるの」姪は熱心に言った。「そこからだと何キロも先まで見渡せるし、いつも強い風が吹いているのよ」

「馬はわしが見ておきますよ」オーウェンが陽気に告げ、背中を向けて馬の世話をしに行った。

トレビロンは老人を見送りながら顔をしかめた。アグネスをがっかりさせたくはないが、荒野はハリエニシダや草がかたまって生えていて足元が悪い。歩きやすい場所とは言いがたい。

「レディ・フィービーが転ぶかもしれない。ほかのところを探そう」

アグネスの口角がさがった。「でも……」

「ジョナサン」フィービーが彼の腕に手を置いて言った。ふたりだけでいるとき以外に、彼女にクリスチャンネームで呼ばれたのはこれがはじめてだった。「行かせて。荒野に行ってみたいわ」

「けがをさせたくない」ぶっきらぼうに言う。

「わかっているわ」フィービーの笑みには愛嬌《あいきょう》があった。「でも転んだからといって、この世が終わるわけじゃない。わたしは転ぶかもしれない。いえ、きっと転ぶでしょう。でも、人は転ばずに生きていくことはできないのよ」

「フィービー……」彼女がけがをするなんて、口にするのもいやだった。それなら自分がけがをしたほうがいい。

「お願い」

そのひとことと懇願するような顔が、トレビロンの心臓に矢のように刺さった。

「わかったよ」

「やった！」アグネスが叫び、トビーが激しく吠えはじめた。「こっちよ」

トレビロンは片手に持った杖に体重を預け、もう一方の腕にフィービーをつかまらせて、姪のあとに続いた。彼も足元の悪いところは得意ではないのだ。フィービーと同じく、きっと転ぶだろう。

アグネスは門を抜けて牧草地を歩き、さらにまた門を抜けた。そこには荒野が広がっていた。ハリエニシダは膝まであり、黄色い小さな花が咲いているものもある。

「まあ、すてきだわ」フィービーはかがんで手で葉に触れた。

風が潮と海のにおいを運んでくる。アグネスの言うとおり、何キロも先まで見通せた。空はどこまでも青く、世界を包む円天井のようだ。トレビロンが深く息を吸って空気のにおいをかぐあいだ、フィービーは首をのけぞらせて太陽のほうを向いた。そのままのぼり続けると、広くて平らな場所に出た。地面のところどころから灰色の石が顔を出している。

フィービーがトレビロンに顔を向けた。「ひとりで歩いていい？　ほんのちょっとだけ。わたしがしたいことや行きたいところを、あなたが気に入らないことがあるのは知っているけれど」深く息を吸って続ける。「わざと危ないことをするつもりはないわ。ただ、自分にとって何が危険かを選ぶ自由が欲しいのよ。ジョナサン、わたしは生きたいの」

ジョナサンは反対しようとした。小道からはずれたら、障害となるものが多すぎる。だが、言葉をのみ込んだ。フィービーは自由を求めている。それは前から知っていたけれど、フィービーの兄に雇われる身としては、彼女を籠の中に入れておくのがトレビロンの仕事だった。だが、ウェークフィールド公爵はここにはいない。もっと大事なのは、自分はもうフィービーの動きを制限することが彼女を守る唯一の方法だとは思っていない点だ。たぶん彼女が正しいのだろう。生きるためには、人はときにつまずいたり転んだりしなければならないのだ。

フィービーに生きてほしかった。

深呼吸をしてから言う。「わかった」

彼女はおそるおそるトレビロンから離れた。トビーとアグネスは小道の先で止まり、見守っている。フィービーは息を吸い、太陽を見あげてから風に漂うカモメのように腕を大きく広げた。一歩、さらに一歩と進んでいく。

そしてつまずき、転んだ。

トレビロンは恐怖に襲われた。彼女は両手と両膝をついている。少なくとも手のひらをすりむいているに違いない。そして震えている。

「手を貸すわ」アグネスが叫んだ。

けれども、トレビロンは腕を伸ばして姪を制した。そして声が震えないよう、少し待ってから問いかけた。「フィービー、手を貸してほしいかい？」

「いいえ」フィービーは明るく答えた。顔をあげた彼女は笑っていた。「いいの、自分でなんとかできるから」

そして彼女はその言葉どおりにした。立ちあがり、つま先で地面を探って道を見つけると、ふたたび歩きだした。

トレビロンはフィービーから離れすぎないようにしてうしろを歩いた。手を貸したくなるのを何度も我慢した。本当は腕を取って導きたい。危険から守りたい。しかしフィービーを危ない目に遭わせないのがトレビロンにとって大事であるのと同様に、彼女にとっては自由であることが大事なのだ。

助けを得ないことが。束縛から逃れることが。

トレビロンはフィービーのあとを歩き、鷹《たか》のように見守りながら、彼女が転ぶのにまかせた。一回。二回。そのたびに声をあげそうになるのをこらえ、彼女を支えたり助け起こしたりしないよう自分を抑えた。

フィービーは転ぶたびに笑いながら立ちあがった。強い女性だ。

岩が突き出ているところまで着くと、トレビロンはもう我慢できなかった。

そっとフィービーの腕を取り、笑っている顔を自分のほうに引き寄せる。

「愛している」彼女の髪に向かってささやいた。「愛しているよ、レディ・フィービー・バッテン」

息をのみ、驚いて眉をあげているフィービーの美しい薔薇色の唇に、トレビロンはキスをした。情熱の印ではなく愛を捧げ、そして約束を表すキスだった。

そのときだった。ウェークフィールド公爵からの手紙を携えたトム・ポウリーがふたりを見つけたのは。

フィービーはギネビアとラークの馬房に立って耳を澄ました。ギネビアが餌を静かに食べる音と、ラークが自分の夕食である乳を吸う音がする。廏舎はあたたかく、静まり返っていた。馬のにおいが心を癒してくれる。

鋭い鳴き声とともに、トビーが息も荒く走ってきた。そのあとを追う足音も聞こえる。

フィービーが手をおろすと、濡れた舌が指を舐めた。

「帰らなきゃならないの?」アグネスがそっと尋ねた。

少女の小さな体がフィービーに押しつけられた。トビーも反対側に座って身を寄せてくる。しばらくのあいだ、ラークが馬房の中を駆けまわる音だけが聞こえていた。

「わたしの家はロンドンにあるのよ」やがてフィービーは言った。どう頑張っても、暗く沈んだ声しか出てこない。荒野での時間はとても幸せだった。自由になれた。そしてジョナサンがわたしにキスをして、愛していると言ってくれた。あのとき、自分はかぎりなく幸せだと思った。

人生で一番幸せな瞬間だった。

手紙を受け取ったとき、ここにとどまるようジョナサンに頼もうかと思った。手紙は兄からだったが、兄はそれをセントジャイルズに住むジョナサンの情報提供者、アルフを通じて送ってきた。アルフは秘密を守ったらしく、マキシマスはまだふたりの居場所を知らなかった。妹と連絡を取るのにセントジャイルズの浮浪児に頼らなければならないとは、兄はどんなに腹立たしかったことだろう。

フィービーたちがここにとどまれば、マキシマスは絶対に見つけられない。けれど、それは臆病というものだ。わたしは兄を心から愛している。二度と会えないとなったら、兄のこともほかの家族のことも恋しくなるだろう。それに家族に心配をかけたくない。

ただ……ロンドンに戻るということは、以前の生活に戻るということだ。

一度ドアが開いたのに、進んで籠に戻ることなどできるだろうか？

「ここで暮らせばいいわ」アグネスが言った。「部屋はたくさんあるもの」

フィービーは馬房の扉の上に置いた腕に頭をのせた。「そうできればいいのだけれど」

「じゃあ、そうして。うちはすごく広いのよ。寝室の半分も使ってないの！　おじいちゃんはあなたはジョナサンおじさんと結婚できないと言うけど、もし結婚したらおじさんの奥さんになるんだし、ふたりともここに住めるわ。あなたにいてほしい。ジョナサンおじさんにもいてほしいの」

その期待に満ちた口調に、フィービーの唇はゆがんだ。「おじさんとおじいさまがずっと一緒に暮らしたら、しょっちゅう怒鳴りあいが起きるわよ。それはいやでしょう？」

「あなたたちが来る前は、いやになっちゃうぐらい静かだったの」アグネスは考え込むように言った。「夕食のときは耳に綿を詰めればいいわ」

フィービーは疲れた笑いをもらした。「ずっとここにいたいけれど、わたしが決められることではないのよ。兄がわたしをロンドンに呼び戻しているの。男性が物事を決める世界ではこれがふつうなのよ」

「そんなのばかみたい」

「そうね」つぶやくように言う。「でも、たとえ兄にわたしを無理やり帰らせる力がなかったとしても、やっぱりわたしは帰ったと思う。ロンドンには友だちがいるし、家族もいるから」

「そうなの？」フィービーにコーンウォール以外での生活があると知って、アグネスは驚いているかのようだった。

「そうよ。まだ小さな甥がふたりいるの。あの子たちに二度と会えないのは悲しいわ」

「その子たち、ここに来られるかしら？」期待をこめてアグネスが尋ねる。「わたし、赤ちゃんが大好きなの。それに馬を見せてあげられるわ」

フィービーは寂しく微笑んだ。「赤ちゃんには遠すぎるわよ」

「あなたはまた来てくれる？」ひどく小さな声だった。

「わからない」絶望とともに答えると同時に、すぐそばで鼻を鳴らすような音が聞こえた。

「あら」アグネスがささやく。「ラークが扉の前に来ているわ」

フィービーはゆっくりと手を差し出した。そのとたん、やわらかい小さな鼻があたたかい息を吹きかけながら指に触れた。

子馬を驚かさないよう、彼女はじっと立っていた。いつまでもコーンウォールにいたい。心からそう思っていた。

「公爵閣下の手紙によると、誘拐犯は自白し、ニューゲート監獄に収監されて裁判を待っているそうだ」トレビロンは杖に寄りかかりながら言った。「レディ・フィービーを連れて、できるだけ早くロンドンに帰ってこいとのお達しだ。すぐに発《た》つ」

父はこちらに背を向けて立ち、書斎の窓から外を眺めるふりをしていた。

「彼女を連れていくんだな」

「ロンドンは彼女の故郷だからね」淡々と応えた。あまりに急な話だったので衝撃を受けていた。だが、心の準備を整えておくべきだったのだ。ウェークフィールド公爵がいずれ誘拐犯をつかまえるであろうことはわかっていたのだから。

そして、いつかフィービーを家族のもとに連れ帰らねばならないことも。

それが今日でなければよかったのだが。

「そしておまえもか?」父はこちらを向かなかったが、その背中がさらにこわばったように見える。「おまえにとってもロンドンは故郷になったのか?」

「わたしがここに帰ってくるかききたいのか?」用心深く尋ねる。父の問いかけはトレビロンの不意をついた。フィービーとロンドンのことまでしか考えていなかったのだ。

だがもちろん、それで終わりではない。彼女なしで生きていかなければならない。いずれにしても仕事を探す必要がある。

「帰ってきてもいい」父がゆっくりと言った。「フェアはもう、おまえを牢獄に入れようとしていないからな」

しばらく待ったが、父はそれ以上何も言わなかった。

「それは父さんからの招きではないね」

ついに父は振り向いてトレビロンを見た。「おまえが欲しいのはそれか、ジョニー？ 家に帰ってこいというわしからの招きか？」

トレビロンは父親の目を見つめた。「たぶん」

父は唇をかたく引き結んで目をしばたたいた。「わしはおまえを責めたことはない。あの事件が起こったときは怒鳴ったし、何か言ったかもしれない。だが、それは怒りからだ。あれはおまえのせいではなかった。それはわしにもわかっている」

トレビロンは目を伏せた。わたしのせいではなかったのだろうか？

父は静かにうめいて椅子に沈み込んだ。「人は一生のうちに何度も間違いを犯す。ささいなものから、すべてを変えてしまうような大きなものまで。それを忘れて前に進むのがこつだ。決して変えられない過去のことにこだわっていてはおしまいだからだ」

トレビロンは唇の片端をあげて微笑んだ。「年を取って賢くなったんじゃないか、父さん？」

父も同じように微笑んだ。「ああ、たしかに」

トレビロンはゆっくりとうなずいた。「それならたぶん帰ってくるよ」

父は自分の手を見おろした。「彼女は家族のもとに返すのが一番だ、ジョニー。おまえの母さんは――」顔をしかめて続ける。「若いときは、そりゃあきれいだった。わしには若すぎたのに、わしは自分を止められなかった。結婚したあと、母さんは恋い焦がれた。気難しくなくて、年も取っていない夫にな。わしの過ちを繰り返すな、ジョニー。不幸な妻は不幸な結婚を生む」

「心配しなくていい。わたしが犯す過ちはすべて自分の過ちだ。それに――」穏やかに、だがしっかりと父の目を見つめる。「わたしは父さんじゃないし、フィービーは母さんじゃない」

三〇分後、トレビロンは馬車のカーテンを開けて、アグネスと泣いているドリー、父、オーウェン、ベティ、そしてトムに向かって手を振った。トビーが吠えながら馬車のあとを走ったが、じきにその短い脚ではついてこられなくなった。

馬車が角を曲がって家が見えなくなると、彼はカーテンをおろした。

泣きはらした目を赤くして向かいに座っているフィービーを見ながら、心から思う。今後自分が犯す過ちは、いいものも悪いものも、小さなものも地面を揺るがすほど大きなものも、すべて彼女に関わるものだろう。

17

コリネウスが馬の首から鉄の鎖をはずすと、馬は彼の目の前で、白く長い髪と目尻のあがった緑色の目を持つ、完璧で美しい乙女に戻りました。

「わたしの名前はモーベレン」彼女は言いました。

コリネウスはその手を取りました。「今夜はわたしと一緒にいてくれ、モーベレン」

彼女は承知し、ふたりは砕ける波の音を聞きながら、海岸で愛を交わしたのです……。

『ケルピー』

フィービーには夜と昼の区別がつかなかったものの、とにかく馬車は何時間も走り続けたあと、ようやく宿屋で止まった。

ジョナサンの腕に手をかけ、彼女はくたくたになって馬車をおりた。もう身を隠す必要もないし、誘拐犯から逃げているわけでもないので、夫婦のふりを続ける理由はない――彼はそう言った。

けれども、彼の母親の指輪はまだ返していない。

いま、フィービーはその指輪をお守りのように親指でひそかに撫でていた。これを指にはめていることにすっかり慣れていた。礼儀をわきまえた女性なら、ジョナサンに返すところだろう。

でも、そうしなかった。

宿屋はコーンウォールへ向かうときに泊まったところよりも広いようだった。馬車の馬を替える男たちの声や犬の吠える声、疲れた旅人たちの言い争う声が聞こえた。

「すみません」建物に向かいながら、リードが言った。「食事用の個室は全部埋まってました」

「それならふつうの食堂で食べればいい」ジョナサンが応える。「それともそれぞれの部屋に運んでもらったほうがいいかい、お嬢さま？」

それぞれの部屋ですって？　今夜は別々に寝るつもりなの？　それにもうひとつ気になることがある。ジョナサンはまた、わたしを〝お嬢さま〟と呼ぶようになった。それが腹立たしい。「いいえ。食堂で食べましょう」

ふたりは牛肉を料理するにおいと客のおしゃべりに満ちた食堂に入った。ジョナサンにテーブルまで導かれると、フィービーは木製のテーブルに指をつきながら座った。

「何にします？」しわがれた女性の声が尋ねた。

「ふたりに牛肉料理を。ふた皿だ」ジョナサンが注文する。

「わかりました」足音が遠ざかっていった。

フィービーは首をめぐらしてにおいをかいだ。火の煙のにおいのほかに、紳士たちが楽しんでいるパイプの煙のにおいもする。どこか近くに、生まれてこのかた一度も体を洗ったことがない人がいるようだ。

ビールのジョッキが彼女の前に置かれた。

「どうぞ」さっきと同じ女性が言った。「ああ……彼女、目が見えないの？」

フィービーは微笑んだ。「ええ、わたしは――」

「そりゃあ、大変なお荷物ね」女性が気の毒そうに言う。「目の見えない奥さんとは。旦那さん、あなたに神のお恵みがありますように」

給仕の女性がふたたびテーブルから離れたとき、フィービーは自分が黙ったまま口を半ば開いているのに気づいた。誰もがわたしを見つめているのかしら？　いまの女性と同じように、気の毒な旦那さんだと思いながら。

「くそっ」ジョナサンが小声で悪態をついた。「気にするな。フィービー、わかっているだろう？　きみがお荷物などではないことを。どんな男だって、きみが妻なら鼻高々だ」

フィービーは微笑んだが、弱々しい笑みだったかもしれない。「あなたはそう思ってくれる？」

「ああ」

ためらいなくきっぱりと答えた彼の言葉に、フィービーの体を喜びが駆け抜けた。

フィービーは身を乗り出した。「だったら、なぜ別々の部屋で寝ようとするの？」

「ビールを飲んでごらん」ジョナサンが言った。「カシの木みたいな色をしている。きっと気に入ると思うよ」

彼が質問に答えなかったことに気づかないほど、フィービーは愚かではない。

「ジョナサン――」

「さあ、どうぞ」さっきの女性がテーブルに皿を置いた。

手で探ると、白目《ピューター》の皿と、グレービーソースのかかったあたたかい肉に指が触れた。

女性が舌打ちした。「彼女ったら、小さな子どもみたいね。料理に指を突っ込むなんて」

フィービーは凍りついた。

ジョナサンのうなる声と、硬貨のちゃりんという音が聞こえた。「今夜はもうきみの助けはいらない。消えてくれ」

女性は怒って去っていった。

フィービーは指を舐めてからフォークを手に取った。頬が赤くなっているのがわかったが、背筋を伸ばして、料理にフォークを刺した。

ジョナサンが小さく笑い、彼女は手を止めた。

彼の低く親しげな声が聞こえた。「きみはまるで王女さまみたいだ。知っていたかい？きみに話しかける度胸が彼女にあったなんて驚きだよ。だが、たぶんきみのことをちゃんと見ていなかったんだろう。ちゃんと見ていれば、きみが誰だかわかったはずだ。小さなアマゾネスの王女さまだとね」

大げさだがやさしい言葉に、フィービーは思わず微笑んだ。「買いかぶりよ」

「いいや」ジョナサンの返事は確信に満ちていた。「きみが入ってきたとたん、男たちはみんなきみを見た。目が見えないからじゃない。きみの美しさを見たからだ。きみの笑う顔を見たら、男なら誰だって触れてみたいと思うよ」

フィービーは真っ赤になった。

「だがさらにじっくり見た数人は、ほかにも気づいたことがあるはずだ。きみは毎日困難に直面しながらも、笑ってそれを切り抜ける女性でもある。きみの強さと忍耐力に、彼らは圧倒されているだろう。さあ」ジョナサンはあたたかい大きな手で、フィービーの手を取った。「ビールを飲んでごらん」

フィービーは唇についた泡を舐めながらビールを飲んだ。

「どうだい？」これまでよりかすれた声で彼が尋ねる。

「好きだわ。とても好きな味よ。ウェークフィールド邸に帰ったら、毎食マキシマスにビールを注いでもらおうかしら」

ジョナサンはむせた。「きみがそう切り出すときの公爵閣下の顔が見てみたいよ」

フィービーは顎をあげた。「兄がわたしみたいに世慣れしていないのは、わたしにはどうしようもないことだわ」

彼は声をあげて笑い、フィービーはいつになく自分の冗談に満足した。

料理は特別おいしいわけでもなかったが、一緒に食べる相手がよかったので、食事が終わるとフィービーはがっかりした。ジョナサンは宿屋の主人と話しに行き、フィービーはしばらくひとりで座ったまま、皿の縁を指でなぞりながら物思いにふけっていた。

「おいで」ジョナサンが戻ってきて、やさしく声をかけた。フィービーに手を貸して立たせる。「きみの部屋に連れていってあげよう」

フィービーは無言でうなずいた。あと一日かそこらでロンドンに着く。今夜別々に寝るのは時間の無駄に思えた。

足の下でぎしぎしと鳴る木製の階段をのぼっていく。宿屋の奥へ向かうにつれて、食堂の声が聞こえなくなっていった。

「たいした部屋ではないが――」ジョナサンがドアを開けた。「主人の言い分では、この宿で最上の部屋らしい」

片方の手でフィービーの腕をつかんだまま、彼は部屋の中に入った。

そしてドアを閉めた。

フィービーはジョナサンのほうに向き直った。「あなたにも部屋があるんじゃないの？」

杖が音をたてて床に落ち、彼はもう一方の腕もつかんでフィービーを引き寄せた。

「そのつもりだった。しかし、主人には間違いだったと言った。わたしの部屋はいらないとね」

「まあ。うれしいわ」

フィービーは手を伸ばしてジョナサンの顔を包み、自分のほうに引きおろしてキスをした。

彼の唇を舐め、半ばすすり泣きながら口を開く。彼が欲しくてたまらない。今夜も、いつでも。

「フィービー」そのうなるような声は、これまで聞いたことがないほど低かった。

いきなり抱きあげられて、世界がまわったような気がした。フィービーはジョナサンの肩をつかんだが、キスはやめなかった。彼はやすやすとフィービーを抱いたまま歩いた。やわらかいところにおろされる。ベッドに違いない。ただし座っているのはその端で、足はぶらぶらと垂れていた。

「ジョナサン？」そう問いかけたが、彼がどうするつもりか本当は気にならなかった。

彼はフィービーのボディスのひもをほどきはじめたものの、途中でもどかしくなったらしく、それをやめてスカートを押しあげた。

シルクに包まれた脚からむき出しの腿へと両手を滑らせる。

「あの晩、靴とストッキングを脱いだとき、きみはわたしに何をしたかわかっているか？」

ジョナサンはうなるように言った。

「い……いいえ」フィービーはボディスの留め金をはずそうとしていたが、彼の口調に手を止めた。

ジョナサンの手が腿の上まで到達し、広げた指が彼女の丘を包んだ。

「このすぐそばにいたのに、わたしは見ることも触れることもできなかった」

「まあ！」いま、彼はわたしを余すところなく見ている。自分が異教の神への捧げ物のように思えた。

「ボディスとコルセットを開いてくれ。きみの胸も見たい」

フィービーは息をのみ、その言葉に従った。見られていると思うと興奮する。ジョナサンはボディスとコルセットを脇に押しやり、シュミーズを少しゆるめて胸の下まで引きおろした。

冷たい空気が胸を撫でる。

仰向けになると、ジョナサンが両手で彼女の脚を大きく開かせた。

「なんてきれいなんだ」彼はつぶやき、一本の指でそっと秘所をなぞった。「これが好きか？気持ちがいいかい？」

フィービーはのけぞり、後頭部をベッドに押しつけた。「ええ」

彼の指が襞を開いて、入り口に円を描く。「濡れている」

手が離れていき、彼女は息を切らして待った。夜気がほてった肌を冷やしてくれる。

服を脱ぐ音がしたと思ったら、ジョナサンの体が彼女を包み込んだ。

そして彼はフィービーの中に身を沈めた。

突然の交わりに彼女はあえいだ。ジョナサンは一度、二度と腰を動かして、フィービーの中にすっぽりとおさまった。

そこで動きを止めた。

「あの馬車の中で、一日じゅうこのことを考えていた」彼が耳元でささやく。

熱く濡れた口が、片方の胸の頂を強く吸った。快感のあまり、フィービーは甘い声をあげて彼の頭をつかんだ。うしろで三つ編みにしてある髪に触れる。

ジョナサンはまだ上着とベストを着ていた。

彼がもう一方の胸を手で包み、先端を吸いはじめると、フィービーはもう何も考えられなくなった。

声をあげまいとして唇を噛む。とてもいい気持ちだ。そのとき彼女は気づいた。胸を愛撫するあいだ、ジョナサンはフィービーの中に入ったままだった。かたくて太いものが彼女を満たしている。

ジョナサンが口を離して両方の胸の頂を親指ではじき、彼女はあえいだ。「お願い」

彼が低い声で笑う。「きみは本当にきれいな胸をしている。知っていたかい？　豊かで丸く、先端は大きくて薔薇色だ。実際に見る前も、わたしはきみの胸を夢に見た。きみの胸のことを考えながら、自分の胸に触ったこともある」

フィービーは歯を食いしばった。彼がわたしのことを考えながら、そんなみだらなことをしていたなんて。「まあ！」

もう待てなかった。秘所は潤い、開いて脈打っている。ジョナサンに動いてほしかった。あの夢のような感覚をまた与えてほしい。

フィービーは彼の腰に脚を巻きつけた。

今度はジョナサンがあえぐ番だった。

彼女の胸から離れ、肩の両脇に手をつく。そして一度腰を引いてから、ふたたび中に押し入ってきた。

強く。

フィービーはうめいた。とても親密で、とても美しい瞬間。彼の肩につかまろうとしたが、肩はまだシャツに覆われていた。

彼の素肌に触れたい。

ふたたびジョナサンが力強い動きで貫いた。ベッドが揺れている。

フィービーは彼の顔に指を触れ、ちくちくする無精ひげ、額とこめかみを濡らす汗、開いた唇、強く吐き出される息を感じた。

動きが次第に速くなり、彼女はジョナサンを自分の上に引き寄せて、唱えるように繰り返した。「いいわ、いいわ、いいわ」

彼の濡れて開いた口がフィービーの口に触れた瞬間、彼女はジョナサンの身震いを感じた。最後にもう一度強く彼が突き入れたかと思うと、男の精が熱くほとばしった。

唇を重ねたまま、フィービーはジョナサンの腕の中で体をそらした。満ち足りた気分で、新たな歓びに震えながら。

翌日、馬車の向かいの席で眠るフィービーを見つめて、トレビロンは彼女から離れることはできないと悟った。

フィービーなしでは生きていけない。

彼女が承知してくれたら、妻にしよう。

そう決めると心に平安がもたらされた。同時に数々の問題も。中でも大きいのが、ウェークフィールド公爵のことだ。どう考えても、公爵がトレビロンを妹にふさわしいと思うはずがない。

フィービーを家族から引き離すつもりはなかった。駆け落ちなどしたら、彼女は見捨てられる。姉や友人たちといるときの笑顔の彼女を見てきた以上、そんなことはできない。

なんとかして、ウェークフィールド公爵相手にフィービーへの求愛をするつもりだ。

トレビロンは顔をしかめて窓の外を見た。交通量の少ない道筋を選ぶ必要がなくなったため、思ったよりも早くロンドンに近づいている。さらに途中の宿屋で馬を替えれば、リードはもっと速く馬を走らせることができる。

ウェークフィールド公爵からの手紙はひどく曖昧だった。誘拐犯の名前や動機はおろか、どうやってつかまったかすら書かれていなかった。

明日にはロンドンに着き、そして……。

わたしはフィービーを彼女の兄のもとに送り届け、公爵の正当な怒りに耐えなければならない。

まったく。無理な仕事に手を挙げてしまったものだ。

フィービーが何かつぶやいてあくびをしてから、体を起こして座り直した。

「ジョナサン？」

「ここにいる」

「よかった」彼女は座席の背にもたれた。「今夜の宿まではあとどのくらい？」

彼は太陽の位置を確認した。「あと数時間だ」

フィービーは何も言わずにうなずいた。

説明のつかない居心地の悪さに襲われて、トレビロンは咳払いをした。

「思ったんだが……」

「何？」彼女が首をかしげる。

「その……ロンドンに戻ったら、一度きみに会いに行きたいんだ。きみがいやでなければの話だが」

フィービーの顔にまばゆいばかりの笑みが広がった。「何よりもうれしいことだわ」

彼女には見えなくても、笑顔を返さずにはいられなかった。「そうか？」

「ええ、そうよ、トレビロン大尉」からかうように言う。「けれど、兄にもきかなくていいの？」

「公爵閣下に立ち向かう前に、きみに確認しておいたほうがいいと思ってね」

「賢明だわ」フィービーはうなずいてから、またあくびをした。「眠くてたまらないけれど、この馬車のクッションは全然クッションっぽくないわね」

「では、わたしが手を貸そう」トレビロンは彼女の側に移って抱き寄せた。「寄りかかるといい」

「ええ」フィービーは彼の肩に向かって眠そうにささやいた。「あなたもクッションっぽくはないけど、とても気持ちがいいわ」

そう言われて、トレビロンは心から満足した。

馬車からおりると、フィービーはこっそり伸びをした。一日じゅう座っているというのは本当に疲れるものだ。

宿屋はゆうべ泊まったところとよく似ていた。混雑しており、庭は馬と肥やしのにおいがして、中にはあたたかい料理があった。昨夜と同じく、木製のテーブルをはさんでジョナサンと向かいあって座った。これがふたりで過ごす最後の夜になるかもしれない。たとえマキシマスがジョナサンの求愛を認めたとしても、またふたりきりにさせてもらえるまでには長い時間がかかるだろう。

だから夕食後、フィービーがビールを飲み終え、リードが心地よく眠れるようジョナサンが取りはからい、ジョナサンが彼女を部屋まで導いてベッドと暖炉の場所を教えてくれたあと、フィービーは彼の手を取った。

「わたしを愛して」それは誘いでも、お願いでもなかった。命令だった。

彼女はつま先立ちになってジョナサンの頭を引き寄せ、口をぶつけるようにしてキスをした。この一週間でキスの練習をしてきたけれど、いましているのは上品なキスではない。欲望に駆られた口と口のぶつかりあいだった。

〝最後の夜になるかもしれない。最後の夜になるかもしれない、最後の夜になるかもしれない〟

頭の中で不吉な言葉が繰り返される。急に時間がなくなったため、フィービーにはまだ心の準備ができていなかった。ジョナサンと離れると思うと耐えられない。ロンドンとマキシマスがどんななりゆきをもたらすかわからないことに耐えられない。

明日はあっというまに訪れてしまう。

ジョナサンが止めようとするのもおかまいなしに、手探りで乱暴にブリーチを開いた。彼はまさかフィービーが膝をつくとは思っていなかったようだ。ブリーチを開いて手を差し入れ……。

「フィービー。何をするんだ、フィービー」

彼女の手がこわばりを探り当てたとたん、ジョナサンの言葉はうめき声に変わった。とてもあたたかい。熱い。それに顔を押しつけてにおいをかいだ。ジョナサン。わたしの恋人。わたしのもの。

脈動が頬に感じられ、フィービーはそこにキスをした。口を開けて塩辛さと男性の味を楽しむ。

上のほうから、またしてもうめき声が聞こえてきた。

目が見えないことで面白いのは、ときどき耳まで聞こえないと思われてしまうことだ。まったくばかげた勘違いなのだけれど。以前、ふたりのメイドが話しているのを聞いたことがある。実に刺激的な話だった。

フィービーは下側にも舌を走らせられるよう、手で持ちながら彼を味わった。ジョナサンが文字どおりよろめき、彼女の髪に手をやる。きつく握ったりはせず、それがフィービーを押さえるためなのか自分自身を支えるためなのか、よくわからなかった。わからなくてもかまわない。

先端のふくらみに達すると、口を大きく開いて彼をすっかり包み込んだ。

「フィービー。ああ、フィービー」頭上で狂おしげな声がささやく。

これはある意味、もうひとつの行為よりも親密だった。ジョナサンのもっとも男らしい部分を口に含むというのは。口はしゃべったり食べたり、もっと文明的なことをするためのものだ。

この行為はとても文明的とは言えない。

フィービーは先端に舌を這わせて、そのなめらかさを堪能した。

そして吸った。

ジョナサンが声をあげる。自分が非文明的な行為によって彼に――こんなに強く、勇敢な男性にわれを忘れさせたことを知り、フィービーは心からうれしかった。彼は言葉にならない声を発している。わたしが口でやさしく愛撫しているから。

不意にジョナサンが動き、彼女の腕をつかんで引きあげた。フィービーは一瞬、こんな向こう見ずなことをした自分を彼が突き飛ばし、部屋から出ていくのではないかと恐れた。けれどもジョナサンは何かつぶやきながら彼女をベッドまで連れていき、横たわらせた。「なんてことをするんだ」彼はフィービーに覆いかぶさり、脚を開かせた。「いったいどこで習った？　いや、言わなくていい。聞いたら眠れなくなりそうだ」スカートをあげ、ウエストまであらわにする。「きみへの思いを抑えられるとなぜ思ったのか、自分でもわからない。何事もなくすむとなぜ思ったのか」

何か言おうとフィービーは口を開いたが、彼が下に移動して親指で襞を開き、そこに顔を近づけて舌を這わせた。

ああ！　こんな感覚ははじめてだ。敏感すぎる部分への甘美な拷問。彼女は背中をそらし、思わず腰を動かした。だが、ジョナサンが両手を腹部に当てて押さえた。

舌と唇を使い、身を震わせているフィービーの秘所を崇拝するように愛撫する。一週間前の彼女なら、こんなことを考えるだけで恥ずかしくて生きた心地がしなかっただろう。けれどもいまは、彼の愛撫を楽しんでいる。

短くあえぐうちに肺の空気が足りなくなった。自分の髪をつかみながら、ジョナサンにやめてほしい、いえ、続けてほしいと願っているうちに、彼女は炎の中にのぼりつめた。

ジョナサンがやさしく舌を走らせ、同時に親指を差し入れる。

一瞬、星が見えた。見えない目の裏で明るい光がまたたき、火花を散らす。そして彼女は爆発した。

フィービーがまだ震えているあいだに、ジョナサンは体を起こし、彼女の中に身を沈めて、脚を自分のウエストに巻きつけるよう促した。

「フィービー」激しく腰を動かしながら、耳元でうなるように言う。「フィービー。きみのことが頭から離れない。きみはわたしを駆り立てる。わたしはきみのものだ。わたしは――」

背中をそらし、ジョナサンは奥まで貫いた。フィービーの上で、彼の大きな体が震える。

彼女はジョナサンの肩をつかんで引き寄せ、精を放つ彼のうめき声をのみ込むように唇を重ねた。

やがて彼は動きを止めると、フィービーの横に仰向けになり、しわがれた声でささやいた。

「きみはわたしをめちゃくちゃにした。きみがいなければ、息すらできるかどうかわからないよ。きみなしでどうやって生きていけばいいのかわからない」

「じゃあ、そうしなければいいわ」永遠の闇に向かって、フィービーはささやいた。「そうしなければいいのよ」

彼が恋に落ちたのなら、わたしもそうだ。

ジョナサン・トレビロンを愛している。

朝になり、モーベレンは起きあがりました。そして姉妹たちが呼ぶ海とコリネウスを見比べてから、彼のほうに手を差し伸べました。「わたしと一緒に来てくれる？」「行けるわけがない」コリネウスは笑って言いました。「わたしは新しい王国を勝ち取ったのだ」

彼女は悲しげな目になってから、背を向けて青い海に入っていきました。水が腰の高さまで来たとき、モーベレンは言いました。「気が変わったら、わたしの名前を呼んで」

そう言うと、波の中に飛び込んだのです……。

『ケルピー』

18

翌日の遅い時間、トレビロンは過去数カ月間そうしてきたように、ウェークフィールド公爵の書斎で直立不動の姿勢を取った。妙な気分だ。フィービーと一緒にコーンウォールに滞在したのは夢だったのかもしれない。現実ではなかったのかもしれない。

だが、フィービーと愛を交わしたことはそうではない。彼女を愛していることも。そして彼女のためなら決死の覚悟で闘うつもりであることも。

「きみは――」公爵が机の上で両手の指を合わせ、怖いほど静かな声で言った。「どういうつもりなのだ？ わたしの妹を連れて姿を消すとは。妹をわたしから隠し、あの浮浪児にしか居場所を教えないとは」

「彼女を守っているつもりでした」トレビロンはしっかりと相手を見つめて答えた。

「家族から守るのか？ わたしから？」公爵の冷たい視線は、沸騰している湯を氷に変えられそうなほど冷たかった。「厚かましいにもほどがある」

「メイドが彼女の動きを誘拐犯に伝えていました」なんとか落ち着いた声を保とうとしながら言う。「このお屋敷には何人密偵がいてもおかしくありません」

ウェークフィールド公爵の斜めうしろで、従者のクレイブンが大きく咳払いした。

公爵が腹立たしげに顔をしかめる。「少なくともその点ではきみが正しかった。邸内にもうひとり密偵がいたのだ。厩番のひとりが、ミスター・フレデリック・ウィンストンから金をもらっていたことを白状した。この名前は聞いたことがないだろう？」

トレビロンはうなずいた。

公爵は肩をすくめた。「スポーク伯爵の次男で、ウィンストンには多額の借金がある。問いつめたらすぐに白状したよ。持参金目当てにフィービーと無理やり結婚しようとしたのだろう」上唇がゆがんだ。「父親がわめいたり脅しをかけたりしているいまも、ウィンストンはニューゲート監獄で過ごしている。彼には国外に出るか縛り首のどちらかを選べと言ってある。近々やつの背中を見ることになるだろう」彼は両手を机についた。「だが、それできみのしたことが許されるわけではない」

「そうでしょうか?」トレビロンは片方の眉をあげた。「もしロンドンにとどまっていたら、レディ・フィービーはまた誘拐されたかもしれません。わたしは彼女を守るために——」

「その結果、妹の名を汚した!」公爵は大声で言いながら机を叩いた。「何を考えていたのだ? 街の半分が妹の噂でもちきりだぞ」

「わたしはフィービーの命のほうが名前よりも大事だと考えていました」吐き出すように言った瞬間、過ちを犯したのを悟った。

「フィービーだと?」ウェークフィールド公爵の目が細くなった。「どういう了見で——」

「彼女の身を守ったのは自分だという了見です」声が次第に大きくなっていた。「彼女を危険から守ったのはわたしで——」

公爵が今度ばかりはクレイブンの咳払いも無視して立ちあがった。「首だ」

「いいえ」食いしばった歯のあいだから言う。「フィービーとわたしはわかりあっています。明日、わたしは彼女を訪ね——」

「金目当てのとんでもない盗人だな」公爵は怒鳴った。「わたしの目の前から消えろ」

「二度と——」トレビロンは言った。「二度と妹君をおとしめるようなことは言わないでいただきたい。わたしはフィービーの金ではなく、彼女自身を愛しているのです。あなたが彼女と縁を切るというなら、わたしが面倒を見ます」

「出ていけ。わたしは妹と縁を切るつもりはないし、きみは二度と彼女には会えない」

「教えてください、公爵閣下」静かに言った。「あなたが心配しているのは妹君のことですか？　それともご自分の名声のことですか？　自信を持って言います。フィービーが安全なのは、わたしがいるからです。噂がなんだというんです？」

ウェークフィールド公爵はトレビロンを見つめた。

トレビロンはうなずいた。「美術品みたいに扱われたくないと、彼女が話してくれたことがあります。そのことをよく考えてみてください」

そう言うと背を向けて、脚を引きずりながら廊下へ向かった。

フィービーはすでに自室へ戻されている、休んで疲れから回復するためだろうが、もしかしたらウェークフィールド公爵は鍵をかけて彼女を閉じ込めるかもしれないという気がしてきた。公爵がそこまでの暴君とは思わないけれど、貴族社会ではもっとひどい話も聞いたことがある。

玄関に向かう途中で、公爵夫人が居間のドアの前に立っているのを見つけた。「奥さま」

「ミスター・トレビロン」グレーの瞳は心配そうだった。「怒鳴り声が聞こえましたけど」

「ええ」トレビロンは短く答えた。

公爵夫人が口をきゅっと引き結ぶ。「夫はフィービーのことをとても心配していたんです」

トレビロンは首を傾けた。「閣下はすでにわたしを首にして、二度と戻ってくるなとおっしゃいました」

「ますます愚かね」その言葉に執事のパンダースがはっと息をのんだ。彼女はそちらをちらりと見た。「あなただって、そう思っているくせに」

執事は目をしばたたいた。「そんなことは申しあげられません、奥さま」

公爵夫人が鼻で笑う。「それはそうよね。誰も言えないわ。でも、わたしは言うわよ。フィービーはあなたがいると生き生きするんです、ミスター・トレビロン。わたしにはわかりますし、ほかのみんなもわかっています。頑固なわたしの夫もね。それを覚えておいてください、大尉。お願いですから」

トレビロンはお辞儀をした。「ありがとうございます、奥さま」

そして向きを変えると玄関に向かった。

公爵夫人からはあたたかい言葉をもらった。これは大きな意味がある。だが、それですべて解決というわけにはいかない。何しろウェークフィールド公爵の承認がなければ、フィービーを永遠に失うことになるのだから。

その晩、フィービーは自分の寝室で、膝の上で手を組みながら座って考えていた。

自分の人生のことを。

ジョナサンのことを。

ジョナサンがいない人生のことを。

陛下の怒鳴り声は聞こえていたし、先ほど風呂の湯を運んできたメイドたちのひそひそ話も聞こえていた。悲しいことに、フィービーは驚かなかった。ジョナサンは頑固で勇敢だが、マキシマスのことは生まれたときから知っている。深く愛しているけれど、兄に対する幻想はない。

兄はわたしに求愛するのが誰であっても、いい顔をしないだろう。それが貴族階級ではなく、もと竜騎兵だとしたらなおさらだ。

たぶんマキシマスは、わたしの置かれている状況をじっくり考えたことがないのだろう。人の身分や年齢は、わたしには関係ない。相手を見ることができないのだから。何を着ているか、どんなふるまいをしているかをひと目見て判断することができない。たしかにわたしはシルクや宝石を身につけているけれど、ウールやリネンが同じように心地よかったら——そちらのほうが心地いいこともある——シルクも宝石もなんの意味もない。わたしは根本的にふつうの貴族とは違う。

それなら、貴族が結婚するべき相手とは違う人を選んだっていいはずよ。

そのときドアをノックする音がした。

「どうぞ」

ドアが開き、聞き慣れた兄の足音がひとりきりの時間を邪魔した。「フィービー、おまえの護衛の候補が何人かいる。忠言が……おまえの意見を聞いて選んだほうがいいとの忠言があった」

彼女は眉根を寄せた。「護衛？　だけど、もう危険はないんでしょう？」

「あの誘拐犯による危険はない」わずかにいらだった調子で、マキシマスは答えた。「だが、ほかの危険が生じる可能性はいつだってあるのだ。それにもちろん日々の生活にも危険はある。追いはぎだの、混雑だのといったことだ」

フィービーは頭を垂れた。兄の言いなりになっていたら、いつまでも両手を縛られ、顔のないさまざまな男たちにお供をされながら生きていくことになる。それもこれも、わたしのためだと兄は言うのだ。

わたしを守るためだと。

その瞬間、彼女の中で何かがぽきんと折れた。マキシマスはわたしにとって何が最善かをいつもひとりで決めてしまう。それには本当にうんざりだ。

「いやよ」

「ひとり目は――」言いかけてから、兄は言葉を切った。「なんだって？」

「わたしはいやだと言ったの」礼儀正しく繰り返す。

「フィービー」公爵らしい厳かな声だった。その声に、彼女はこれまでずっと従ってきた。

でも、今夜は違う。

「いやよ」今度は礼儀正しくなかった。「わたしは自分の看守を選ぶ手伝いはしないわ、マキシマス。護衛なんていらない。いつも誰かがついてきて、どこに行っていいとか、どこに行ってはいけないとか指図されるのはいやなの。お兄さまに、あれをしなさい、これをしちやだめだとか言われるのはもうたくさん」

息が切れたが、思っていることを伝えられたという解放感でめまいがしそうだった。

「フィービー！」

「わたしは転ぶかもしれない。きっと転ぶわ。でも、ちゃんと立ちあがる。それができるんだもの。ダンスや旅行もするし、男性や、口をきくべきではない女性ともおしゃべりするわ。劇場の話や噂話でもちきりのサロンにも行くし、混雑した通りで、人にぶつかりながら買い物もする。飲みたくなったらビールも飲むし、きっとビールは好きになるわ」

フィービーは立ちあがった。多少ふらついたが、自分の足で立った。

「わたしの足元がおぼつかないのは目が見えないせいじゃない。目が見えないからひとりで生きられないだろうと、まわりのみんなが勝手に決めてつけているせいよ。つまずいたり、何かにぶつかったり、転んだり、けがをしたりするのは、すべてわたしがそうできるから。わたしは自由にそうしていいのよ、マキシマス。だってその自由がなかったら、わたしは鎖につながれたつまらない存在でしかないもの。もうそんな女にはならないわ。絶対に」

フィービーは使い慣れた椅子の背やテーブルを指でたどりながらドアへ向かった。兄はひとことも発しない。あっけにとられているのだろう。

ドアまでたどりつくと、あてつけるようにドアを開けてみせた。「それからもうひとつ。ジョナサン・トレビロン大尉と結婚するつもりよ。お兄さまの許可があろうとなかろうと。わたしは彼を愛しているし、彼もわたしを愛しているわ。計画をお兄さまに打ち明けたのは親切心からよ。そうすればお兄さまも心の準備ができるでしょう」

生まれてはじめて、ウェークフィールド公爵はとどめのひとことを口にすることなく部屋を出ざるをえなかった。

同じ晩、トレビロンは下宿の部屋で、冷たいスープという気のめいる夕食をとりながら、フィービーのことを恋しく思っていた。そのとき誰かがドアをノックした。

用心深く顔をあげ、目を細める。ロンドンには一二年いるが、いまだに知りあいは多くない。フィービーは安全なベッドに入っているはずだ。ウェークフィールド公爵がじきにもっと脅しをかけてくるのは間違いないものの、それには少し早すぎる気がする。公爵と会ってから、まだ数時間しか経っていないのだから。

トレビロンは拳銃を握って立ちあがった。

きしむドアを開くと、驚いたことにウェークフィールド公爵が立っていた。

しばらくのあいだ、トレビロンは何も言わずに相手を見つめた。

「入っていいか？」公爵が眉をあげて尋ねる。

黙ったまま、中に入るよう手で示した。

公爵は興味深げに部屋を見まわしてから、断りもなしにベッドに座った。

トレビロンは何か勧めようかと思ったが、冷めたタラのスープと安いワイン以外、何もなかった。

「ここへ来たのは……」いつもの誇り高い口調で話しはじめた公爵が、なぜかそこで言葉を切った。

今度はトレビロンが眉をあげる番だった。「閣下？」

「マキシマスだ」

トレビロンは首をかしげた。「いまなんと？」

「わたしの名前はマキシマスだ」疲れきった声で公爵は言った。三角帽を脱ぎ、ベッドの上に置く。「きみはジョナサンだったな？」

トレビロンは目をぱちくりさせた。「そう呼ぶ人はいません」嘘だった。家族とフィービーはそう呼ぶ。

公爵の唇の端があがった。「では、トレビロン」彼はため息をついた。「今夜、フィービーがわたしに講義をしてくれた。知っていたか？」

形だけの質問に聞こえたので、答える代わりにトレビロンも腰をおろした。

「一度も大きな声を出すこともなく」公爵は考え込みながら言った。「自分の権利について、長い弁舌をふるったよ」トレビロンの目を見る。「きみと結婚すると言った」

彼はうなずいた。「ええ、そうです、閣下。できればあなたに祝福されて」

「マキシマスだ」ぼんやりと言う。「フィービーもそう思っているかはわからないが、わたしは祝福するためにここへ来た」

トレビロンの眉が驚きにつりあがった。フィービーは兄に何を言ったのだろう？　それを聞こうと口を開きかけたとき、ドアが勢いよく開いた。

トレビロンは立ちあがった。そこにはウェークフィールド邸の従僕がふたり立っていた。

「閣下！」ハサウェイが叫んだ。「レディ・フィービーが連れ去られました！」

19

新しい国の王となったコリネウスは統治に手腕を振るい、国は繁栄しました。ですが、他国の支配者たちが結婚相手にと娘を差し出そうとしたにもかかわらず、コリネウスは決して妻をめとりませんでした。年月が経ち、コリネウス王のひげは真っ黒から真っ白に変わりました。

そして王はときどき夜中に、砕ける波と目尻のあがった緑色の目の夢を見るのでした……。

『ケルピー』

もうこんなことに慣れてもいいはずだわ――そう思いながら、フィービーは怪しげな男たちに囲まれて馬車の中に座っていた。ヘロを訪ねてマキシマスとのあいだの問題を話そうと思っただけなのに、ウェークフィールド邸の真ん前でさらわれてしまったのだ。

そしてまたしても、ロンドンのもっともいかがわしい界隈《かいわい》へと運ばれている。今回は少なくともふたつ、前と違う点があった。ひとつ目はフードをかぶらされなかったことで、それはとてもありがたかった。そしてふたつ目は、ミスター・マルコム・マクレイシュが一緒に座っていることだ。

こちらのほうはありがたいとは言いがたい。何しろミスター・マクレイシュは、フィービーと結婚するつもりでいるようだから。

「お願いです、レディ・フィービー」彼は言った。「こうするのが一番なんです。一生かけて埋めあわせをしますから。われわれは彼に逆らうことはできないのです。あなたには理解できない力を、彼は持っているのです」

フィービーはミスター・マクレイシュの手から指を引き抜いた。「わかりやすい言葉で説明していただかないと理解できません。あなたが恐れているのは誰なんです？　この人たちはあなたにも銃を突きつけているんですか？」

誘拐犯のひとりが声をあげて笑った。

「ある意味、そうだと言えます」ミスター・マクレイシュがこわばった声で答える。「わたしもあなた同様、被害者なのです」

「あなたを信じなくても許してくださいね」フィービーは言い返した。「誰があなたをわたしと結婚させようとしているんです？　なんのために？」

「わたしがあなたの面倒を見ます」ミスター・マクレイシュは質問に答えるのを避けた。

「何も求めなくても手に入るようにしてあげます」

「わたしが求めるのは、自分で決断を下すことです」そう応えたのと同時に、馬車ががたんと止まった。

一瞬逃げようかと思ったが、難しいのは明らかなうえに、自分を誘拐している男たちが怖くもあった。ウェークフィールド邸の外の通りでつかまったとき、彼らは発砲した。ハサウエイやパンダースが撃たれていないことを祈るばかりだ。

「おりる時間だ、お嬢さん」誘拐犯のひとりが言った。「声を出そうなんて考えるなよ」

その男がミスター・マクレイシュにはそんな忠告をしないことに彼女は気づいた。

ここは前回連れていかれたのとは別の場所らしい。フィービーは顔をあげて空気をかいだ。すぐそばで腐った野菜とジンのにおいがすると思うまもなく、地下室らしきところに連れ込まれた。

「ああ、来たね」洗練された声がゆっくりと言った。声には聞き覚えがなかったが、においは覚えていた。アンバーとジャスミンの、エキゾティックで珍しいにおい。

これとまったく同じにおいを最後にかいだのは、イブ・ディンウッディの家の外だった。

「あなたのせいじゃありません」ロンドンの街を走る馬車の中で、ジャン・マリーが慰めるように言った。「あなたには彼をどうすることもできないんですから」

「彼はわたしを利用したのよ、ジャン・マリー」イブは不安げに外の通りを見つめた。「何度も何度も。正気とは思えない計画をあきらめたと嘘をついたわ。そしてわたしはまんまとだまされた。ばかね、わたしったら。いまなんとかしなければ、すべてわたしのせいになってしまう。ここ！　ここよ」

言い終わらないうちに馬車が止まり、イブは急いで馬車をおりた。ジャン・マリーが先に立ち、下宿屋のドアをノックしようと拳をあげたが、そこで手を止めて彼女を振り返ってからドアを押した。鍵はかかっておらず、ドアは開いた。

イブは彼の横を通り抜けた。男たちの大きな声が聞こえる中、階段を見つけて駆けのぼる。ジャン・マリーがすぐうしろに続いた。

「くそっ。彼女は安全だと、誘拐犯はニューゲート監獄に入っていると言ったじゃないか！」

二階に着いて、イブはそれがレディ・フィービーの護衛の声であることを知った。彼はウェークフィールド公爵と向きあっている。彼女は足を止めた。ここへ来たのは、護衛が前回レディ・フィービーを見つけて助け出したのを知っていたからだ。まさか公爵までいるとは思っていなかった。

長身で威圧的なウェークフィールド公爵が振り向いた。「誰だ？」

「ミス・ディンウッディ」トレビロン大尉が公爵をまわり込むようにして近づいてきた。「なぜここに？」

「それは――」イブはきっぱりと言った。「彼にもうこんなことをさせたくないからです。彼はレディ・フィービーを誘拐しました。わたしには耐えられません。お願い、信じてください。彼が何をしようとしているか知っていたら、はじめからあなたに警告していました」

「誰のことだ？」ふたりの男性が声をそろえる。

「モンゴメリー公爵バレンタイン・ネイピア」イブは顎をあげてしっかりとふたりを見つめたが、彼を裏切るときに唇が震えた。「わたしの兄弟です」

暗くなった通りに全速力で馬を走らせながら、トレビロンは身をかがめて、もっと速くと促した。ウェークフィールド公爵——マキシマスはどこかうしろにいるはずだ。トレビロンは、フィービーのことを知らせに来た従僕たちが乗ってきた馬の一頭を借りていた。

手遅れにならないうちになんとしても彼女を助けようと、ふたりはロンドンの街を全速力で駆け抜けていた。

トレビロンの頭にあるのは、ミス・ディンウッディから聞いた話だけだった。すべての誘拐の企ての裏にモンゴメリー公爵がいたこと。彼はフィービーとの結婚を狙っていること。彼自身ではなく、なんらかの弱みを握っているマルコム・マクレイシュと結婚させようとしていること。マキシマスがつかまえて自白させた男はモンゴメリーに脅迫されていて、誘拐には無関係だったこと。

そしてイブ・ディンウッディには、兄弟がなぜこんな複雑な計画を練ったのか、なぜフィービーを標的にしたのか見当もつかないこと。

モンゴメリーはどうかしているし、マクレイシュの臆病さも腹立たしい。彼らがフィービーを宝石か何かのように争い事に利用しようと考えたと思うと、トレビロンは怒りで胸が痛んだ。

前のめりになって太腿で馬の脇腹を締めつけながら、通りに置かれた酒樽を飛び越えさせた。背後でマキシマスが何か叫んだが、トレビロンは振り向かなかった。よりによってセントジャイルズで――この腐敗したロンドンの悪の温床で――フィービーがとらえられているのだ。

モンゴメリーを見つけたら、公爵だろうとかまわずにその薄汚れた首を絞めあげてやる。

体を傾けて馬を曲がらせ、入り組んだセントジャイルズにつながる狭い路地に入った。竜騎兵として長年このあたりの路地を巡回してきたので、地理には精通している。

ミス・ディンウッディは、かつてモンゴメリーが商売をしていた場所の住所を教えてくれた。フィービーをそこに連れていったのだろうと言いつつ、彼女も確信があるわけではなかった。

もしミス・ディンウッディが間違っていたら……。

角を曲がると、セントジャイルズには大きすぎる馬車が目に入った。トレビロンはその隣に馬をつけた。馬車の先のれんが造りの家から、男がひとり現れた。男は馬のひづめの音に顔をあげ、自分の頭を狙って拳銃を構えているトレビロンの姿に凍りついた。

「レディ・フィービーはどこだ？」うなるように言う。

男はあわてて家の中に戻った。

くそっ。見張りのいるドアを襲うのは自殺行為だ。

トレビロンは両手に拳銃を持って鞍から滑りおりた。

二歩でれんが造りの家までたどりつき、ドアの脇に立つ。「開けろ！」

爆風が木製のドアを吹き飛ばし、あちこちにその残骸が飛び散った。

右脚を駆けあがる痛みを無視して、トレビロンは残骸を蹴散らしながら中に飛び込んだ。中は暗かったが、男が拳銃を手にこちらを向くのが見えた。トレビロンは相手の胸を撃ち、男はうしろに倒れた。

「撃つな！」誰かが暗がりから叫んだ。

そのとき、マキシマスが大きな拳で男たちをボウリングのピンのように倒しながら飛び込んできた。

トレビロンはテーブルの横で縮こまっているマクレイシュを見つけ、拳銃で顔を殴った。建築家の鼻から血が飛び散る。「レディ・フィービーはどこだ？」

マクレイシュは何も言わなかったが、目だけを動かして奥を見た。そこにはドアがあった。

トレビロンはそこまで行って、ドアに肩を打ちつけた。

ドアが勢いよく開き、空っぽの部屋が現れた。

誰かが彼の脇を走り抜けようとした。

トレビロンはモンゴメリー公爵の明るい金髪をつかんで引っ張り、こめかみに拳銃を押し当てた。「彼女はどこだ？」

「降参だ！」公爵は両手を前にあげ、微笑みながら叫んだ。「降参する」

「レディ・フィービーはどこかときいているんだ」

「知らない！」

「嘘だ」マキシマスが目をぎらつかせて言う。「おまえはわたしの妹をさらった」

モンゴメリーの目が細くなり、いきなり危険な男の顔になった。

「ああ、あんたの妹をさらった。あんたがわたしにしたことを思えば、これであいこだ」

マキシマスが目をしばたたいた。「なんのことだ？　わたしはおまえに何もしていない」

「セントジャイルズのジン蒸留所を閉鎖させたじゃないか。ここは――」モンゴメリーは手を振って建物を示した。「かつては高い利益を出していた。いまでは、ただのれんがの山だ。あんたがここをわたしから奪った。だからわたしはあんたの大事なものを――人を奪ったんだ」歯が多すぎる金髪の天使みたいに微笑む。「わたしは侮辱されたことは絶対に忘れないようにしている。そして必ず復讐《ふくしゅう》をする」

「どうかしている」マキシマスは唇をゆがめた。

モンゴメリーが首を傾けた。ランタンの明かりを受けて、青い瞳が冷たく光る。

「ひとりの人間の存在理由は、ほかの人間から見たら狂気になる」

トレビロンは銃口を公爵のこめかみに強く押しつけた。「おまえが月に向かって吠えようと、どうでもいい。フィービーの居場所を言わないと脳みそを吹き飛ばすぞ」

モンゴメリーが口を開いたが、そのとき部屋の隅でマクレイシュが湿った咳をした。

「あのアイルランド人だ」

全員が彼を見た。

「なんだって?」モンゴメリーが言う。クラバットで鼻血を止めようとしているが、うまくいっていない。「そいつがいなくなっている。彼らが飛び込んでくる直前に、レディ・フィービーを監禁していた部屋にあいつが入っていくのを見たんだ」

マキシマスは悪態をつくと、ろうそくを取って高く掲げ、奥の部屋を照らした。

その明かりで、黒い壁に穴が開いているのが見えた。穴を隠していたであろう古いキャビネットが壁から離して置かれている。

モンゴメリーが静かに笑った。一瞬、トレビロンは彼が本当に正気を失ったのかと思った。だが、彼の次の言葉はさらに恐ろしかった。

「彼女はわたしの子分のひとりに連れ去られたのだ。信じられるか?」

トレビロンは凍りつき、ただモンゴメリーを見つめることしかできなかった。フィービーが犯罪者と一緒にセントジャイルズにいる。なんということだ。「なんだと?」

「安い報酬で雇った助っ人だよ」次の瞬間、マキシマスがモンゴメリーの口を殴りつけ、彼は床に伸びた。

しかし、トレビロンは気にもかけなかった。

フィービーがセントジャイルズにいる。目の見えない彼女が犯罪者と一緒に。

そして、すでに夜の闇が訪れていた。

20

ついに最後の日が訪れました。コリネウス王は、自分がもうすぐ死ぬことを悟っていました。王は椅子を持ってこさせると、四人の男に自分を椅子ごと海まで運ばせました。そして、海岸に自分を置き去りにするよう命じました。

ひとりになると、王は波に向かって震える声で呼びかけました。「モーベレン！」

……。

『ケルピー』

「急げ。急がないと髪をつかんで引きずるぞ」悪党がうなった。

脅しにも負けず、フィービーは必死で抵抗した。その男は誘拐犯たちの隠れ家から彼女を連れ出したが、助けるためでなかったのは明らかだ。

わたしをどうするつもりだろう？　怖くてたまらない。男は大きくはないけれど力が強かった。痛いほどきつく手首をつかんでフィービーを引っ張りながら、通りだか通路だかを歩いていく。自分がどこにいるのかも正確にはわからなかった。足の下はでこぼこした石畳で、彼女はすでに二回転んだ。道の中央には悪臭を放つ水路が流れている。近くで笑い声が聞こえ、ときおり声を荒らげて言い争うのも聞こえた。一度など、自分の名前が叫ばれたような気までした。いまのところ大声で助けを求めるのは我慢している。誰が助けに来るか、わかったものではないからだ。

男はいま、何かつぶやいていた。ひとりごとなのか、彼女に向かって言っているのかはわからない。「あんたみたいないいタマがいると金になる。身代金まで取れるかもしれねえ。いい家の出らしいな」

「ウェークフィールド公爵の妹よ」はっきりと告げた。「わたしを逃がしてくれたら、兄がたっぷりお礼を払うわ」

男が急に立ち止まり、フィービーは危うくぶつかりそうになった。一瞬、こちらの提案に乗る気なのかと思った。

だが、男は異臭を発する体に彼女を引き寄せた。「おれ、貴族さまとはやったことがねえんだ」

いよいよ大声で叫ぶべきだわ。フィービーは心を決めた。

トレビロンは脚を引きずりながら、地下室から外に出た。フィービーの姿はどこにも見えない。あたりは暗く、ここはセントジャイルズなので、家や店の軒先にかかっているランタンも少なくて薄暗かった。

杖は家に置いてきており、弾の込められた拳銃は一丁しかない。馬はすでに逃げ出していた。彼女がどちらの方向に連れていかれたのかもわからない。

「どちらへ連れていったとしてもおかしくない」マキシマスがトレビロンの考えをそのまま口にした。

トレビロンは恐怖を抑えた。わたしは兵士だ。過去に何度も、もうだめだという状況に陥りながらも打ち勝ってきた。

しかしそのどれもが、これに比べれば練習みたいなものだった。「あなたはそちらの道を調べてください」右を指し示す。「わたしはこちらに行きます」

その指示をためらいもせずに受け入れ、マキシマスは闇に向かって歩いていった。

トレビロンは左を向いた。「フィービー!」

彼女を連れ去った男はすでに遠くまで行っているかもしれない。

「フィービー!」

彼女が路地に倒れている可能性もある。わたしの呼びかけを聞くことも、それに応じることもできずに、迷路のような通りの闇の中に隠れているのかもしれない。

「フィービー!」

死んでいるかもしれない。

石畳の石がはずれたところに足を取られ、トレビロンはつまずいて膝をついた。自分の脚を呪い、モンゴメリーを呪い、自分の無力さを呪った。

トレビロンは石畳に手をついて体を起こした。脚がまた折れたような感じがした。

そのとき、甲高い悲鳴が夜の闇を切り裂いた。

フィービーの声だ。

彼は走った。痛む脚のこともすっかり忘れた。フィービーの身に何かあったらという恐怖が血管を駆けめぐり、トレビロンを駆り立てる。通りを渡って、暗闇の中をのぞき込んだ。

またしても悲鳴があがる。

トレビロンは角を曲がった。

フィービーがいた。男の手から必死になって逃げようとしている。男が上体をそらし、片方の手を振りあげて……。

トレビロンはその手をつかみ、男のうしろでねじりあげた。何かが折れる音がした。

男が悲鳴をあげる。

「彼女を放せ、このくそ野郎」トレビロンは男の耳に向かって吠えた。

男がよろめき、フィービーは逃れた。

トレビロンは男の後頭部を殴った。男は地面に倒れて失神した。

「ジョナサン？」彼女は真っ青な顔でおびえていた。手を伸ばして言う。「ジョナサン、そこにいるの？」

「ここにいる」そう答えると、フィービーは抱きついてきた。

トレビロンは彼女に腕をまわし、自分の胸にしっかりと抱きしめた。彼女はここにいるべきなのだ。わたしの胸の中に。「大丈夫か？　けがは？」

「ないわ」フィービーは少し身を離して、彼の顔を両手で包んだ。「傷つけられるところだったけれど、そこにあなたが来てくれたの」

「よかった」トレビロンはキスをして、彼女の頬を、髪を、そしてうなじを撫でた。「よかった」ふたたび抱き寄せ、その首に顔をうずめる。「永遠にきみを失ったかと思ったよ、フィービー」

「失っていないわ」フィービーがささやく。「わたしはここにいる。あなたが助けてくれたのよ、ジョナサン。あなたがわたしを助けてくれたの」

「もうきみを放さない」彼は顔をあげた。「わたしと結婚してくれ、フィービー。お願いだ。求婚期間なんてどうでもいい。兄上のこともどうでもいい。待つのはいやだ。きみと……きみと一緒にいないと息もできない。心からきみを愛している。わたしの妻になって、笑い方を教えてくれ。きみにビールを買わせてくれ。コーンウォールの海岸で一緒に馬に乗ってくれ。いつまでも恋人で、そして妻でいてくれ」

「いいわ」フィービーはささやいた。「ええ、ジョナサン。そうするわ」

エピローグ

ある夜、王が同じ夢を見ていたときのことです。波はただちに大きく揺れはじめ、水の奥深くから海の乙女モーベレンが姿を現しました。ですが、なんと不思議なことでしょう！　長い年月が経ち、コリネウス王は腰の曲がった老人になったというのに、海の乙女はまったく変わっていません。肌は透き通るようになめらかで、瞳はきらめく緑色。髪は相変わらず豊かで白く、この世のものとは思えない美しさです。

彼女を見て、コリネウス王は自分がどれほど愚かに見えるかに気づきました。老人が若い娘に呼びかけているのですから。

王が退こうとしたとき、モーベレンが声をかけました。「どうしたの、わたしの愛しい人？　まだわたしに背中を向けるの？」

それを聞くと、コリネウス王は誇りをこめて背筋を伸ばしました。「わたしをからかっているな。こんなに腰が曲がって老いたわたしを」

彼女は美しくやさしい笑みを見せました。「あなたは女の心がほとんどわかっていないのね。一緒に来てくれる？」

「いまのままのわたしを受け入れてくれるのか？」王は苦々しい思いで尋ねました。「わたしはもう、ハンサムな若者ではないのだぞ」

乙女は返事をする代わりに手を差し出しました。

昔は彼女の申し出を笑い飛ばした王ですが、いま、感謝とともにその手を取りました。「行きましょう」モーベレンがささやきます。「海は本当に驚きに満ちた場所よ。そこでは時間の流れ方も違うの」

彼女に手を引かれ、コリネウス王は泡立つ波の中に足を踏み入れました。水の中を進むにつれて、王に変化が現れました。曲がった手足がまっすぐになり、顔のしわが伸び、しなびた肉体は力強い筋肉に満ち、白いひげは次第に色が濃くなって、しまいには以前のように真っ黒になりました。

若返った体を見おろして、王は驚きの声をあげました。「なぜこんなことが起きるのだ？」

モーベレンは肩をすくめました。「海とわたしからの贈り物よ。いま陸に戻っても、あなたの若さは保たれるわ。それでもわたしと一緒に、海の中のわたしの家へ行きたい？」

コリネウス王は彼女を見て微笑みました。「わたしは一生のあいだに欲しかったものをすべて手に入れた。王国、富、尊敬、権力。それなのに、おまえの申し出を断ったときに多くのものを失った気がする。おまえがいいと言うなら、わたしはおまえの夫となって、いつまでもおまえと一緒にいよう」

「では、一緒に来てちょうだい」モーベレンは言いました。「あなたが失ったものをすべて見せてあげるわ。これもね」彼女は、波の中で飛びまわっている小さな男の子を指さしました。真っ黒な髪と、深い緑色の瞳をした男の子です。コリネウスはその子の手を取り、三人は一緒に波の中に飛び込みました。

その後、コリネウスがどうなったかって？　それはお話しできません。海から戻った人間はいませんから。それでも船乗りたちのあいだでは、海のごくごく深いところに、貝殻とクジラの骨と真珠でできた輝く王国があるという言い伝えがあります。コリネウスは、海の乙女である妻のモーベレンと息子とともに、何年もそこを支配したと言われています。ひょっとすると、いまも支配しているかもしれません……。

『ケルピー』

二週間後

イブ・ディンウッディはベッドに座り、カブト虫に関する本を読んでいた。カブト虫にとくに関心があるわけではないけれど、何年か前にバルにもらった本だったので、少し懐かしい気分になっていたのだ。手描きで彩色された虫の絵はとてもきれいだった。ページをめくりながら、ため息をつく。とんでもなく高価な本なのだろう。

ベッドの横のろうそくの火が揺れ、イブは目をあげた。バルがベッドの足元のところに立っていた。

彼女はゆっくりと本を閉じた。

「わたしはイングランドを出なければならない」ふだんの二倍に腫れあがった下唇が、彼の不機嫌そうな表情をさらに不機嫌に見せている。

イブは顔をしかめた。両頬には消えかけているがあざがあり、片方の目のまわりは見事なまでに黒ずんでいる。

「バル、あなたは貴族の妹を誘拐したのよ。ウェークフィールド公爵は妹を誘拐されて相当腹を立てたのだろう。牢獄に放り込まれるか、縛り首になっていてもおかしくなかった。ウェークフィールド公爵から非公式に国外追放を命じられてよかったわ」

バルはふさぎ込んだ様子でベッドの端にどすんと腰をおろし、ベッド全体を揺らした。

「縛り首になどできるものか。わたしだって貴族なのだから。ありえないね」

「誘拐だって、ありえないことよ」イブはため息をついた。「どうしてあんなことをしたの？レディ・フィービーはわたしが会った中でも、とりわけ感じのいいレディだわ。あなたは彼女の人生を台なしにするところだったのよ」

「目当ては彼女ではなかった」バルは唇を指でさすりながら言った。「彼女の兄だ。彼が妹をあれほど愛しているのはわたしのせいじゃない」首を思いきりのけぞらせて、逆さまの向きからイブを見る。いまの彼の顔では、見る者を不安にさせる光景だ。「それにわたしがなぜそんなことをしたか、きみは知っているはずだ。わたしを怒らせて、その怒りに気づかないような者は絶対に許さない。単純な決まりだ。それは守ってもらわなければならない」

「でも、彼はあなたを怒らせたことすら知らなかったじゃないの！」イブは腹が立った。

「さっきも言ったが、わたしのせいじゃない」ぶっきらぼうな声だった。「とにかくすべて終わった」

イブはおそるおそる彼を見た。「ウェークフィールド公爵とその妹への復讐はもういいのね？」

「妹のほうはもちろんだ。彼女はあの竜騎兵と結婚するためにコーンウォールへ行った」バルは手を振った。「わたしは何があろうと、コーンウォールくんだりまで行くつもりはない」

「公爵は？」

「ああ、そっちもだ。いまのところはね」ため息をついて、すばやくベッドから立ちあがる。二週間前にこっぴどく痛めつけられたばかりの人間とは思えない動きだ。「だが、わたしがここに来たのはそのためじゃない。きみに頼みがあるんだ」

それを聞いたとたん、イブは身構えた。最後に兄の頼み事を聞いた結果、レディ・フィービーが誘拐されたのだ。「どんな頼み？」

「そんなにおびえた顔をするな、イブ。簡単なことだ。きみも楽しめるかもしれない」バルが魅力的な笑みを浮かべていても、なんの慰めにもならなかった。

彼は魅力的なときほど危険なのだ。

「聞かせてちょうだい、バル」

「一年ほど前、わたしはハート家の庭園に投資した。その監督をしてほしいのだ」

彼女は目をしばたたいた。「監督ですって？　どうやって？　なぜわたしが？」

「ハートが適切な金の使い方をしているか、金の動きを確認するだけだ。帳簿とか、数字がきれいに並んでいるのが好きだろう？」

残念ながらそのとおりだ。イブは子どもの頃から数字が好きだった。厳密な法則に従っている点が好きなのだ。「でも――」

「なぜこうして頼んでいるかといえば、きみはわたしのきょうだいであり、この世でわたしが唯一信頼できる人間だからだ」愛想よく言う。「それに、この投資については部下に知られたくない」

「どうして？　法に反することなの？」

「疑ってばかりだな！　きみのことをよく知らなかったら、なぜそんなに疑り深いのかと悩むところだ」

「バル……」

彼はいつのまにかイブの前にいて、彼女の両手を取った。彼にとって、これがいかに重要なことであるかの証だ。

バルは自分以外の人間にはめったに触らない。

「わたしにはきみが必要なんだ」イブの目をのぞき込みながら言う。「わたしのためにやってくれるかい？　頼むよ」

本当は、彼がこの部屋に姿を現したときから避けられないことだったのだ。

「わかったわ」

その頃、コーンウォールで

「わからないわ」フィービーはそう言って、両腕を鷲《わし》の羽のように広げたレディらしからぬ格好でベッドに倒れ込んだ。「本当に兄をあなたのお父さまに紹介してよかったのかしら？」

「なぜそんなことを言うんだ、奥さん？」ジョナサンが尋ねた。

低くかすれた声で〝奥さん〟と呼ばれるのが好きでたまらなかった。その日の朝に結婚したばかりだから、まだとても新鮮な響きだ。

ありがたいことに、ようやく夜になった。双方の家族が全員出席し、興奮と祝福の一日だったとはいえ、同時に疲れ果てた一日でもあった。ふたりはコーンウォールの、トレビロンの実家近くの町で式を挙げることにした。その町の自慢は、小さなノルマン様式の教会だった。すべての町民がふたりの結婚式に集まった。結婚式自体、地元の人たちにとってわくわくする出来事だが、公爵と公爵夫人がやってくるなんて一〇〇年に一度のことなのだ。

それがいまのフィービーの悩みにつながっている。

「式のあとの会食のとき、隅でマキシマスがあなたのお父さまと馬の話をしていたの。そのときの兄の声が、何かを企んでいるときの声だったわ」

「企んでいる？　何を？」ジョナサンはすでにほとんどの服を脱いでいるらしい。フィービーの首にキスをしはじめた彼の胸は裸だった。

キスしやすいように、フィービーは顔を上に向けた。「お父さまから馬を買うとか、馬の繁殖に投資するとか、そんなおせっかいよ。マキシマスはいつも何か企んでいるんだから。あなたも知っているでしょう？」

「ああ、知っている」新郎はそう言いながら、フィービーのウェディングドレスのひもを解きはじめた。「だが、マキシマスの話はもう飽きた。結婚式の夜にすることはほかにあるだろう？」

「そう？」何食わぬ調子で言う。「荒野を散歩するとか――」

「フィービー」

「海岸で馬に乗るとか、馬の手入れをするとか――」

ジョナサンの口が彼女の口を覆って提案をさえぎった。ずいぶん失礼なふるまいだが、いまは気にならない。

彼のキスが好きだから。

フィービーの顎を手で支えながら、ジョナサンは舌を差し入れて、やさしく口の中を探った。

フィービーはあえぎ、口を開いてジョナサンの下唇を舌でなぞった。

彼が顔を離した。息遣いが速くなっている。大きな体でフィービーの上に覆いかぶさると、ジョナサンは尋ねた。「幸せかい、ミセス・トレビロン？」

「幸せよ」彼女はささやいた。

「わたしには金ぴかの城も大勢の使用人もないが、それでもか？」

「あなたには――」彼の顔を両手ではさむ。「やさしいお父さまとお姉さまとわたしが大好きな姪がいる。使用人の人数だってちょうどいいわ。金ぴかは……わたしには無駄だと思わない？　荒野と海風と馬のほうがいい。それにあなたよ、ミスター・ジョナサン・トレビロン。あなたと人生を歩むためなら、金ぴかのお城なんてすぐに手放すわ」

ジョナサンがつばをのみ込む音が聞こえた。彼は汗ばんだ顔をフィービーの顔に寄せた。

「きみが妻に、恋人になってくれて、わたしは本当に運がよかった。きみは孤独で灰色だったわたしの人生に、太陽をもたらしてくれたんだ」

「もう孤独ではないわ」フィービーはささやいた。

そして彼にキスをした。

訳者あとがき

エリザベス・ホイトの《メイデン通り》シリーズも、いよいよ八作目になりました。今回の主人公はジョナサン・トレビロン大尉とレディ・フィービー・バッテン。最初にこのシリーズに登場したときにはまだ視力のあったフィービーですが、視力低下は進行し、本作ではほとんど盲目になっています。そこで彼女の兄であるウェークフィールド公爵が、彼女に常に付き添う護衛として雇ったのが、トレビロン大尉でした。

トレビロンはかつては竜騎兵連隊の隊長という華々しい軍人生活を送っていました。しかし、六作目で脚に重傷を負ったため退役を余儀なくされ、貴族の令嬢の護衛という地味な職に就くことになりました。目の不自由なフィービーが転ばないようにするだけの簡単な任務だったはずが、買い物客でにぎわう白昼のボンドストリートで突然彼女が襲われ、事態はにわかに緊迫します。

トレビロンもフィービーの兄のウェークフィールド公爵も、彼女の身を案じて警戒態勢を敷きます。ですがフィービーにとって、目が不自由というだけで何もできないかのように一挙一動を監視される生活は耐えがたいものでした。そこで兄の目を盗みトレビロンの反対を押し切って外出しますが、それが裏目に出て第二の誘拐未遂事件へとつながり、責任を感じたトレビロンは辞職。ところがその直後に、フィービーがまたしても何者かによって連れ去られてしまいます。迅速な行動で彼女を救い出したトレビロンは、今度こそ自分の手でフィービーを守るため、ある方法を思いつくのですが……。

誰がなぜフィービーを誘拐しようとしているのかわからないまま、ストーリーは展開します。ですがフィービーは、自分を狙う者がいてもけっして畏縮しません。目が不自由になるとともに、普通の人たちが当たり前にしていることを次々とあきらめなければならなかった彼女は、家に閉じこもっていれば安全とわかっていても、ひたむきに生きる喜びを追い求めます。

そんなフィービーにとって、トレビロンは自由を脅かす象徴ともいえる存在です。でも彼の真のやさしさに触れるうちに、彼女はいつのまにか彼といると安心感を覚え、心を寄せるようになります。一方、つらい過去を抱え孤独な生活を送ってきたトレビロンは、生き生きと明るいフィービーに惹かれずにはいられません。身分や年の差があるうえ脚が不自由な自分は彼女にふさわしくないと思っても、気持ちをないことにはできず、フィービーの無邪気な態度に翻弄されて……。どんなときも前向きに人生を歩もうとする生命力に満ちあふれたフィービーが彼の心の壁を崩していくさまが、本書の見どころといえるでしょう。

本シリーズの大きな楽しみは、なんといっても多彩な登場人物たちにあります。過去作のヒロインやヒーローたちのその後や、他人の目から見た彼らを知ることができるのは、長く続いているシリーズならではの醍醐味《だいごみ》でしょう。また脇役たちがそれぞれとても魅力的で、将来のヒーローやヒロインは誰かと思わず探してしまうのは、わたしだけではないはずです。本作品だけをとると未消化に思える人物や伏線がありますが、それが将来の作品の種になるかもしれないという期待を抱かせてくれます。モンゴメリー公爵、イブ、ジャン・マリー、それに情報提供者のアルフなど、ざっと見渡してもその後を知りたいキャラクターが満載です。

エリザベス・ホイトのホームページを見ると、すでに九作目は発表されていて、一〇作目はこの五月に出版予定とのこと。九作目はイブがヒロイン、その次はモンゴメリー公爵がヒーローのようです。これらの作品も続いてご紹介できる機会があることを願っています。

二〇一六年三月

ライムブックス

愛《いと》しき光《ひかり》を見《み》つめて

著　者　エリザベス・ホイト
訳　者　緒川久美子《おがわくみこ》

2016年4月20日　初版第一刷発行

発行人　成瀬雅人
発行所　株式会社原書房
〒160-0022東京都新宿区新宿1-25-13
電話・代表03-3354-0685　http://www.harashobo.co.jp
振替・00150-6-151594
カバーデザイン　松山はるみ
印刷所　図書印刷株式会社

落丁・乱丁本はお取替えいたします。
定価は、カバーに表示してあります。
 ISBN978-4-562-04482-5 Printed in Japan